KB060111

낮
술
3

3

오늘도 배부르게

ランチ酒 今日もまんぷく
原田ひ香

낮
술

하라다 히카 소설 ― 김영주 옮김

문학동네

차례

첫번째 술

만두
가마타

일러두기

1. 주석은 모두 옮긴이주다.

"진짜 맛있는 만두를 아시나요?"

그 남자가 말했다.

9월이라지만 아직은 무더운 밤이었다.

오늘밤 의뢰인은 무카이 고타라는 마흔두 살 남자라고 했다.

지킴이를 부른 이유는 약간 애매하다고 한다.

"말해주긴 하는데 요점을 잘 모르겠어."

'나카노 심부름센터'의 사장이자 쇼코의 고용주이자 동창인 가메야마 다이치가 말했다.

"원래는 내가 가려고 했는데."

오랜 단골 고객으로부터 급한 요청을 받아 그쪽으로 가야 하는 바람에 쇼코에게 일이 넘어온 것이다.

원래 나카노 심부름센터는 자잘한 잡일을 맡아주는 만능 해결사 같은 곳이었다. 그러다 '밤부터 아침까지 지켜봐드립니다'라는 업무를 추가했더니 하나둘 의뢰가 들어와 지금은 주요 업무가 됐다.

영업 시간은 밤 10시부터 아침 5시까지지만 의뢰 상대에 따라 유동적으로 대응한다. 어두워지고 나서 점심 전까지는 고객의 의향에 맞춘다.

어지간한 사정이 아닌 이상, 사무실에 처음 의뢰한 남자 고객은 기본적으로 다이치가 맡는다. 그런데 오늘은 급한 사정으로 쇼코가 갈 수밖에 없었다.

쇼코도 나름대로 지킴이 경험이 쌓이다보니 현관문이 열리고 상대방이 나오면 어떤 사람인지 대강 알 수 있는 정도는 됐다.

무카이는 가마타역에서 도보로 십 분 거리에 있는 회색 아파트 건물에 살고 있었다. 지하철 막차 시간쯤에 와주셔도 괜찮습니다, 라고 그는 말했다.

"다이치 씨한테 말씀 들었습니다. 들어오세요."

호리호리한 체격에 숱 많은 앞머리를 앞으로 내린 헤어스타일 때문에 나이보다 젊어 보였다.

실내는 깨끗하게 정돈됐고 현관에 가죽구두와 운동화가 나란히 놓여 있었다. 쇼코는 순간적으로 '괜찮겠다'고 판단하고 안으로 들어갔다.

"죄송합니다."

무카이는 쇼코에게 거실 소파에 앉으라고 권하고 사과했다.

"다이치 씨가 못 오게 되어 여성분이 온다는 얘기를 들었을 때 그렇게까지 하지 않아도 된다고 말씀드렸는데."

"괜찮습니다. 일이니까요."

"주말에 제가 이 집에서 나가거든요. 아직 정리는 별로 못 했지만."

"그러시군요."

그러고 보니 방 한구석에 새 골판지 상자가 접힌 채 놓여 있었다.

무카이는 "아," 하고 이어서 말했다.

"그래서 그런 것 같아요. 사 년 전 여기로 이사온 뒤 한 번도 누군가를 초대한 적이 없다고 생각하니 왠지 아쉽더라고요."

"그런 거였군요."

"다른 사람이랑 대화를 나누고 싶다는 마음도 있었고요. 다이치 씨가 의뢰 이유를 물었을 때는 왜 지킴이를 부르고 싶은 건지 스스로도 잘 몰랐어요. 인터넷이었나 어디선가 본 기억이 나서…… 시골로 돌아가면 분명 이런 서비스가 없을 테니까, 도시에서만 할 수 있는 것을 시도해보고 싶은 마음도 있었어요."

쇼코는 무심코 미소를 지었다.

"다른 사람과 대화하다보니 제 속마음을 금방 알겠네요."

"이사는 어디로 가세요?"

"본가로 돌아가려고요. 아키타예요."

"아, 제 고향은 홋카이도의 도토예요."

두 곳이 그리 가까운 건 아니지만 물리적 거리가 아니라 같은
북쪽 지방이라는 점에서 심리적으로 가깝게 느껴졌다.

"아, 저 오비히로에 한번 가본 적이 있어요."

"어머, 그러세요?"

그는 세일즈맨으로 일했다고 한다. 지금은 영업직이라고 하는
게 좋겠지만. 그가 대학교를 졸업할 당시는 불황이라 간신히 들
어간 곳이 부동산회사 영업부였다. 원룸 아파트를 파는 일이었
는데 실적은 보통이었다. 억지로 강매하진 못했지만 하나도 못
팔 만큼 나쁘지도 않았다. 그저 성실하게 신뢰를 쌓고 남들보다
많은 시간을 들이는 것으로 실적을 올렸다.

"영업 일이라는 게 약간 사기에 가까운 상술이 있어서, 사람을
많이 뽑아놔도 대부분 오래 못 버티고 나가는 게 사실이에요. 그
래서 다들 악덕 기업인 줄 알고 싫어하는데, 뭐 그런대로 해나가
는 사람도 있답니다."

"무카이 씨는 그 일이 적성에 맞았나봐요."

줄곧 온화하게 얘기하던 그가 재빨리 답했다.

"안 맞았어요."

"아, 죄송합니다."

"아니에요."

한동안 침묵이 흘렀다.

"……달리 할일이 없었으니까요."

먼저 입을 연 건 무카이였다.

"부동산을 시작으로 영어 교재, 백과사전, 가족형 아파트, 그리고 보험…… 결국 보험 일을 가장 오래 했어요. 뭐, 그런대로 잘 팔린 것도 있었고 전혀 못 판 것도 있었죠."

"그렇군요."

"그렇게 직업을 바꿔가는 사이에 점점 친구를 잃어버린 건지도 몰라요."

무카이는 모든 일을 한 걸음 떨어져 바라보는 사람 같았다. 자신의 인생도, 취급해온 상품도, 그것을 사는 고객도. 그랬기에 오랫동안 영업 일을 해올 수 있었는지도 모른다. 또한 본인 말처럼 그것이 친구를 잃은 이유였을지도.

"저기."

새벽 2시가 지났을 무렵, 쇼코가 말했다.

"괜찮다면 제가 이삿짐 싸는 거 도와드릴까요? 안 주무실 거라면요."

"아뇨, 괜찮습니다."

무카이가 마침내 웃으며 말했다.

"짐이라 할 만한 것도 없어서 금방 끝나요."

아닌 게 아니라 집은 이미 깔끔했다.

"소파랑 침대는 처분할 생각이에요."

"그렇군요."

그는 고향으로 돌아가는 이유를 끝까지 밝히지 않았다.

VOD 서비스로 영화를 한 편 보았다.

동틀 무렵, 영화가 끝나고 날이 밝아오자 무카이가 작게 중얼거렸다.

"진짜 맛있는 만두를 아시나요?"

"네?"

"저는 오비히로를 만두가 맛있는 동네라고 기억하거든요."

"오비히로가요?"

쇼코가 되물었다.

"네."

"저한테는 그런 기억이 전혀 없는데. 징기스칸*이나 야키니쿠, 치즈나 채소…… 생선도 도카치항에서 바로 가져오니 맛있는 게 많지만 만두는 글쎄요……"

"모르세요?"

"네."

"제가 막 서른이 됐을 무렵이니 벌써 십 년도 더 전이네요."

무카이는 얘기를 시작했다.

"백과사전을 팔던 시절이었어요. 제 역사상 가장 못 팔았던 물건이죠. 결국 하나도 못 판 채 회사를 옮겼던가 그래요. 솔직히 당시에 저부터가 백과사전의 필요성을 느끼지 못했으니까요."

"하긴, 백과사전이라는 게 저도 그렇게 필요하진 않네요."

쇼코가 쓸쓸하게 웃으며 말했다.

"그래도 많이 판매한 사람도 있었던 걸 보면 아마 저한테 재능이 없었던 거겠죠. 당시 일본 지사에서 가장 실적이 좋았던 직원은 전 세계에서도 영업 실적 1위를 달성했었어요. 저는 상사한테 매일 혼나기 일쑤라 노이로제에 걸릴 지경이었죠. 어디라도 좋으니까, 누구라도 좋으니까 어떻게든 팔라고 하더군요. 하루는 회사에 너무 가기 싫어서 고객과 미팅이 있다고 거짓말하고 홋카이도에 갔어요. 어디가 됐든 멀리 가고 싶었거든요."

무카이는 환해진 창밖을 바라보았다.

---

* 철판에 양고기와 채소 등을 함께 구워 먹는 요리.

"오비히로역 앞에 숙소를 잡았어요. 비즈니스호텔인데 아래층에 있는 대형 온천에서 장시간 몸을 담그니 기운이 좀 나더라고요. 밥을 먹어야겠다 싶어 프런트에 내려갔더니 역에서 조금 걸어가면 번화가가 있다고 알려줘서 밖으로 나갔어요."

"무슨 계절이었어요?"

"11월 말이었어요."

"추웠겠네요."

"네. 눈까지 내렸답니다. 도쿄에서 출발했으니 겉옷이라고는 얇은 코트 한 벌인데 말이죠. 역 앞 기온계가 영하 2도를 가리키고 있었어요."

무카이는 아키타 출신인만큼 추위와 눈의 무서움을 알고 있었다. 하지만 오히려 눈의 고장 출신이기에 그곳 날씨를 조금 만만하게 여긴 면도 있었다.

"추위에 대해 잘 안다고 생각했기에 그 정도면 괜찮을 줄 알았어요. 그런데 눈발이 점점 거세지더라고요. 게다가 가게다운 가게도 보이지 않고. 있어도 문이 닫혀 있고. 호텔로 돌아갈까 생각했지만 기껏 여기까지 왔는데 아깝다 싶어서 그냥 계속 걸었어요."

바람이 강하게 불어 순식간에 눈보라가 쳤다. 그러자 지금 온 길을 되돌아가는 것도 위험하겠다는 생각이 들었다.

"지나다니는 사람 하나 없더군요. 빌딩이나 가게는 있지만 죄다 닫혀서 폐허 같았어요."

그럼에도 무카이는 하는 수 없이 계속 걸었다.

"실은 그때 직장에서 정말 궁지에 몰린 상황이었거든요."

"그랬군요."

"그 일이 적성에 안 맞는다는 건 알았지만, 워낙 경기가 안 좋아서 세일즈맨이라도 쉽게 이직할 수 있는 상황이 아니었어요. 나이도 서른을 넘겼고. 뭐랄까…… 굉장히 비참한 기분으로 그 거리에 있었어요. 마음 한구석에는 어떻게 되든 상관없다는 생각이 있었죠. 될 대로 되라는 식으로요."

무카이는 먼 곳을 응시했다.

"어떻게 보면, 죽어도 상관없다는 기분이었어요. 실제로 눈보라 속에 있었던 시간은 십 분에서 이십 분 정도였을 거예요. 그런데 그 자살 충동에 가까운 기분이 든 순간 반짝, 하고 불빛이 보였어요."

"불빛."

아카리.* 문득 생각한다. 그건 쇼코의 딸 이름이기도 했다. 헤어진 남편에게 두고 온 딸 아카리.

---

* 일본어로 '불빛'을 '아카리'(灯り)라고 한다.

"네, 불빛요."

쇼코의 마음도 모른 채, 무카이는 반복했다.

"왠지 따뜻해 보이는 불빛이었어요. 간사하게도 불빛이 보이니 갑자기 배가 고프더라고요."

그건 '북쪽 마을 노점'이라 불리는 오비히로 노점 거리의 불빛이었다.

"말이 노점 거리지, 제대로 담을 두른 공간에 작은 점포들이 빼곡히 늘어선 곳이에요. 어디로 들어갈까 고민하다 마침 방금 문을 연 가게로 갔어요. 다른 손님이 없어서 편한 마음으로 들어갔던 것 같아요. 약간 통통한 여자와 중국계 남자가 맞아줬는데…… 둘은 부부 같았어요. 가게에서 가장 인기 메뉴라는 군만두랑, 추천을 받아 몇 가지 전채 요리를 시켰죠. 그리고 너무 추워서 따뜻한 사오싱주*에 여러 약재를 넣은 술도 주문했어요."

그쯤 되자 쇼코는 목에서 꿀꺽 소리가 날 것 같았다.

"그래서요? 어땠나요?"

"전채는 감자샐러드였어요. 일반적인 게 아니라 채 썬 감자를 끓는 물에 살짝 데친 다음 참기름으로 무친…… 상당히 맛있더라고요. 이 정도라면 만두도 기대해볼 만하겠다. 그런 생각을 할

---

* 중국 사오싱 지방의 양조주. 황갈색을 띠고 신맛이 난다.

때 군만두가 나왔어요. 상상 이상이었습니다."

"만두도 종류가 여러 가지잖아요. 작고 바삭한 만두도 있고, 피가 얇고 노릇하게 구운 것도 있고……"

"아주 제대로 된 만두였어요. 쫄깃한 수제 만두피가 육즙 가득한 만두소를 감쌌고, 바삭하게 잘 구워진 밑면을 한입 깨물자 육즙이 좍 퍼지더라고요. 초간장과 고추기름에 찍어서 입안 가득 넣는 순간, 저도 모르게 '군만두 추가요. 물만두도!'라는 말이 튀어나왔어요. 그렇게 제대로 된 만두를 그 먼 북쪽 끝에서, 아, 죄송합니다. 노점에서 먹을 수 있을 거라고는 생각도 못했거든요. 특히 만두피가 좋았어요. 아주 쫀득해서. 만두는 만두피를 먹는 거라는 걸 그때 처음 알았습니다. 그런 만두는 도쿄에 돌아와서도 먹어본 적이 없어요. 맛있는 만두는 많지만 그토록 만두피가 제대로인 곳은 못 봤어요. 눈앞에서 남자 주인장이 작은 밀대로 만두피를 빚고 있더라고요. 그 민첩한 손놀림이 지금도 생각나요. 여자 주인장도, 음식을 하는 남자 주인장도 싱글벙글 웃고 있었고, 사오싱주로 만든 약재 술도 맛있었고…… 꿈같은 시간이었어요."

"다행이었네요."

"만두를 먹는 동안 자연스레 그분들과 얘기를 나눴는데, 남자 주인장은 역시 중국 사람이었어요. 오비히로 출신의 사모님과

상하이에서 만나 결혼하고 일본으로 왔다더군요. 제가 원래 가게 주인이랑 말 트거나 그러는 데 되게 서툰데, 그 두 분과는 편하게 얘기했어요."

"정말 인상이 좋은 분들이셨나봐요."

"네. 두 분도 이런저런 고생을 많이 한 듯한데 줄곧 온화한 표정으로 즐겁게 일하시더라고요. 그런데 저는……"

"네."

"역시 살아야겠다는 생각을 했어요. 도쿄로 돌아가서 지금 다니는 회사를 그만두고, 어렵더라도 새로운 직장을 찾기로 결심했죠."

얘기하다가 어느새 무카이는 잠들었다.

하얗게 밝아오는 집안에서 쇼코는 그의 얼굴을 바라보았다.

'여러 고민을 안고 있는 사람이었구나. 잠들 수 있어 다행이다. 그나저나 만두로 부풀어오른 이 내 마음은 어찌한다.'

쇼코는 무카이가 일어날 때까지 기다렸다가 이삿짐 싸는 걸 조금 도와주고 집을 나왔다.

'점심때까지 시간이 있으니 집 근처로 돌아가 먹어도 되지만, 그 동네에는 만두가 맛있는 가게가 별로 없단 말이지. 더군다나 만두피가 도톰하고 제대로 된 녀석은……'

그리고 아까 무카이와 대화하는 중에 오비히로의 그 가게만큼은 아니지만 가마타에도 맛있는 만두가 있다는 정보를 얻은 바였다.

쇼코에게는 점심 메뉴를 고르는 명확한 기준이 있다.

술과 궁합이 맞느냐 안 맞느냐.

그런데 오늘의 만두는 말할 것도 없이 술에 어울리므로 아무 문제 없다.

심야의 지킴이 일을 하는 쇼코에게 일이 끝난 뒤 먹는 점심은 하루 중 마지막 식사일 때가 많다. 맛있는 걸 먹으면서 술을 마시고 집에 돌아가서 잔다. 이 패턴이 딱 좋다.

가마타역까지 와서 역사에 들어섰을 때 한 가게를 발견했다.

오키나와 음식점으로, '사타안다기* 커피 포함 190엔'이라고 적힌 간판이 나와 있다.

'사타안다기, 너무 좋지. 그거 먹으면서 커피 마시고 시간 때우다가 만두 먹고 가야겠다.'

테이블에 나온 사타안다기는 갓 튀긴 듯했다. 쇼코는 왠지 운이 좋다고 생각하면서 만둣집이 문 열기를 기다렸다.

스마트폰으로 검색해 몇 군데 후보지를 추려놓았다.

---

* 오키나와 지역 간식. 달걀과 설탕을 넣은 밀가루 반죽을 동그랗게 빚어 튀긴 것.

쇼코는 아이스커피를 마시며 그중 한 군데를 선택했다.

'육즙 가득 만두, 화상 주의. 하네쓰키교자*의 원조…… 좋은데. 여기로 해야겠다.'

오전 11시 20분을 지날 무렵 오키나와 음식점을 나와 만둣집으로 향했다. 위치는 오타구청 근처였고, 약간 멀리서도 화려한 붉은색 간판이 보였다. 고작 몇 분 걸었는데 땀이 났다.

문 열기 전에 도착했는데 벌써 중년 여자 몇 사람이 줄을 서 있었고, 여자 주인이 손님들을 배려해 문을 미리 열어줬다. 쇼코는 창가에 늘어선 4인용 테이블 중 제일 안쪽에 앉았다. 작은 칠판에 '오늘의 정식'이 적혀 있다.

1. 후이궈러우.**

2. 대파 목이버섯 달걀볶음.

3. 칠리새우 달걀덮밥, 만두.

4. 차슈면, 만두, 밥. 여기까지 각 700엔.

5. 시오 라멘, 만두, 샐러드가 각 500엔.

'라멘이랑 만두가 500엔이라면 꽤장히 합리적인걸! 너무 고민되지만…… 오늘은 칠리새우도 먹어보고 싶어.'

---

* 날개 달린 만두라는 뜻. 만두를 올린 팬 바닥에 묽은 녹말물을 부어 얇은 막이 생기도록 굽는다.

** 회과육이라고도 하며, 돼지고기를 삶아 채소와 함께 볶은 중국 요리.

주변을 보니 쇼코보다 먼저 들어온 중년 여성들은 정식이 아니라, 군만두와 물만두를 몇 접시씩 시키고 시끌벅적하게 맥주를 주문하고 있었다.

'저런 조합도 좋은걸, 부럽다. 물만두도 먹어보고 싶네.'

그러나 쇼코는 생각에 생각을 거듭해 3번 정식과 생맥주로 정했다.

얼마 안 있어 정식과 맥주가 나왔다.

일단 맥주 한 모금. 일을 마치고 난 고단한 몸에 맥주가 서서히 퍼져간다. 볼 안쪽에 맥주가 깊이 스며드는 특별한 장소가 있는 듯한 기분마저 든다. 선명한 붉은 오렌지빛과 노란색을 발하는 칠리새우 달걀덮밥에도 마음이 끌렸으나 우선은 만두를 입안 가득 넣었다. 조심한다고 했는데 육즙이 팡 터지는 바람에 재빨리 접시 위로 얼굴을 가져갔다. 쫄깃한 만두피, 바삭한 녹말 날개, 듬뿍 씹히는 고기와 육즙, 모든 것이 이상적이다. 무카이의 얘기를 듣고 줄곧 솟아올랐던 만두를 향한 마음을 간신히 달랠 수 있었다.

'아, 맛있다. 맛있어. 이 가게로 하길 잘했다.'

칠리새우 달걀덮밥을 숟가락으로 뜬다. 꽤 산미가 강하고 자극적인 맛인데 이게 또 맥주에 잘 어울린다. 만두와 번갈아가며 칠리새우, 맥주, 만두, 맥주를 반복하는 훌륭한 영구운동이 가능했다.

그러다 문득 어떤 기억이 떠올랐다.

쇼코는 이혼을 한 번 했다.

짧은 교제 기간에 예상치 못하게 임신하고, 상대를 잘 모르는 채 결혼해 2세대주택에서 시부모와 함께 살았다. 시어머니와의 불화, 남편과 회사 후배의 외도에 대한 의심이 극에 달해 집을 나오게 됐다. 시부모의 반대가 거셌고 뚜렷한 일자리도 없는 상태에서 딸을 데려갈 용기가 없었기에 그 집에 딸을 두고 나왔다. 남편은 그 외도 상대와 이미 재혼했다.

이혼하고 조금 지났을 무렵, 쇼코는 전남편 요시노리에게 맡기고 온 딸과 오랜만에 만났다.

딸 아카리는 아직 다섯 살이었다.

쇼코는 마땅한 일자리 없이 작은 다세대주택에서, 아르바이트를 하면서 결혼 전에 모아둔 저금을 헐어 생활하고 있었다.

전남편이 데려온 딸은 어딘가 기운이 없었다. 그가 가고 나서 쇼코가 "뭐 먹고 싶어?" 하고 물었더니 아카리는 "회전 초밥"이라고 대답했다.

솔직히 난감했다. 돈이 없었기 때문이다. 지갑에는 다음 월급 날까지 남은 일주일 동안 써야 하는 몇천 엔이 다였다.

역 앞에서 초밥 한 접시에 99엔인 가게를 발견해 들어갔다.

딸이 좋아하는 것이라면 뭐든 먹여주고 싶었다.

"참치." "연어알." "달걀."

쇼코는 아카리가 말하는 대로 접시를 집었다.

그러다 도중에 아카리가 눈치챘는지 물었다.

"엄만 안 먹어?"

"엄마는 배불러." 쇼코는 그렇게 대답했다.

완전히 거짓말은 아니었다. 아침에 토스트를 한 장 먹은 게 다여서 뱃속은 텅 비었지만, 아카리가 먹는 모습을 보고 말하는 걸 듣는 것만으로도 기쁘고 사랑스러워 가슴이 벅찼다.

아카리가 딱 한 번 이렇게 물었다.

"오늘 아빠는 안 와?"

"이따가 올 거야. 아카리 데리러."

그렇게 먹고 싶어했으면서 아카리는 초밥을 몇 접시 먹지 않고 "이제 배불러" 했다. 아직 어렸을 때라 쇼코는 그리 이상하게 여기지 않았다.

몇 시간 뒤, 요시노리에게 아카리를 보내고 잘 가라고 손을 흔들며 헤어졌다.

다시 헤어지는 건 아쉽지만 쇼코는 아카리의 얼굴과 목소리를 떠올리는 것만으로 만족했다.

그러다 집으로 돌아가는 길에 문득 깨달았다.

짧은 결혼생활 속에서 얼마 안 되는, 세 식구만의 오롯한 시간을 보내던 곳이 바로 회전초밥집이었다.

시부모와 함께 살면서 사이가 좋지 않던 시기에도 회전초밥집만은 요시노리와 쇼코, 아카리 셋이서만 가던 장소였다. "뱅글뱅글 돌아가는 초밥은 싫다. 차분하게 밥을 먹을 수 없어"라며 시부모가 거절했기 때문이다.

아이 앞에서 시부모와의 불화를 내비치는 일은 절대로 없었다. 시어머니와 쇼코 둘 다 그것만은 철저히 지켰다고 생각했다. 하지만 쇼코가 시어머니 앞에서 불안해하고 긴장하는 것을 아카리는 다 알아챘던 것이다. 그래서 아카리는 유일하게 쇼코가 그걸 피할 수 있는 회전초밥집을 골랐으리라. 아빠도 그곳으로 와주기를 바라며……

정신을 차리고 보니 쇼코는 남의 시선도 아랑곳않고 눈물을 흘리고 있었다. 월급날까지 쓸 돈도 얼마 없으면서 편의점에서 도수가 높은 추하이 캔을 사서 집에 와 마셨다.

왜 갑자기 그런 기억이 떠올랐는지 모르겠다.

다만 슬픔과 기쁨이 뒤섞인 만두 얘기를 듣고 '아카리'라는 단어를 들은 것이 계기가 되어, 애써 닫아놓은 마음의 문이 열려버린 건지도 모른다.

'무카이 씨, 여기 만두는 먹어봤을까?'

눈 내리는 홋카이도에서 몸이 얼음장 같은 채로 먹은 만두의 맛은 분명 각별했을 것이다.

"그런데 실은 그후에 다시 한번 갔더니 없어졌더라고요."

망한 건지 이전한 건지는 모르겠지만.

잠들기 전 무카이는 그렇게 말했다.

쇼코는 스마트폰에 대충 관련어를 넣어 검색해봤다. 한참 찾다가 아무래도 같은 가게가 삿포로에 개점한 것 같다는 사실을 알아냈다.

'분명 이곳일 거야. 무카이 씨에게도 다이치를 통해 알려줘야겠다. 고향에 가면 삿포로를 방문할 기회가 있을지도 모르니까.'

만두도 칠리새우 달걀덮밥도 맥주도 싹 다 비우고 쇼코는 다시 무더운 바깥세상으로 나왔다. 다음에는 물만두를 먹으러 오리라 다짐하면서.

양산을 펼쳐 쓰면서 생각했다. 사람은 때때로 생각지 못한 장소에서 누군가를 구원한다. 마찬가지로 뜻밖의 맛이 누군가를 구원하고 기억을 불러일으킨다. 아마 오비히로의 만둣집 부부도 자신들이 세일즈맨 한 사람을 구했다는 사실을 모르고 있을 것이다.

나도 그런 일을 할 수 있다면 좋을 텐데.

쇼코는 다시 걸음을 내디뎠다.

두번째 술

프랑스 요리
니시아자부

그 가게는 언덕 중간에 있다.

예전에 어느 여성 만화가가 잡지에서 이렇게 말했다.

등장인물 중 한 남자의 집을 언덕 한복판에 그린 적이 있어요.
그랬더니 편집자가 "작가님, 그 등장인물 좋아하시죠?"라고 묻더
군요. 왜 그러느냐고 되물었더니 "당연히 좋아하는 사람이니까 그
런 위치에 집을 그리는 거죠" 하더라고요.

하기야 언덕 중간에 있는 집이라고 하면 어딘가 감성적이다.

"아, 여깁니다, 여기예요. 전에 한 번밖에 안 와봤지만 왠지 다
시 한번 오고 싶더라고요. 쇼코 씨한테 맛있는 음식을 대접하고

싶었어요."

옆에서 가도야가 기쁜 듯 말했다.

쇼코는 말없이 그 가게를 올려다보았다.

어느 개성파 배우의 자택이었던 건물을 프렌치 레스토랑으로 개조했다고 들었다.

쇼코는 가도야가 전화로 그 얘기를 하고 같이 가자고 권한 뒤로 줄곧 이런 집일까 저런 집일까 마음속에 그려보곤 했다.

그 배우는 사석에서 주로 기모노를 입는 이미지가 강하다. 그러니 오래된 전통가옥 같은 집이려나? 그래도 연예인이니 화려한 베르사유풍 저택일 수도 있고. 아니면 소박한 산장……?

그러나 그 집은 모든 예상과 크게 달랐다.

그 건물은 말하자면 요새였다.

회색 콘크리트가 그대로 노출된 벽과 각진 사각형…… 1층에 차고가 있는데 문외한인 쇼코가 보기에도 클래식한 고급 유럽 차가 세워져 있었다. 2층 베란다에는 약간 큼직한 컨테이너가 몇 개 있고 초록색 잎들이 보였다. 쇼코는 그것들이 채소라는 걸 바로 알았지만 언뜻 관엽식물처럼 세련되어 보였다.

"예약해놨습니다. 자, 들어가시죠."

가도야에게 살짝 등을 떠밀려 쇼코는 문을 열었다.

"도쿄에 갈 일이 있는데, 만날 수 있을까요?"

지난주 가도야에게서 연락이 왔다.

그는 지금도 여전히 오사카에 살면서, 업무라고 해야 할지 사후 처리라고 해야 할지 모를 일을 하고 있었다.

"얘기하고 싶은 것도 있고요……"

가도야와는 나카노 심부름센터의 사장 가메야마 다이치의 집안 일을 통해 만났다.

지금도 건재한 다이치의 조부는 고향 홋카이도 도토 지역구로 둔 국회의원이다. 쇼코는 그 '가메야마 사무실'의 부탁으로 의문의 수화물을 몇 번 오사카까지 배달했다. 가도야는 그 물건을 수령하는 국회의원의 비서였는데, 알선 이득 혐의로 작년에 체포됐다가 증거불충분으로 보석 석방됐다.

현재도 수사가 계속되고 있지만 가도야는 예전 일하던 사무실로 돌아가지 않은 것 같다.

'같다'라는 건 그 이상 얘기를 듣지 못했기 때문이다.

"얼마나 계실 거예요?"

그 말을 하는 목소리가 약간 들떴음을 쇼코 스스로도 느꼈다.

"글쎄요. 상황에 따라서 한 일주일쯤?"

석방 후 가도야와 고텐바에서 만났고 그후로 몇 차례 전화를 주고받았다. 그때 그는 '도쿄에서 일하고 싶다'는 의사를 넌지시

내비쳤다.

어쩌면 그 얘기를 할지도 모른다고 쇼코는 내심 기대했다.

가게 안으로 들어가자 새빨간 문에 'TOILET'이라는 팻말이 달린 화장실이 있고 바로 옆에 계단이 있다. 위로 올라가보니 2층은 넓은 홀이었다.

"어서 오세요."

여자 점원이 기분좋은 미소를 지으며 창가 자리로 안내해줬다.

"멋지네요."

쇼코는 얼떨결에 속삭이듯 말했다.

콘크리트로 지은 건물은 내부도 노출 콘크리트 공법으로 되어 있었다. 자칫 차가운 분위기를 띨 수도 있는데 간소함 속에서도 따뜻함을 느낄 수 있는 건 인테리어 덕분일까, 아니면 친절한 응대 덕분일까.

잠시 후 점원이 손글씨로 쓰인 코스 메뉴판을 가져다줬다. 전채 요리, 주요리, 디저트, 음료가 나오는데 주요리 종류에 따라 가격이 조금씩 다르다.

전채 요리는 신선한 생선 카르파초 두 종류, 생햄샐러드, 돼지고기 테린, 포타주 수프 등에서 고를 수 있다. 주요리는 생선 소테 두 종류, 닭과 돼지고기 소테, 소고기 스테이크였다.

"하나같이 다 맛있어 보이네요."

"저는 주요리를 생선으로 하고 전채를 고기로 할까 해요."

"그럼 저는 고기를 주요리로."

"똑같이 해도 괜찮아요."

"아니에요, 제가 고기를 좋아해서요."

이런 사소한 얘기를 나누는 것도 프렌치 레스토랑의 즐거움 중 하나다.

결국 가도야는 생햄샐러드와 참돔 소테, 쇼코는 성대 카르파초와 소고기 스테이크를 주문했다.

"저는 이따 누굴 만날 약속이 있어서 생수를 마실 거지만, 쇼코 씨는 와인이라도 한잔하시죠?"

가도야가 메뉴판에서 손을 떼지 않고 말했다.

쇼코는 잠시 고민하다가 키르*를 주문했다.

가늘고 긴 유리잔에 담긴 짙은 분홍빛 음료가 창밖에서 들어오는 햇살에 아름답게 빛났다.

"잘 먹겠습니다."

"맛있게 드세요."

단맛이 강한 알코올이 식욕을 돋우는 것 같았다.

전채 요리는 양쪽 다 채소 위에 고기와 생선이 잔뜩 올라가 있

---

* 와인을 베이스로 한 칵테일.

었다.

"와."

쇼코는 얼떨결에 소리를 높였다.

"양이 꽤 많네요."

"그렇네요."

"잘 먹겠습니다."

서로 눈빛을 교환하고 웃으며 은식기를 집었다.

성대는 살이 제법 두툼했고 소금과 올리브유가 잘 배어 흰살 생선의 감칠맛이 분명하게 느껴졌다.

"정말 맛있네요."

"그렇죠?"

가도야가 약간 뿌듯하다는 듯 말했다.

"카르파초인데도 아주 얇진 않아서 생선 고유의 맛이 확실하게 나요."

"이것도 먹어보세요."

가도야가 자신의 접시를 살짝 밀었다.

둘은 조금씩 음식을 나눠 먹었다.

생햄샐러드에는 아티초크 초절임과 무화과가 들어 있었다. 전부 엄선된 식재료인 듯 하나하나에 힘이 들어간 맛이었다.

"실은 할 얘기가 있어요."

전채 요리를 반쯤 먹었을 때 가도야가 말했다.

"네, 그렇다고 하셨죠."

어조로 보아 그리 심각한 얘기가 아니라는 건 알았지만 아무래도 살짝 긴장은 된다.

"도쿄로 올까 생각중이에요."

역시…… 쇼코는 속으로 중얼거렸다.

가도야가 하려던 얘기는 일의 거점을 도쿄에 둘까 한다는 것이었다.

의원 사무실에서 있었던 사건은 폭풍우처럼 시작됐다가 조용히 종언을 맞았다.

변호사도 "더이상 경찰에 불려갈 일은 없을 것"이라고 말했다고 한다.

"정말 다행이네요."

"이제 세무상 수정 신고만 하면 이번 일은 끝날 것 같아요."

그러나 고용주인 의원은 "잠시 기다려달라"고 했는데, 그건 "네게 해를 끼치진 않을 테니 당분간 사무실을 떠나 있어달라"는 의미라고 한다.

"흠."

뭐라고 대답해야 좋을지 몰라 쇼코는 작게 한숨지었다.

"뭐, 이 세계에서는 무슨 일이든 모호한 상태로 진행되는 경우가 많아서요."

"그렇군요."

"중요한 일일수록 더 모호해져요."

가도야가 씁쓸하게 웃었다.

"그래서 오사카에 있는 다른 의원 사무실을 좀 돌아보기도 했는데."

한 차례 체포되고 TV에 얼굴마저 알려진 가도야를 다들 동정할지언정 "우리 쪽으로 오라"고까지는 하지 않았던 모양이다.

"이래봬도 예전에는 여러 곳에서 스카우트 제의를 받았는데 말이죠. 지금 받는 월급의 두 배를 줄 테니 오라는 곳도 있었고."

푸념도 자조도 섞지 않고 가도야는 중얼거렸다.

"지금은 시기가 안 좋은 것 같아요."

"……그렇겠죠."

"그러니 차라리 도쿄로 와서 당분간 정치 컨설턴트 같은 일을 하면서 세간의 관심이 사그라들기를 기다릴까 해요. 오사카에서 너무 많은 일이 있기도 했고, 도쿄에는 쇼코 씨가 있으니까. 조만간 정식으로 고용해줄 곳이 있을 것 같아요."

"그렇군요."

쇼코 씨가 있으니까, 라는 말은 너무 기뻐서 못 들은 척했다.

"걱정 마요."

쇼코의 안색을 보고 가도야는 용기가 생긴 듯 웃었다.

"인맥도 있고, 이런저런 연줄도 있습니다. 조사…… 아, 이쪽 업계 용어인데요…… 제가 그런 일도 비교적 잘합니다. 실은 이번에 온 것도 간사이에서 의뢰받은 일 때문이에요. 저를 대놓고 고용하기는 어려울지 모르지만 이런 단발성 일이라면 얼마든지 있거든요."

그 말인즉, 가도야는 당분간 무직이라는 소린가? 쇼코는 생각했다.

뭐, 나라고 크게 다르지는 않지만.

다만 지금 먹고 있는 음식에서 서서히 맛이 사라지는 듯한 기분이 들었다.

모처럼 먹는 훌륭한 전채 요리가 싱겁게 끝나버리고 얼마 안 있어 주요리가 나왔다.

역시 노릇하게 구운 스테이크에 구운 채소…… 오크라, 감자, 양파, 마늘 등이 듬뿍 올라가 있다.

"오크라는 저희 가게 옥상에서 재배한 것입니다."

점원이 설명해줬다. 쇼코는 들어올 때 위층에서 보인 오크라 꽃이 떠올랐다.

"스테이크가 맛있어 보이네요."

잠시 말이 없어진 쇼코를 의식했는지 가도야가 즐거운 듯한 목소리로 말했다.

"네."

마음을 다잡고 나이프를 쥔다.

고기가 무척 부드럽고 꼭꼭 씹을수록 맛있다. 그런 고기를 절묘하게 소금 간한 채소와 먹는 건 황홀했다.

"……왜 그러세요?"

가도야가 물었다.

"고기가 질긴가요?"

"아뇨, 그럴 리가요."

쇼코는 강하게 부정했다.

"아주 맛있어요. 부드러우면서도 깊은 맛이 나고."

"이 생선도 맛있어요. 서로 바꿔 먹어볼래요?"

그가 분위기를 띄우려는 듯 미소 지었다.

"아, 네."

쇼코는 살짝 맥빠진 대답을 하고 말았다.

어떤 불편함이 목구멍 언저리까지 차올라 순수하게 식사를 즐길 수 없었다. 그래도 가도야는 정성껏 자기 생선을 반으로 자르더니 쇼코의 접시에 큼직한 조각을 올려줬다. 쇼코도 스테이크에 나이프를 댔다. 황급히 자르려던 탓인지 접시와 나이프가 부딪혀 신경을 자극하는 소리를 냈다.

"미안해요."

"……왜 그래요?"

그가 다시 물었다.

"저기……"

쇼코는 커트러리를 내려놓았다.

"혹시 저한테 실망했어요? 체포라느니 사무실로 돌아갈 수 없다느니 해서……"

"아뇨."

"괜찮아요. 하고 싶은 얘기나 물어보고 싶은 것이 있으면 확실히 말해주세요. 당연히 실망하겠죠. 체포됐다 풀려난 지 얼마 안 된 남자가 팔자 좋게 도쿄로 오겠다는 소리를 하니까."

"그런 거 아니에요. 그렇다기보다 좀, 물론 그런 점도 없진 않지만 꼭 그런 건 아니고."

"그럼 뭐예요?"

"……일과 관련된 건 저는 잘 모르고, 가도야 씨의 사정도 이해하는데요."

"네."

"그러니까, 앞으로 당분간은 수입이 안정적이지 않다는 말인 거죠?"

가도야는 잠시 어안이 벙벙한 얼굴로 쇼코를 바라보았다.

"네, 뭐."

그러고는 쓴웃음을 지었다.

"말씀 한번 똑부러지게 하시네요."

"죄송합니다. 그게 꼭 나쁘다는 건 아니에요. 저도 그런 입장이니까."

"음."

"다만 그런 건 아니고, 그런데도 이런 비싼 곳…… 니시아자부의 프렌치 레스토랑에 데려와주신 게…… 그런 게 뭐랄까…… 이래도 되나 싶고, 저하고는 안 맞는 것 같아서."

"네."

"수입이 없는데 이런 곳에서 돈을 쓴다고 생각하니 이건 좀 아닌 것 같다 싶어서요. 물론 저도 맛있는 음식을 좋아하지만. 그래도."

쇼코는 그 이상 말할 수 없었다.

지금 하는 말이 몹시 무례하고 건방지게 느껴졌다. 자신 또한 하루살이 신세면서 막 풀려나온 그에게 상처를 주고 있다는 생각이 들었다.

하지만 아무래도 그런 '분수'를 아는 사람이 아니라면, 앞으로도 쭉 마음속에 꺼림칙함을 품고 지낼 것 같았다.

"저는 원래 넉넉하지 못한 편이고 심지어 궁상맞은 구석도 있어요. 아이도 있고요. 꼭 이런 레스토랑에서 비싼 음식을 먹지 않아도 괜찮아요."

쇼코는 자조 섞인 웃음을 보였지만 가도야는 웃지 않았다.

"이곳을 선택한 건……"

그가 잠시 생각에 잠기더니 이내 입을 열었다.

"그저 음식이 정말 맛있어서, 쇼코 씨한테 맛보여주고 싶었기 때문이에요."

"네."

"저도 딱 한 번 와봤지만 맛이 잊히지 않더라고요. 뭐랄까, 물론 현재 제 상황으로는 분수에 안 맞을지도 모르고, 가격도 보통 프렌치 레스토랑보다 비쌀지도 모르지만요. 그래도 가격으로는 따질 수 없는 성실한, 그리고 정성을 담은 맛이라고 기억하고 있었어요."

"아, 네."

그건 쇼코도 느끼고 있었다.

전채 요리의 성대는 두툼한 살이 아주 실했다. 소고기 스테이크도 특히 좋은 고기를 썼고 조리법도 적절하다는 걸 금방 알 수 있다. 그리고 옥상에서 재배한다는 채소는 매우 신선했다.

"이렇게 땅에 제대로 발을 디딘 일을 하고 싶다, 그렇게 살고 싶다는 마음이 들었어요."

"그랬군요."

"그 마음을 알아줬으면 해서 이곳을 선택한 거예요."

가도야는 가게 직원을 불러, 죄송하지만 지금까지 먹은 음식의 계산서를 가져와줄 수 있느냐고 정중하게 부탁했다.

"그렇게까지 안 하셔도 되는데."

민망해하면서 확인한 계산서의 가격은 쇼코가 생각했던 것보다 30퍼센트 가까이 저렴했다.

"이 정도 맛인데 가격이 정말 싸네요."

"그렇죠? 물론 지금의 제게는 이 가격도 비싸고 사치일지 모릅니다. 쇼코 씨 앞이라고 제가 무리했나봐요."

가도야가 머리를 쓸며 웃었다.

"아뇨, 저는 그런 줄 모르고. 국회의원 비서로 쭉 일하셨으니 씀씀이가 큰 분인가 싶어 걱정했어요. 제 생각이 지나쳤나봐요. 죄송해요."

"거꾸로 말하자면, 아무래도 당분간은 이런 곳에서 식사하는 건 어렵다고 각오해야 할지도 몰라요."

"네."

"그래도 첫 데이트만은 근사하게 하고 싶었어요."

"첫 데이트?"

"이런 말 하는 거 왠지 중학생 같고 쑥스럽지만, 앞으로 쇼코

씨와 정식으로 교제하고 싶어요."

"아."

가도야는 고개를 숙였다.

"잘 부탁드립니다."

쇼코도 얼떨결에 작은 목소리로 말했다.

뒤이어 나온 음식은 더욱 근사했다.

쇼코는 애플파이를, 가도야는 치즈케이크를 선택하고 커피를
곁들였다.

먼저 나온 가도야의 치즈케이크 위에는 도톰하게 자른 샤인머
스캣이 올라가 있었다. 쇼코가 "우아" 하고 무심결에 감탄할 만
큼 아름다웠다. 준보석이 박힌 자그마한 왕관 같았다. 그렇다고
케이크 전문점만큼 호사스럽지는 않고, 어릴 적에 모았던 색색의
돌을 넣은 보석 상자를 열었을 때 같은 정겨운 설렘을 느꼈다.

가도야의 권유에 따라 케이크를 입에 넣었는데 매정하다 싶을
만큼 치즈에 단맛이 적었다. 하지만 샤인머스캣이 기가 막히게
달아서 함께 입안에 넣자 단맛과 신맛이 적절한 조화를 이뤘다.

이렇게 잘 계산된 디저트를 먹어본 적은 없는 듯했다.

잠시 후 쇼코의 애플파이도 나왔다.

갓 구운 파이지를 음미하는 디저트다. 네모난 파이 한가운데
가 살짝 파여 있고 그 위에 사과가 올라가 있다. 이것 역시 지나

치게 달지도 새콤하지도 않았다. 홍옥을 달짝지근하게 졸인 건지 원래 단맛이 강한 사과를 그대로 구워낸 건지 구분하기 어려웠다. 그래도 한 가지 분명한 건 바삭한 파이지와 달콤한 사과, 휘핑크림의 비율이 절묘하다는 사실이다.

"지금껏 먹어본 애플파이 중에서 제일 맛있는 것 같네요."

가도야의 말에, 같은 생각을 하고 있던 쇼코는 살짝 고개를 끄덕였다. 굳이 말하지 않아도 서로 통할 수 있는 그런 음식이었다.

돌아갈 때는 둘이 손을 잡고 언덕길을 걸었다.

세번째 술

삼겹살
신오쿠보

오쿠보 부근이 이국적인 동네라는 사실은 알고 있었지만, 직접 가본 건 직장인 시절에 딱 한 번뿐이었다. 한류에 푹 빠진 친구 손에 이끌려 한국 요리를 먹고 연예인 관련 상품을 사는 곳에 같이 갔다가 기념품으로 김치를 사 왔었다.

요즘엔 동향이 바뀌어서 한국인뿐 아니라 다양한 국적의 외국인이 많이 거주하는 동네라고 들었다. 그래도 역 앞에는 여전히 한국 음식점이 북적북적하게 늘어서 있다. 해외 송금과 환전을 취급하는 업소에 각국의 글자가 빽빽하게 적혀 있는 것이 역시 이 동네다웠다.

'이왕 여기까지 왔으니 한국 요리를 먹고 싶어.'

쇼코는 주위를 두리번거리며 걷는다.

"당신이 지킴이군요."

어젯밤에 쇼코를 부른 사람은 유명 블로거인 미카마마였다.

신오쿠보와 신주쿠 사이의 대형 아파트에서 가족과 산다.

하지만 어제 쇼코가 간 곳은 거기서 신오쿠보 쪽으로 도보 십분쯤 걸리는 동네에 위치한, 그녀의 부모님이 거주하는 아파트였다. 그곳 역시 널찍했다.

처음에는 자택으로 오라고 했는데, 저녁 무렵 다시 연락해서 급히 장소를 변경했다.

"미카마마 씨는 유명한 블로거야."

사전 미팅으로 사무실에 갔을 때 사장 다이치가 설명했다.

"특히 주부들한테 인기가 압도적이래. 이십대 때는 대기업 대표의 비서로 일했다는 것 같아. 블로그 방문자 수 순위가 연간 1위라서 책도 내고 여러 이벤트에도 초대받는대. 소위 말하는 인플루엔서라는 거지."

"흠, 그런 사람이 정말로 있구나."

"블로그에는 남편이 무슨 일을 하는지 정확히 밝히지 않았는데 실은 대형 무역회사에 다닌대. 두 딸과 강아지 두 마리도 함께 살아."

얘기로만 들어도 참 행복한 사람이겠구나 싶었다.

"부유한 티는 나는데 그렇게 잘난 척하지 않고 평범한 주부의 시선으로 블로그를 운영한다는 게 인기 이유야."

"그렇구나."

"이번 일은 그 사람 취재의 일환이기도 해. 다양한 서비스를 체험해보고 블로그에 포스팅하거든. 지금까지 가사대행 청소와 요리, 간병 서비스, 아이 돌봄 서비스, 마사지, 미용 같은 것들을 체험했는데, 우리 지킴이 서비스도 어디서 발견하고는 의뢰를 해왔더라고."

"신기하다."

"솔직히 언뜻 봤을 때 무엇을 위한 서비스인지 잘 이해되지 않아서 알아보고 싶대. 그래서 너를 간단히 인터뷰하고 그 내용을 블로그에 올릴지도 모르는데, 괜찮겠어?"

"으음."

쇼코는 약간 망설였다.

"물론 얼굴 사진은 올리지 않을 거고 실명도 안 써. 다만 미카 마마가 일러스트도 그리기 때문에 어쩌면 너를 그려서 올릴 가능성은 있나봐."

쇼코는 무심코 웃음이 나왔다.

"그 정도라면 괜찮아."

"다만 게시될 내용을 사전에 확인할 순 없어. 그저 블로그일

뿐이니까. 물론 터무니없는 내용을 쓴다면 항의해야겠지만. 이 블로그 하루 방문자가 몇만 명이나 되니, 글만 잘 써준다면 우리 일거리가 늘어날지도 모르고."

"그런 거…… 좀 무서운데. 자신 없어."

"뭐, 나도 전화로 얘기해보고 블로그를 대충 살펴본 정도가 다지만 상식적인 사람인 것 같았어. 취재 상대에 대한 배려도 느껴지고, 설령 마음에 안 들어도 심하게 비방하진 않을 듯한데."

"너는 내가 이걸 하면 좋겠어?"

쇼코는 눈을 살짝 위로 치켜뜨고 물었다.

"뭐, 네 결정에 달린 거지만, 해서 나쁘진 않을 것 같아."

"그럼…… 가볼까?"

그런 과정 끝에 이곳에 온 것이다.

"그냥 미카마마라고 불러주세요. 닉네임이지만 이젠 그게 더 제 본명 같거든요."

블로거라고 해서 막연히 젊은 사람을 상상했는데 미카마마는 오십대였다. 거품경제 세대 특유의 화려함과 당당함을 지녔다.

키는 그리 크지 않으면서 늘씬한 체형이고, 화이트와 베이지가 어우러진 실내복은 유명 블로거답게 고급스럽고 세련된 것이었다.

"갑자기 이쪽으로 오게 해서 미안해요."

거실로 안내받아 들어가자 소파와 테이블이 있고, 그녀의 부모님이 앉아 있었다.

"오늘밤에 온다고 했던 지킴이 쇼코 씨예요."

미카마마가 밝게 소개했다.

"안녕하세요."

"어서 와요."

고상한 인상의 부모님이 쇼코에게 인사했지만 왠지 목소리가 작고 기운 없어 보였다. 발랄한 미카마마와 대조되어 더 그래 보였다.

"오늘밤 잘 부탁드립니다!"

쇼코도 한껏 생기 있는 목소리를 내며 인사했다.

"그럼 이쪽으로 올래요?"

미카마마가 쇼코를 주방으로 안내했다.

주방에는 4인용 테이블이 있었고, 그녀는 쇼코에게 앉으라고 권했다.

"갑자기 부모님 집으로 오게 해 정말 미안해요."

미카마마가 재차 사과했다.

"아니에요. 괜찮습니다."

"처음에는 우리집에서 지킴이 일을 부탁드릴 생각이었는데,

아버지 상태가 조금 좋지 않아서……"

"저는 정말 괜찮습니다. 신경쓰지 마세요."

미카마마는 눈을 내리깔았다. 그러자 지금껏 밝았던 모습이 싹 달라졌다.

"오늘 많은 일이 있었거든요."

"네."

"실은 방문 요청도 취소하려다 차라리 쇼코 씨가 오시는 편이 제 정신을 분산시키는 데 도움될 것 같아서요."

"정신을 분산시키고 싶은 일이 있었나요?"

쇼코가 별 뜻 없이 미소 지으며 물었다.

"오늘, 아버지가 몸이 안 좋아서 병원에 모시고 갔었는데요."

하, 하고 그녀는 한숨을 쉬었다.

"미향아. 손님이랑 얘기 나눌 거면 이쪽에 와서 하는 게 어떠니?"

주방 입구에 어머니가 서 있었다.

"네, 좀 할일이 있어서요!"

미카마마가 살짝 강한 어조로 대답하자 어머니는 무어라 중얼거리며 돌아갔다. 미카마마는 잠시 가만히 침묵했다.

"……괜찮다면 어머니 아버지랑 넷이서 차라도 마실래요? 인터뷰는 두 분이 주무신 다음에 해도 되니까."

그녀는 손끝의 깔끔한 네일아트를 바라보고 있었다. 연분홍과 살구색 매니큐어를 발라 거의 본래 상태처럼 보이지만 실은 꽤 공들여 관리했음을 알아볼 수 있다.

"오늘 많은 일이 있었거든요."

그녀는 한번 더 같은 말을 했다.

"네."

"잠시 단둘이 얘기하고 싶었는데."

"저는 괜찮아요."

"그럼 잠깐 부모님이랑 같이 얘기할까요? 차라도 마시면서."

"제가 준비할게요."

쇼코는 차도구가 있는 곳을 물은 뒤 준비했다.

차를 들고 거실로 가서 소파에 나란히 앉았다.

그런데 미카마마가 어딘가 지친 기색으로 말이 없었다. 어머니는 미카마마와 쇼코의 얼굴을 번갈아 힐끗거린다. 아버지는 멍하니 있었다.

쇼코가 찻잔을 테이블에 놓으며 물었다.

"방금 어머님이 미카마마 씨를 미향이라고 부르시던데요?"

그러자 미카마마는 마음이 조금 놓였다는 듯 입을 열었다.

"사실 부모님은 재일 한국인이에요. 저는 결혼과 동시에 귀화했기 때문에 일본 국적이지만 본명은 미카, 한국어로 미향美香이라고 해요."

"어머, 그렇군요. 혹시 신오쿠보에 사시는 것도 그래서……?"

"네. 전쟁이 끝나고 아버지 일가가 오사카에서 도쿄로 옮겨와서……"

"롯데야. 롯데 공장이 있었어."

미카마마의 아버지가 갑자기 입을 열었다.

"롯데요?"

"신오쿠보역 근처에 롯데 공장이 있어서 한국 사람이 많이 살았었어."

"아버지는 옛날 일을 잘 기억하세요. 신오쿠보의 살아 있는 사전이거든요."

드디어 미카마마가 웃었다.

"그러시군요."

그러고는 미카마마, 아버지, 어머니가 경쟁하듯 교대로 얘기하기 시작했다.

"할아버지는 롯데 공장 직원들을 상대로 식당을 열었어요. 당시에는 그런 가게가 많았거든요."

"처음 들었어요."

"옛날에는 엄청 바빴어요. 직원들이 아침에 밥 먹으러 오잖아요. 그거 정리하고 나면 금세 점심밥 해야지. 또 정리하고 나면 저녁밥. 드디어 끝났다 싶으면 야근한 사람들이 야식을 먹으러 오는 거야. 다들 술도 잔뜩 마시고."

어머니가 손과 눈을 빙글빙글 돌리며 말했다.

"힘드셨겠네요."

"그래도."

어머니가 빠른 말투로 한국어를 섞어 말하자 미카마마가 통역했다.

"바쁘긴 했지만 즐거웠대요. 다들 동포들이라, 매일 와서 밥 먹고 수다 떨고 싸우고."

"싸움도 했어요?"

"원래 술이 들어가면 그렇게 되잖아요."

미카마마가 웃었다.

"그래도 다음날이면 언제 그랬냐는 듯 화해하는 거야. 하고 싶은 말을 전부 해버렸으니까."

"가게가 많았지만 우리집이 제일 인기 있었지."

아버지가 힘있게 말했다.

"맞아. 아버지 요리가 최고였지. 그건 다들 인정했었어."

미카마마가 고개를 끄덕였다.

"그렇게 부모님이 우리를 키워주셨고, 오빠랑 나는 대학에 가고 취직을 했죠. 가게는 잇지 않았어요."

이번에는 아버지가 한국어로 말했다.

"바쁘고 힘들기만 한 일이니 안 하길 잘했대요…… 90년대가 되자 일본인들도 한국 요리를 먹으러 찾아왔어요. 니시신주쿠 주변에도 회사가 많이 생겨서 점심 손님이 오고. 그러다 한류 붐이 일었을 무렵 권리금을 받고 가게를 넘겼어요."

"그러셨군요."

"그후로 부모님은 유유자적하고 있어요. 해외여행도 다니시고."

쇼코는 밤이 깊을 때까지 신오쿠보의 과거에 대한 여러 얘기를 듣거나 그들의 여행 사진을 보거나 했다.

한동안 역 앞을 걷다가 컬러사진이 잔뜩 붙은 화려한 간판을 발견했다. '삼겹살 1080엔' '점심 메뉴 주문시 생맥주 265엔'이라고 적혀 있다.

가게는 지하에 있었다.

입구가 좁고 약간 어두워서 살짝 주저했지만, 안으로 들어가니 가스버너와 철판이 놓인 테이블이 줄지어 있었다. 이른 시간이라 그런지 손님은 회사원으로 보이는 남자 한 명뿐이다.

테이블 위에는 삼겹살 전문점 특유의 비스듬히 기운 철판이 놓여 있었다. 꼭 작은 스키장 같다. 아래로 기름이 떨어지도록 고안된 것일 테다.

　자리를 안내받고 점심 메뉴를 다시 한번 확인한다. 삼겹살 말고도 비빔밥과 국밥, 신라면, 순두부찌개, 안창살덮밥 등 스무 종류가 넘었다.

　아주 잠깐 고민했지만, 역시 든든하게 고기를 먹고 싶었다.

　"실례합니다!" 하고 안쪽을 향해 직원을 불렀다. 한국인 여자가 오더니 느릿한 일본어로 "어서 오세요" 했다. 삼겹살에 철판 위에서 만들어주는 김치볶음밥을 추가한 세트 메뉴를 주문했다. 생맥주도 물론 잊지 않았다.

　곧 하얗게 성에가 낀 큰 잔에 생맥주가 나왔다. 그와 동시에 한국식 반찬이 담긴 작은 접시들이 테이블 위에 놓인다. 한국어로 '밑반찬'이라고 하던가.

　두툼한 어묵과 양파를 매콤달콤하게 볶은 것, 햄에 달걀물을 입혀 전처럼 구워낸 것, 마카로니샐러드, 숙주나물 등. 이어서 빨갛고 매운 양념이 된 파채, 상추, 소금 참기름장, 쌈장이 줄줄이 나와 한국 요리다운 풍성한 식탁을 이뤘다.

　그것들을 안주삼아 맥주를 마시고 있자니 주문을 받았던 여자 점원이 두껍게 썬 삼겹살과 김치, 채소를 담은 쟁반을 들고 왔다. 채소는 양파와 새송이버섯, 감자다. 점원이 그것들을 철판 위에 가지런히 늘어놓고 불을 켰다.

'이만큼 채소를 많이 먹을 수 있다는 점도 마음에 들어.'

고기가 지글지글 익으면서 기름이 떨어지는 소리와 고소한 냄새. 이런 식으로 구워 먹는 고기에는 지불하는 값 이상의 오락성이 있다.

잠시 후 점원이 다시 오더니 고기를 재빨리 뒤집어줬다. 이곳은 점원이 모든 걸 알아서 해주는 모양이다.

'정말로 한국에 온 것 같네.'

속까지 잘 익자 점원은 큼직한 가위로 싹둑싹둑 고기를 자르고 김치와 다른 채소도 잘라줬다. 그러고는 "드시면 돼요" 하고 무뚝뚝하게 말했다.

주방으로 돌아가려는 점원에게 쇼코가 "고마워요" 하자, 그녀는 손님이 추가 주문이라도 하는가 싶어 뒤를 돌아본다. 쇼코는 웃으며 가볍게 고개를 가로저었다.

'의사 소통이 조금 어려운 이 느낌, 꼭 해외에 온 것 같아. 지하에 있어서 더더욱 그런 기분이 들고. 좀처럼 해외여행을 하기 힘든 내게는 즐거운 체험이네.'

상추에 노릇하게 구워진 고기를 올리고 쌈장을 바른 뒤 우선은 파채만 넣어 쌈을 쌌다.

"되도록 상춧잎을 팽팽하게 잘 감싸주는 게 맛있어요." 쇼코는 어젯밤 미카마마가 알려준 팁을 떠올렸다.

"한국 요리는 잘 비비고 야무지게 싸서 여러 가지 맛이 한꺼번에 어우러져야 맛있거든요."

너무 힘을 주었는지 상추가 찢어졌지만 그런대로 쌈을 완성했다. 삼겹살을 입에 넣는다. 싱싱한 채소, 대파의 알싸한 맛과 향, 매콤달콤한 쌈장, 모든 게 하나가 되어 서로 융화되어간다. 채소는 아삭하고 고기는 바삭해 서로 대조되는 식감이 재미있다.

'맛있다. 소고기 구이도 좋지만 이건 또다른 맛이야. 다른 음식과 가격이나 맛만으로 비교할 수 없어.'

즉시 맥주를 꿀꺽 마신다. 결국 못 참고 "아아" 하는 탄성이 나왔다.

이번에는 고기만 집어서 소금이 든 참기름장에 찍어 먹었다. 이것 또한 맛있다. 곧장 맥주를 마신다.

먹는 방법이 아직 몇 가지 남았다. 구운 김치를 고기에 얹어 입안에 넣었다. 새콤한 김치가 고기의 느끼함을 잡아준다. 맥주에 안 어울릴 수가 없지.

입가심용으로 구운 채소를 먹어본다. 노릇노릇하게 구워진 감자는 그대로 먹어도 좋고 참기름장을 묻혀도 맛나다.

상추를 펼쳐 고기, 파채, 구운 김치를 올리고 다시 열심히 쌈을 싸서 먹었다. 쌈장과는 다른 매콤함과 감칠맛이 입안에 쫙 퍼진다.

이어서 고기, 파채, 김치, 쌈장은 물론 구운 채소며 나물 반찬까지, 넣을 수 있는 건 전부 넣어서 야무지게 쌈을 쌌다.

'고기와 상추, 쌈장의 실력이 대단하구나.'

한참을 몰두해서 먹다가 문득 정신을 차려보니 턱이 얼얼했다. 어이가 없어 웃음이 나왔다.

'그만큼 고기 양이 많다는 뜻인가.'

고기를 거의 다 먹었을 즈음 예의 무표정한 점원이 다시 다가왔다. 손에 든 쟁반 위에는 밥과 잘게 썬 김치 같아 보이는 빨간색 덩어리, 한국 김, 그리고 알 수 없는 액체가 담긴 병 등이 가득하다.

점원은 조금 남은 김치와 구운 채소를 납작한 쇠주걱으로 잘게 썰고는 밥을 올리더니 철판을 긁어내면서 섞었다. 그것만으로도 맛있어 보이는데 이어서 잘게 썬 김치와 새빨간 조미료가 섞인 것을 밥 위에 얹는다. 볶음밥이 점점 새빨개진다. 그리고 의문의 액체를 뿌린 뒤 김을 부슬부슬 뿌렸다. 갑자기 고소한 향이 강렬해진다. 마지막으로 빨간 볶음밥을 오코노미야키처럼 평평하게 만들어 모양을 잡은 뒤 점원은 옆에 쇠주걱을 꽂아두고 사라졌다.

'저 액체는 역시 참기름인가?'

쇼코는 주걱을 이용해 볶음밥을 그릇에 담아 먹었다. 당연히 맛이 없을 리가 없다. 그리 맵지 않으면서 김치의 새콤함과 한국 김의 풍미가 밥을 한층 고소하게 만든다. 제법 많은 양인데도 한 입 또 한 입, 멈출 수가 없다.

철판 바닥에 밥이 눌어 누룽지가 생겼다. 돌솥비빔밥 같다. 그 눌어붙은 밥을 긁어내며 맥주로 목을 축이는 건 더할 나위 없는 기쁨이었다.

"여기요. 막걸리 추가할게요."

쇼코는 가게 안쪽을 향해 큰 소리로 주문했다.

"덕분에 살았어요. 쇼코 씨가 와줘서. 저렇게 두 분이 들떠서 얘기하시는 거 오랜만에 봤어요. 젊은 사람이 있으니 활기가 도 네요. 아버지도 어머니도."

미카마마가 지켜봐주는 동안 부모님이 교대로 목욕을 하고 잠 자리에 든 뒤, 쇼코는 그녀와 거실에 단둘이 남았다.

이번에는 미카마마가 마실 것을 준비해줬다. 자신은 잠이 달아 나지 않도록 은은한 허브티를, 일하는 중인 쇼코에게는 커피를. 센스가 좋은 사람이라고 쇼코는 생각했다.

"저만 있었다면 훨씬 더 막막했을 거예요."

"무슨 일이 있었나요?"

쇼코는 다시 물었다.

"실은 그저께 저녁에 요양사한테 연락이 왔어요. 아버지가 다리가 아프다고 하신다며."

이번에는 거리낌없는 투로 얘기를 시작했다.

"네."

"저는 할일이 있어서 올케에게 연락해 대신 보냈어요. 그랬더니 아버지가 이제는 안 아프니까 괜찮다고 하셨다는 거예요. 다친 상처도 없고, 겉보기에 부은 흔적도 없었고요. 그래서 안심했죠."

미카마마가 허브티가 든 머그잔 속을 바라본다. 쇼코는 다음 말을 기다렸다.

"다음날 점심때 또 요양사한테 전화가 왔어요. 병원에 모시고 갔었느냐고 묻더라고요. 그래서 올케가 보고 왔는데 아버지가 괜찮다 하셨다고 설명했거든요. 그런데 요양사는 아버지가 굉장히 아파하시니 오늘 중으로 꼭 병원에 모시고 가라고 강하게 말하더군요."

"네."

"그래서 어제 스케줄을 하나 취소하고 오후 늦게 친정으로 가는 도중에, 또 요양사가 연락해와 병원에 갔느냐고 묻는 거예요. 지금 친정으로 가는 중이라고 대답했죠. 전화를 끊었더니 이번에는 주간보호센터의 간호사가 연락해서 '요양사 말이 아버님이 다리가 아프다고 하는데도 병원에 모시고 가지 않았다는데 사실

이냐'고 하는 거예요."

미카마마가 깊은 한숨을 쉬었다.

"친정에 도착해서 아버지한테 물었더니 아프지 않다고 고집을 부리시더군요. 아버지는 예전부터 병원을 무척 싫어했어요. 통증이라는 게 눈에 보이는 게 아니잖아요. 어머니까지 아버지 편을 들면서 내가 너무 호들갑이라는 거예요. 그때 다시 요양사가 전화해선 '내일은 꼭 병원에 모시고 가세요!'라고 하더라고요."

"괜찮으세요?"

쇼코가 그렇게 물은 것은 미카마마의 눈에 눈물이 가득 고여 당장이라도 흘러내릴 것 같았기 때문이다. 그러나 그녀는 아슬아슬하게 눈물을 삼키고는 "괜찮아요" 하며 미소를 지었다.

"다리를 만져봤더니 분명히 살짝 열이 있었어요. 내일 병원에 가자고 했더니 아버지는 아니나 다를까, 또 안 가겠다고 우기시는 거예요. 그래서 저도 모르게 '나는 이것 때문에 일을 쉬고 왔다고요. 그러니까 간다고 하면 가는 줄 아세요!' 하고 호통을 쳐버렸지 뭐예요."

미카마마는 한 손으로 얼굴을 감쌌다.

"오늘 낮에 여기 왔더니 아버지가 '이제 괜찮으니까 너는 일하러 가렴' 하시더라고요. 그래도 억지로 병원에 모시고 가는데 계속 '내가 미안하다, 미안해'라며 자꾸 사과를 하시고."

끝내 참을 수 없었던지 얼굴을 감싼 손가락 틈새로 눈물이 떨어졌다.

"요양사도 간호사도 다들 열심히 자기 일을 하는 것뿐이잖아요. 정말 좋은 사람들이에요. 그런데 저는 이상하게 저를 다그친다는 느낌이 들어서 괴로워요."

"미카 씨는 지금도 충분히 잘하고 계세요. 일도 있고 가정도 있잖아요."

쇼코의 그 한마디에 미카마마가 엉엉 울기 시작했다.

"내가 잘못한 거 아니죠?"

"그럼요. 당연하죠."

쇼코는 엉겁결에 일어나 미카마마의 등을 쓰다듬었다.

"전혀 잘못한 거 없어요. 정말로 잘하고 계시잖아요. 그렇게 마음 아파한다는 건 아버님을 소중하게 생각한다는 증거예요."

"고마워요, 정말."

쇼코는 그대로 그녀를 소파로 데려가 눕힌 다음 담요를 덮어주고 잠을 청하게 했다.

"제가 깨어 있을 테니까, 아버님이 일어나서 나오시면 다리 상태가 어떤지 여쭤볼게요."

"고마워요."

"무슨 일 있으면 깨울게요."

다행히 미카마마의 아버지는 화장실에 가려고 딱 한 번 일어나서 나온 게 다였다. 병원에서 받은 약이 효과가 있는지 다리도 아프지 않은 듯했다.

주문한 막걸리가 나왔다.

"막걸리 나왔습니다."

젊은 여자 점원이 테이블에 놓으며 말했다.

"탄산수에 섞어 마셔도 맛있어요."

"막걸리에 탄산수?"

쇼코가 되묻자 그녀가 빙그레 웃었다. 여기 와서 처음 본 미소였다.

"알려줘서 고마워요. 다음에 해볼게요."

쇼코는 점원의 뒷모습을 바라보면서 막걸리를 마셨다. 달큰하고 톡 쏘는 산미가 감도는 이 걸쭉함.

'와, 이걸 마지막에 마시니까 왠지 상큼하네.'

철판을 싹싹 긁어 김치볶음밥을 한 톨도 남김없이 먹었다.

매우 만족스러운 식사였다.

"가사도우미도 아니고 간병인도 아니고 지킴이 서비스라는 게 뭔지 잘 몰랐지만, 신청하길 정말 잘했어요."

미카마마는 아침에 그렇게 말했다.

블로그에는 어떤 글을 쓰려나.

잠시 생각해보다가 쇼코는 고개를 흔들었다.

'아무렴 어때. 항상 나를 불러주는 사람들은 블로그 같은 거 안 볼테니 어떤 글을 쓰든 우리가 변하는 것도 아니고.'

막걸리를 다 마시고 계산하기 위해 자리에서 일어섰다.

네번째 숲

비리야니
이나리초

"너, 일을 너무 과하게 해."

오랜만에 사장 다이치와 함께 밥을 먹는 자리였다. 최근에 간 일터에서 있었던 일을 별생각 없이 얘기했더니 다이치가 못마땅한 얼굴로 말했다.

"우리 원칙을 잊지 마. 그저 지켜봐주는 거. 깨어 있는 거. 그게 우리의 일이야. 고객이 해달라는 대로 청소나 정리 같은 걸 해버리면 그저 그런 심부름센터와 다를 게 없잖아."

직원이 너무 일을 많이 한다고, 고객에게 지나치게 친절하다고 나무라는 사장이 세상에 또 있을까.

"하지만 남의 집에 갔는데 정리나 간병, 이사 준비 같은 걸 하고 있다면 자연스레 도와주고 싶어지지 않아?"

"그런 식으로 일하면 고객도 기대하게 되겠지? 다음에 불렀을 때도 똑같이 해주겠지 하고. 그런데 너한테 다른 일이 들어와서 대신 내가 그 고객에게 간다면 어떻게 될까? 나한테도 당연하다는 듯 '이것 좀 해줘요' 할지도 모르잖아."

아, 그게 걱정이었던 건가?

"아무튼 초심을 잃지 마. 다른 일 하지 말고, 쓸데없이 움직이지 말고, 그저 지켜봐주기."

초심이라는 말은 훨씬 더 고귀한 뜻이라고 생각했는데.

"고객이 일하고 있는데 나만 가만히 앉아서 지켜보는 것도 어려운걸."

무심코 쇼코가 중얼거리자 다이치가 "그렇지?" 하고 우쭐한 표정을 짓는다.

"일하는 쪽이 쉬운 거야. 가만히 아무것도 안 하는 게 고난도라고. 그리고 그러기 위해 우리가 불려간 거지. 그러니까 일을 해주는 게 옳다는 생각은 하지 마."

"이상한 논리네."

"함께 거들어줄 이가 필요했다면 다른 사람을 고용하겠지. 굳이 우리 같은 지킴이를 부를 게 아니라."

"억지야."

쇼코는 그렇게 대꾸했지만 아주 조금은 다이치의 말도 일리가 있다고 생각했다.

그래서였을까. 우메다 나오코의 집에 갔을 때 높은 데서 '좋은 차'를 꺼내려는 그녀를 도와주지 않았다. 선반에 뻗은 손이 과자 캔에 닿을락 말락 하는 것을 조마조마하게 지켜보았다.

"제가 꺼내드릴까요?"

그렇게 말을 건넨 건 나오코가 세번째로 실패한 뒤였다.

"괜찮아요. 아들 부부도 뭐든 나 스스로 해보라고 했으니까."

나오코는 숨을 거칠게 내쉬면서 캔에서 녹차와 히가시*를 꺼냈다.

느리지만 정성스럽게 차를 우린다. 쇼코는 그 모습을 가만히 지켜보았다.

"자, 드세요."

내어준 녹차를 한 모금 홀짝인다.

"맛있어요."

"우리 같은 가게는 차를 내는 것도 중요한 업무거든요."

나오코가 미소를 지었다. 쇼코는 이 동네에 내린 순간을 떠올렸다.

지하철역을 나와 지상으로 올라오자 사방이 불단 상점으로 에

---

* 수분이 거의 없어 보존성이 높은 일본의 전통과자.

워싸인 사거리가 나왔다.

이곳이 불단 거리구나. 나오코네도 불단 상점이고, 큰길에서 한 골목 안쪽으로 들어간 곳에 있다.

"우리는 구멍가게 축이죠. 제일 잘 팔리는 건 향이나 양초 정도."

이미 아들에게 가게를 물려줬지만 지금도 운영하는 것처럼 나오코는 설명했다.

"나머지는 단골손님들이 다예요. 불단이라는 게 그리 자주 바꾸는 물건이 아니니까."

십 년 전, 아들에게 양도하면서 가게를 다층으로 재건축해 2층은 사무실로 세를 주고, 그 위층은 주거형으로 지었다. 나오코는 그중 한 호실에 산다.

"솔직히 말하면 가게 매출보다 임대료를 받아서 운영해요. 아들은 여기서 조금 떨어진 다른 아파트에서 자기 식구들과 함께 살아요. 그래도 매일 오니까 얼굴을 볼 순 있죠."

"아주 이상적인데요."

쇼코는 간신히 한마디 끼어들었다. 그때까지 나오코의 얘기가 쉴새없이 이어졌기 때문이다.

"네. 감사하게 생각해요."

하는 말과는 다르게 그리 감사해 보이지 않는 표정으로 나오코는 말했다.

그 아들 부부는 상점 재개장 10주년 기념으로 아이를 데리고 하와이 여행을 떠났고 나오코는 혼자 남겨졌다. 어머니가 걱정되니 한번 보러 가달라는 것이 의뢰받은 '지킴이' 일이었다.

나오코의 안색과 말투로 보아 솔직히 자기 혼자 두고 아들 가족이 여행을 갔다는 사실에 분명 불만이 있을 거라고 쇼코는 생각했다. 그 푸념을 들어주는 일이라면 다이치가 말하는 지킴이의 초심에 걸맞다.

그렇지만 남의 푸념을 들어주는 일이 몸을 움직이는 것보다 실은 더 중노동인데.

"그건 그런데" 하고 나오코가 말을 꺼냈을 때 쇼코는 '올 것이 왔구나!'라고 생각했다. 푸념 타임에 돌입한다.

"그건 그런데, 나한테 가게를 열지 말라는 거예요."

"네?"

쇼코는 생각지도 못한 말에 그만 얼빠진 소리를 내고 말았다.

"가게 말이에요, 가게. 일주일 쉰다고 했잖아요? 그럼 그동안 내가 열어두겠다고 했더니 아들네가…… 그러니까 아들이랑 며느리가 그럴 필요 없다는 거예요. 내가 혼자 가게를 열어두면 걱정된다면서. 아니, 그게 무슨 소리야. 가게 일을 하나부터 열까지 알려준 사람이 누군데."

그뒤로는 예상대로 불만 퍼레이드가 펼쳐졌는데, 다만 그 방향이 쇼코의 예상과 달랐다.

"불단 가격을 확 낮추고, 대형 소매점이라고 해야 하나? 그런 식으로 가게를 운영하고 싶대요. 나 참, 어떻게 그럴 수 있겠어요? 여기에는 다른 가게들도 있는데. 예전부터 오랫동안 함께 장사를 해왔는데 어떻게 우리만 가격을 낮추냐고요. 게다가 불단을 인터넷으로 팔고 싶다나 뭐라나. 가격을 더 낮춰서 말이죠. 심지어 한 번 팔면 끝이래요. 그건 아니지. 불단이라는 건 판다고 그만인 물건이 아니에요. 사후 서비스가 중요하거든."

"그렇군요."

쇼코는 히가시를 집어먹고 차를 마시며 고개를 끄덕였다.

"그뿐 아니라 또 뭐, 새롭고 심플한 불단? 그런 걸 도매상이랑 개발하기 시작했다는 거예요. 요만한 크기로."

나오코가 허공에 대고 손가락으로 사각 틀을 그려 보였다.

"목재로 작게 만들어서 외관상으로는 그냥 상자처럼 보이게. 가격은 저렴하겠죠. 작은 건 좋아요, 그런 건 예전부터 있었으니까. 그런데 뭐라더라? 그 유럽 북쪽에 있는."

"북유럽요?"

"맞아, 그거. 북유럽풍 인테리어에도 잘 어울리는 불단을 만든다나. 그리고 '무인양품'이라고 있잖아요? 그렇게 심플한 가구가 있는 집에도요. 듣다 듣다 내가 그건 더이상 불단이 아니라고 했네요."

그러더니 기가 찬 듯 후후후 웃는다. 쇼코는 내심 아들 부부도 상당히 애쓰고 있는 게 아닌가 싶었지만 입 밖으로 내지는 않았다.

마지막으로 나오코는 크게 한숨을 내쉬었다.

"그래, 좋아, 그건 그렇다 쳐도 나한테 더는 가게를 못 보게 하는 건 너무하지 않아요? 일주일 정도는 나도 할 수 있는데."

"……그럼 해보시는 게 어때요?"

"응?"

"지금부터…… 가게를 열면 되죠."

또 한번 문득 다이치의 얼굴이 떠올랐다. 야, 가게문 열면 안 돼, 의뢰인이 안 된다고 한 일을 하면 어쩌자는 거야? 하고 인상 쓰고 말할 것이 뻔했다.

하지만 가볍게 고개를 흔들어 마음속 다이치의 얼굴을 지웠다.

"어차피 모를 텐데요. 한밤의 불단 상점, 심야 불단 상점, 멋있 잖아요. 요즘 그런 게 유행이에요. 심야 빵집, 심야 책방…… 그리고 심야 불단 상점."

"심야 불단 상점이라, 심야 불단 상점?"

나오코도 중얼중얼 되뇌며 고민중이다.

"동네 사람들이 분명 내 머리가 이상해졌다고 생각할 거예요.

'우메다 상점' 노인네가 결국 노망났구나, 다들 그럴걸."

"뭐, 어때요? 어차피 이 시간에 다른 가게는 다 문을 닫잖아요. 아무도 모를 거예요."

"글쎄."

"가게문 여는 법은 알고 계시죠? 열쇠 두는 장소라든가."

"당연하지. 다 내가 아들 부부한테 가르쳐준 건데."

나오코는 한번 더 같은 말을 한 뒤, 한동안 말없이 있다가 자리에서 일어났다.

"까짓거 열어볼까."

"그럴까요?"

둘은 조용히 계단을 내려가 잠긴 뒷문을 열고 가게 안으로 들어갔다. 나오코는 매우 익숙한 동작으로 불을 켜고 물건을 덮고 있던 하얀 천을 걷었다. 쇼코도 거들었다.

'다이치, 미안.'

"자, 엽니다."

나오코가 셔터를 드르륵 올렸다. 조용한 밤거리에 놀랄 만큼 큰 소리가 울려 둘은 얼떨결에 고개를 움츠렸다.

선향 진열장 앞에 의자를 놓고 나란히 앉았다. 왠지 그 모습이 웃겨서 키득키득 웃음이 멈추지 않았다.

진짜로 아무도 오지 않는다.

"역시 아무도 안 오네요."

"그러게요."

"뭐, 괜찮아요. 이러고 있는 것만으로도 재미있네."

가게 안에서는 은은한 향냄새가 났다.

"우리 가게는 늘 특별 주문한 선향을 피웠어요. 백단향 속에 침향을 넉넉히 추가해서 달콤한 향이 나죠."

"보통 가정에서 피우는 인센스처럼 향이 좋네요."

가게에는 캐러멜과 밀크, 정종 향 양초도 있었다.

"요즘은 그런 게 잘 팔려요."

"귀엽고 좋네요."

쇼코는 분명 이대로 날이 밝을 거라고 생각했다. 하지만 그 예상은 빗나갔다.

일이 끝나고 나오코의 불단 상점을 나와 우에노역 쪽으로 걸었다. 집으로 갈 때는 우에노에서 타고 싶었다.

'뭘 먹을까.'

정식을 파는 프랜차이즈 식당이나 덮밥집 등이 즐비한 상점가를 머뭇거리며 지나쳤더니 순식간에 음식점이 줄어들었다.

'이런. 이대로면 우에노역에 도착할 때까지 아무것도 없겠는데. 다시 뒤돌아서 아까 본 덮밥집으로 갈까…… 좀 허무하지만.'

그러다 문득 눈앞에 여자 둘, 남자 둘이 서 있는 모습이 보였다. 한 식당 앞에 줄을 선 듯하다.

가까이 가서 보니 입구가 좁은 가게 앞에 컬러사진이 들어간 입간판이 있어 그곳이 인도 음식점임을 알았다.

가게 이름에 '비리야니'라고 적혀 있다. 줄 선 사람들이 없었다면 무심코 지나쳐버렸을 듯한 외관이었다.

'비리야니라면…… 인도의 쌀 요리 아닌가?'

부모님의 전근 때문에 싱가포르로 이사간 고등학교 친구 집에 놀러갔을 때 먹은 기억이 어렴풋이 있었다. 카레를 파는 노점에서 흰쌀밥과 비리야니 중에 골라야 했는데, 친구가 비리야니가 더 맛있다고 알려줘서 쇼코도 그걸 골랐다.

'그날 이후로 처음이네. 이런 곳에서 만날 줄이야. 게다가 이만큼 줄을 서는 가게라면 실패할 리 없겠지. 여기로 할까?'

쇼코는 서둘러 두 남자 뒤에 섰다.

'카레는 참 신기해. 여기 오기 전까지만 해도 카레 먹을 기분이 전혀 아니었는데, 순식간에 마음을 바꾸게 하는 마력이 있단 말이야.'

오픈 시간을 몇 분 지나 가게문이 열렸다. 생각보다 실내가 넓다. 쇼코는 한가운데의 2인용 테이블로 안내받았다.

이미 점심용 메뉴판이 놓여 있다. 맨 앞에 스페셜 점심 특선으로 '비리야니 세트'가 있었다.

닭고기, 양고기, 채소 중에 고를 수 있고 수프와 샐러드와 음료가 포함된다.

'이거지. 당연히 비리야니지.'

그런데 살짝 시선을 내리자 '니하리'라는 낯선 이름의 양고기 카레 세트, 버터 치킨 카레 세트가 있다. 더 넘겨보니 '웨첸나 맘삼' 세트, '향신료 듬뿍 닭 간' 세트, '고수 풍미 카레' 세트, 그리고 또 다음 장에는 이런 카레 전문점에 반드시 있는 '3종 카레 런치'와 '탄두리 치킨' 세트, '아프가니 램 찹' 세트, '사히파' 세트 등이 보인다.

'매력적인 '세트' 메뉴의 홍수네. 웨첸나 맘삼이라는 게 대체 뭘까? 향신료 듬뿍 들어간 닭 간도 먹어보고 싶어. 아프가니 램 찹이라는 건 아프가니스탄산 양고기를 말하는 건가?'

고민하는 사이, 같이 들어온 두 팀의 주문이 끝나고 쇼코 쪽으로 인도인으로 보이는 남자 점원이 다가왔다. 다른 손님들은 모두 '3종 카레 세트'를 시켰다. 하기야 일곱 종류의 카레 중에서 세 가지를 골라 즐길 수 있는 세트 메뉴는 확실히 매력적인데다 가성비가 좋다.

쇼코는 일곱 종류 카레에 눈길을 주었다. 닭고기가 들어간 일반적인 카레에 이어 '닐기리 키마'라는 다진 양고기와 닭고기가 들어간 카레 등이 있다.

'일반적인 인도 음식점과 달라! 단순한 카레가 아니잖아. 전부 먹어본 적 없는 것들이야. 아무래도 3종 카레가 정답인가. 하지만 니하리라는 것도 비리야니 바로 아래에 있는 걸 보면 이곳의 인기 메뉴가 아닐까.'

남자 점원이 뚜벅뚜벅 발소리를 내며 쇼코 앞으로 걸어온다.

'아, 어떡해. 전부 다 먹고 싶다.'

"뭐로 하시겠습니까?"

"비리야니 세트 주세요."

쇼코는 마음속의 거친 동요를 겉으로 드러내지 않고 싱긋 웃으며 말했다.

'역시 초지일관으로 가자.'

"종류는요?"

"양고기로요. 그리고."

쇼코는 발길을 돌리는 점원을 불러 세웠다.

"맥주 있나요? 인도 맥주."

"네. 병맥주 있어요."

점원은 두 손가락을 20센티미터 정도로 벌려 보였다.

"두 종류 있어요. 킹피셔와 골든이글."

"어느 쪽이 좋으려나. 어떤 걸 추천하시나요?"

"킹피셔가 맛있어요."

단칼이네. 일말의 망설임 없이.

"그럼 그걸로 주세요."

점원은 고개를 끄덕였다.

잠시 후 샐러드와 맥주가 나왔다.

납작한 접시에 수북하게 담긴 샐러드는 사이드 메뉴치고는 양이 제법 된다. 맥주는 차갑게 식혀둔 유리잔에, 점원이 첫 잔을 따라줬다.

"고마워요."

맥주를 한 모금 마신다. 산뜻하고 가벼운 맛이다. 일본 맥주에도 더러 있는 무난한 타입.

'산뜻해서 잘 넘어가네. 카레에도 어울리겠고. 후텁지근한 남부 아시아의 맥주다워.'

샐러드에는 고춧가루가 들어간 드레싱으로 버무린 당근과 오이, 그리고 물기 뺀 두부가 양상추 위에 올려져 있었다.

'이런 식당의 샐러드는 보통 양상추나 채 썬 양배추에 참깨소스가 뿌려진 게 많은데, 여기는 공을 들였구나.'

새빨갛게 물든 당근을 조심스럽게 입에 넣는다. 보기만큼 맵진 않다.

'맛있어! 비리야니도 기대되는걸.'

주변 테이블에 연달아 카레와 난이 나오고 있다. 카레 쪽이 빠른 모양이다. 맥주를 마시면서 무심코 두리번거리게 된다.

'괜찮아. 나는 비리야니를 먹을 거니까.'

그리고 샐러드를 다 먹었을 때쯤 드디어 음식이 나왔다.

"오래 기다리셨습니다. 비리야니 나왔습니다."

"우아."

살짝 탄성이 나올 만큼 크다. 큰 접시에 노란색과 주황색으로 물든 밥이 수북하고, 그 속에 진한 갈색 양고기가 파묻혀 있다. 쌀은 안남미다.

'우리집에서 제일 큰 볼에 밥을 채우고 거꾸로 뒤집어 접시에 담아낸 정도의 양이다.'

생 양파와 토마토를 옆으로 밀어내고 우선 비리야니를 한 숟가락 떠서 입에 넣었다.

'맵다, 의외로 꽤 매워. 그렇다고 지나치게 매운 건 아니고. 맛있다!'

곧바로 밥에 파묻힌 양고기를 집어내 한입 뜯는다. 야들야들하게 푹 졸여졌는데 감칠맛도 제대로다. 양고기와 밥을 함께 씹으니 더욱 맛이 좋다.

'눈에 보이는 양에 놀랐지만 안남미는 찰기가 없고 가벼워서 다 먹을 수 있을 것 같아.'

굉장한 기세로 밥과 양고기를 씹고 맥주를 마신다. 송골송골 땀이 맺혔다.

문득 옆에 딸려 나온 요거트가 눈에 들어왔다. 미니 디저트인가 싶었는데 자세히 보니 붉은색 향신료가 뿌려져 있다.

'아, 디저트로 나온 게 아닌가? 혹시.'

입에 넣었더니 시큼한 맛만 난다. 그냥 요거트다.

'그럼 비리야니에 뿌리는 건가?'

숟가락으로 살짝 떠서 밥 끄트머리에 비벼봤다.

'이러면 매운맛이 중화되겠지. 약간의 산미가 또다른 감칠맛을 끌어내줄 테고. 중화요리에 식초를 뿌려 다른 맛을 내는 것과 비슷할지도 몰라.'

맥주에 양고기만 먹어도 맛있다.

또 한번 접시 옆에 곁들여져 있는 것을 발견했다.

'매실절임인가……?'

겉보기에는 매실절임 조각과 똑 닮았다. 빨갛고 동그란 것이.

조심스럽게 끝부분을 깨물어본다.

강렬한 신맛과 짠맛의 조화. 다만 매실절임과 다르게 고추의 매운맛과 시원함이 확 풍긴다.

'혹시 레몬 같은 감귤류인가? 레몬 껍질을 고추와 소금으로 절인 것 같은데. 이것도 맛있네. 내가 아주 좋아하는 맛이야. 인

도식 채소절임 같은 건가.'

쇼코는 마지막 한 점까지, 전혀 질리지 않고 다 먹었다.

동쪽 하늘이 어슴푸레 붉게 밝아올 무렵까지 손님은 딱 한 명 밖에 오지 않았다. 삼십대쯤 되는 정장 차림의 남성이 훌쩍 들어 와 실내를 둘러본 뒤 선향 한 상자를 사 갔다.

"역시 선향밖에 안 팔리네."

"한밤의 불단 상점을 아직 사람들이 잘 모르니까요."

"어쩔 수 없는 건가."

중간부터는 쇼코의 스마트폰으로 라디오 심야방송을 들으며 가게를 봤다. 나오코는 한밤중인데도 생기가 돌았다.

"힘드시면 언제든 말씀하세요."

"나이들면 밤에 억지로 잘 필요가 없더라고. 낮에도 얼마든지 잘 시간이 있으니까."

그런 얘기를 주고받으며 라디오에서 흘러나오는 노래에 귀기 울이고 있자니, 오전 5시를 넘어갈 무렵 한 여자가 불쑥 들어왔다.

"어서 오세요."

한목소리로 인사하자마자 둘은 서로 마주보았다.

무슨 일이지? 손님일까요? 서로의 얼굴에 같은 말이 쓰여 있 었다.

여자는 사십대 중반에서 후반 정도. 트렌치코트를 입고 질 좋아 보이는 가방을 멘 채 불단 앞에 서 있었다. 고연봉 직장인 같아 보였다.

어떻게 보면 열심인 듯하고 또 어떻게 보면 멍한 듯한. 그런 기색으로 불단을 바라보고 있었다.

옷이나 머리는 단정하지만 어쩐지 쓸쓸해 보이는 뒷모습이라고 쇼코는 생각했다.

그렇게 오 분 정도 지났을까. 옆에 앉아 있던 나오코가 벌떡 일어섰다.

"뭐 찾으시는 거 있어요?"

여자 옆에 서서 묻는다.

"아."

그녀는 그제야 알아차렸다는 듯 나오코를 돌아보았다.

"뭐 찾으시는 게 있나요? 도와드릴까요?"

키가 작은 나오코는 여자의 얼굴을 밑에서 빼꼼히 올려다보는 모양새였다.

"딱히 찾는 건 없는데요."

"괜찮아요. 그럼 편하게 보고 가세요."

나오코는 웃으며 고개를 끄덕였다.

"저기."

"네?"

"이런 걸 두려면 안에 위패 같은 게 꼭 있어야 할까요?"

무슨 말을 하는 거지, 쇼코는 생각했다. 위패가 있으니 불단을 사는 거 아닌가.

"뭐, 위패를 두는 게 보통이죠. 그렇다기보다 위패가 있으니 그걸 둘 장소로 구입하는 거니까요."

역시 그렇지, 쇼코도 살짝 고개를 끄덕인다.

"하지만 없어도 없는 대로 괜찮아요."

나오코가 부드러운 어조로 말했다.

"어? 그래도 되나요?"

"중요한 건 돌아가신 분을 기리는 마음이니까요. 위패가 없으면 불단 안에 고인의 추억이 담긴 물건을 둬도 괜찮아요. 원하는 대로 하시면 됩니다."

"그런가요…… 실은 아버지가 돌아가셔서."

잠시 말이 끊어졌다. 나오코는 상냥한 미소로 다음 말을 기다렸다.

'뭔가 다르다. 나오코 씨, 위층 집에 있을 때와 전혀 달라. 등줄기가 곧으면서도 온화하고……'

"지금 본가에서 어머니랑 아버지 유품을 정리하고 있는데요."

"네, 그러시군요."

"어머니가 어쩐지 성의 없게 아버지 물건을 하나하나 전부 버리려는 거예요. 저도 돕고는 있는데 도저히 끝까지 할 수 없어서."

"같은 가족이라도 느끼는 감정은 서로 다르니까요."

"물건이 없어질 때마다 점점 마음이 허전해져요. 그런데 어머니한테 말해도 이해를 못하시는 것 같고. 아버지와 어머니는 원래 사이가 그리 좋지 않았거든요. 유품을 정리하면서도 험담만 하시고."

"……그랬군요."

"위패는 본가에 있으니 저한테는 없지만, 제가 사는 집에도 불단을 두면 어떨까 싶었어요. 그런데 그렇게 해도 되는 건지 누군가에게 물어보고 싶어서…… 오늘 온라인으로 해외 쪽과 거래가 있어서 퇴근하니 이 시간이 돼버렸는데, 택시를 타고 지나가다보니까 여기가 열려 있길래 깜짝 놀라 차를 세워달라고 했어요."

"어머나, 감사합니다."

나오코가 깊이 고개를 숙였다.

"위패는 없어도 괜찮고요, 위패 분할이라고 해서 위패를 여러 개 만드는 방법도 있어요."

"그래요?!"

"네. 지역에 따라서는 자녀의 수만큼 위패를 만들기도 하고요."

"그렇군요."

"어머님이랑 의논해보세요."

"네."

그녀의 표정이 조금 어두워진다. 그런 일을 편하게 의논할 수 있는 관계가 아닐지도 모른다.

"물론 아까 말씀드린 것처럼 아버님의 물건을 둬도 괜찮습니다. 세상을 떠난 자신을 위해 딸이 집에 불단을 놓는다면 아버님도 무척 좋아하실 거예요."

"좋아하실까요?"

"그럼요."

나오코는 슬쩍 손으로 가리켰다.

"요즘은 이런 게 젊은 사람들한테 인기 있어요."

그 방향에는 아까 그렇게 깎아내렸던, 아들이 제작한 심플한 불단이 있었다.

'나오코 씨, 그렇게 흉을 봤으면서.'

쇼코는 저도 모르게 웃음이 났다.

"어머, 이거라면 저희 집에도 잘 어울릴 것 같아요. 작고 예쁘네요."

"그렇죠? 손님이 사시는 집은 분명 멋질 것 같아요."

나오코가 심플한 불단을 꼼꼼히 살펴보는 여자에게 말했다.

"불단을 집에 두면 앞으로 아버님과 단둘이 더 많은 얘기를 나눌 수도 있겠네요."

그러자 여자의 감정이 그대로 무너졌다. 으앙, 소리를 내며 나오코의 어깨에 와락 기대어 울기 시작한 것이다.

나오코는 그녀의 어깨를 다정하게 토닥였다.

'역시, 불단 외길 오십 년의 접객은 차원이 다르구나.'

여자는 다 울고 난 뒤, 심플한 불단을 일시불로 카드 결제했다. 본존 말고도 불반기, 꽃병, 선향 꽂이, 향로 같은 소품도 나오코가 권하는 대로 죄다 구입했다. 굉장한 액수였다.

"어떡하지. 이러면 아무래도 가게를 열었다는 걸 들킬 텐데."

나오코가 어깨를 움츠렸다.

"그러게요."

"뭐, 어쩔 수 없지. 손님께서 사고 싶다고 하니까."

"불단 상점은 뭐랄까…… 멋진 장사인 것 같아요."

쇼코는 무심코 말했다.

"지금껏 제가 접할 일이 없어서 몰랐는데, 사람의 삶과 죽음에 관련된 일이잖아요."

"맞아요. 손님한테 그런 얘기를 얼추 듣게 되니까요."

"역시 인터넷 판매로는 부족할 것 같아요."

"그렇죠?"

"그래도 아까 그 심플한 불단은 괜찮지 않나요? 그게 있어서 그분도 금방 결정한 것 같은데요."

"인정하고 싶진 않지만 그렇네요."

말은 그렇게 해도 막상 나오코의 얼굴은 밝았다.

'이 일을 계기로 아들 부부와 서로 존중할 수 있다면 좋을 텐데. 나오코 씨의 접객과 말을 거는 타이밍은 정말 훌륭했어.'

쇼코는 접시에 남은 밥알을 싹싹 긁어모으고 남은 맥주도 마지막 한 방울까지 모두 마셨다.

'자, 이제 집으로 가볼까.'

계산대 앞에 서자 남자 점원이 응대해줬다.

"맛있었어요?"

쇼코가 돈을 건네자 그가 물었다.

"맛있었어요. 또 올게요."

다음에는 다른 카레를 먹어보고 싶다고 생각하면서 쇼코는 "꼭 올게요" 하고 한번 더 말했다.

다섯번째 술

태국 요리
신주쿠교엔마에

폭신폭신하고 말랑말랑 보드라운, 내 체온보다 좀더 따뜻한 몸. 그리고 분유 냄새. 그것은 작디작은 생명체였다.

그 생명체와 대치한 순간, 예상치 못한 감정이 솟았다.

순수한 기쁨.

그리고 쇼코로서는 드물게 감정이 고조된 목소리가 새어나왔다.

"어머나!"

먼저 손을 뻗어 안았다. 몸이 저절로 반응해 아이를 어른다.

"휴, 다행이다."

그 소리에 고개를 들자 눈앞에 있는 가쓰라기 루이가 안도한 표정을 짓고 있었다.

"어떤 분이 올까 조마조마했거든요. 아이 엄마라고 해서 어느 정도 안심했지만."

"이렇게 어린 아기는 오랜만이라 옛날 생각이 나서요."

그렇게 답하면서도 이내 그 '따뜻하고 보드라운 생명체'에 눈길을 빼앗긴다.

오늘밤 지킴이 대상은 이 아이였다. 루이가 불과 삼 개월 전에 낳은 아기, 메이다.

"쇼코 씨 아이는 몇 살이에요?"

루이는 곧장 거울 앞에 앉아 화장을 하면서 물었다.

"열 살요."

쇼코는 메이의 얼굴을 들여다보면서 대답했다.

"부럽네요. 메이도 얼른 그만큼 크면 좋겠다."

"그래도 이런 아기를 보면 너무 귀엽다 싶어요. 지하철 같은 데서 한번 안아봐도 되냐고 묻고 싶을 때도 있다니까요. 키울 때는 정말 힘들지만 크면 또 크는 대로 사랑스럽죠."

자연스레 말투가 가벼워진다. 역시 쇼코에게는 드문 일이었다.

"저한테도 그런 날이 올까요?"

루이가 눈가에 파운데이션을 덧바르며 중얼거렸다.

"그럼요."

"원래는 출산 휴가중인데, 가게 사람 말고는 아무한테도 아이 낳은 얘길 안 했거든요. 예전에 신세 졌던 중요한 손님이 다음주에 해외로 떠나서 송별회를 해요. 꼭 만나서 인사를 드려야 해서요. 미안해요."

루이는 자신이 고용한 입장임에도 미안해했다.

"괜찮아요. 저는 이게 일인걸요."

"오늘 출근하면 보너스도 준대요. 쇼코 씨한테도 넉넉하게 챙겨드릴게요."

쇼코는 애매한 미소를 지었다.

"오늘밤, 갑자기 아이를 봐달라는 의뢰가 들어왔어."

사장 다이치한테서 그런 전화가 온 건 이미 저녁밥을 먹고 있던 시간이었다.

"아이?"

낫토 올린 밥을 우물거리며 쇼코는 대답했다.

"말이 아이이지 실은 갓난아기야. 삼 개월 됐대. 카바레 클럽에서 일하는 사람이 제발 오늘밤만 아이를 봐달라고 해서. 여러군데 연락해봤는데 갓난아기라 전부 거절당하고 인터넷으로 우리를 찾은 모양이야."

"삼 개월이라……"

쇼코는 저도 모르게 말끝을 흐렸다.

생후 삼 개월 된 아기를 밤새 돌보는 일은 역시 두렵다. 하지만 아이 엄마가 무척 절박하다는 건 충분히 이해할 수 있었다.

도와주고 싶은 마음은 굴뚝같지만 자신이 책임질 수 있는 일이 아닌 듯했다. 게다가 갑자기 의뢰해왔다는 점에서도 별로 좋은 예감이 들지 않는다.

"육아 경험자가 있다고 했더니 요금을 두 배 이상 주겠다고 하더라고. 일단 상의해본다고 하고 전화를 끊었어."

"솔직히 자신은 없는데. 무슨 일이라도 생기면 곤란해지잖아, 아기는 열도 잘 나고…… 본의 아니게 다치기도 하니까."

"그렇지? 우리도 책임 못 진다고 말은 해놨어. 만약 무슨 일이 생겨도 책임을 묻지 않는다는 각서를 써줘야 한다고."

그래도 부탁하고 싶다면서 당장이라도 울 것처럼 매달렸다고 한다.

아무리 그래도 실제로 사고라도 나거나 경찰이 개입할 만한 일이 벌어지면 책임을 피할 수 없으리라고 쇼코는 생각했다.

하지만 그런 부담까지 져가며 일을 의뢰하는 건 그쪽에도 그만한 이유가 있어서일 테다.

"정말로 책임 못 진다고 말한 거 확실하지?"

"응."

"그럼 가볼게."

쇼코는 일단 의뢰인을 만나보고 어딘가 이상한 구석이 있으면 돌아오기로 마음먹었다.

꽤 많이 망설였지만 이렇게 눈앞에서 아기를 보니 오길 잘했구나 싶다.

루이는 지방에서 혼자 도쿄로 와 '산전수전'을 겪은 뒤 카바레 클럽에 들어가서 도쿄 최대 유흥가 가부키초의 일인자 자리까지 올라섰다. 일 년 전쯤 아이가 생겼고 배가 눈에 띄게 불러오는 막달까지 아슬아슬하게 일하다가 병원에서 출산했다.

메이의 아빠에 대해서는 끝까지 말하지 않았다.

"전부 나 혼자 했어요."

태연하게 내뱉는 말에 모든 것이 함축된 것 같았는데, 거기 담긴 감정이 '자부심'인지 '자기 연민'인지 쇼코는 알 수 없었다. 뒤를 돌아보니 그녀는 무표정한 얼굴로 마스카라를 칠하고 있었다.

루이는 머리 손질만 남겨두고 화장을 마쳤다. 머리는 가게에 가기 전 미용실에 들러서 한다고 한다.

"모유는 유축해서 냉장고에 넣어뒀어요. 중탕으로 데우라고 하는데 저도 그냥 전자레인지에 돌릴 때가 있으니까 그렇게 해도 돼요. 기저귀는……"

루이가 빠르게 설명했다.

"되도록 일찍 돌아올 생각이지만 아침이 될지도 몰라요. 그리고."

"걱정하지 마요, 대부분은 나도 알고 있으니까. 모유도 중탕으로 데울게요."

"고마워요."

루이는 메이에게 뽀뽀를 하고 몇 번이나 뒤를 돌아보면서 집을 나섰다.

다음날 아침, 쇼코가 신주쿠1가에 있는 루이의 집을 나선 건 오전 8시 전이었다.

젖먹이 아기를 오랜만에 돌본 터라, 정신은 말짱했지만 역까지 걸어가자니 자신이 생각보다 더 피곤하다는 걸 느꼈다.

'아무래도 긴장했나봐. 혹시 사고 칠까봐 줄곧 선 채 아이를 안고 있었으니.'

허리가 뻐근하고 배도 조금 고프다. 어디서 피로를 푼 뒤에 집으로 가고 싶었다.

그러나 아무리 번화가인 신주쿠라고 해도 이 시간에 문을 연 곳은 프랜차이즈 카페 정도다.

어디 우동집이라도 없나 주변을 살피며 걸었다. 아니면 카페에서 샌드위치라도 먹을까. 신주쿠역까지만 가면 자주 가는 카페 겸 맥주 바가 문을 열었을 것이다.

'신주쿠역까지 걸을까. 여기서는 거리가 좀 되는데.'

그때 작고 귀여운 간판을 발견했다. 태국 음식점인 듯했다.

아주 매운 라면, 태국 라면, 팟카파오무쌉*, 담백한 아침 쌀국수 등의 글자가 춤추고 있다.

'아, 쌀국수도 좋겠는데. 한 그릇 후루룩 먹고 들어갈까.'

쇼코는 조심조심 가게문을 열고 들어갔다.

가게는 선명한 분홍색을 띤 테이블뿐만 아니라 내부 전체가 분홍색으로 꾸며져 있었다. 이른바 스낵바**였던 곳을 그대로 인수한 듯 카운터석과 몇 개의 테이블석이 있었다.

실내 한가운데 테이블에 먹음직스러운 빛깔의 반숙 달걀프라이가 빼곡히 늘어선 광경에 쇼코는 시선을 빼앗겼다.

'팟카파오무쌉에 올리는 달걀프라이인가? 엄청 많네.'

"어서 오세요."

"한 사람요."

쇼코가 한쪽 구석의 테이블을 가리키며 '저기 앉아도 되나요?' 하는 눈짓을 보내자 점원은 "앉으세요" 하고 또박또박하게 답했다.

메뉴판을 펼친다. 밖에 걸린 간판의 메뉴보다 가짓수가 많다.

---

* 태국식 돼지고기덮밥.

** 일본에서 볼 수 있는 바 형식의 작은 술집.

태국 라면, 똠얌꿍 라면, 쌀국수 외에도 샐러드를 비롯한 일품요리가 빼곡하게 적혀 있다. 대부분이 390엔이다. 주류도 다양하고 가격은 300엔에서 400엔대였다.

'와, 아침부터 이렇게 기쁠 수가. 행복한 고민이네.'

처음에는 쌀국수나 먹고 갈까 생각했지만 쇼코는 자신이 점점 '마시는' 분위기로 스며들어감을 깨달았다.

'카오만까이*, 팟카파오무쌉, 그린 카레는 미니 사이즈도 있구나. 게다가 전부 390엔. 이러면 안주나 샐러드도 따로 먹을 수 있을 것 같아. 튀긴 달걀 샐러드는 뭐지? 처음 들어보는 태국 요리다.'

몇 가지를 눈여겨본 뒤, 주류 페이지를 찬찬히 살핀다.

'맥주는 생맥주랑 싱하, 창. 고수레몬사워도 구미가 당기네. 그래도 태국 느낌이 나는 걸 마시고 싶어. 아, 고수가 들어가는 건 더블만 되네. 다 마실 수 있을까.'

"여기요!"

카운터 안에서 일하는 여자 점원에게 말을 걸었다. 점원은 손에 플라스틱 도시락 용기를 들고 있었다. 그걸 보고 가게 중앙에 있던 달걀프라이가 도시락용이라는 걸 알았다.

---

* 태국식 닭고기덮밥.

"주문하시겠어요?"

"얌카이다우(튀긴 달걀 샐러드)랑 미니 카오만까이 주세요. 그리고 타이차하이도요."

"타이차하이는 싱글인가요, 더블인가요?"

"싱글로요!"

주문이 끝나자 음료가 먼저 나왔다.

타이차하이는 말하자면 우롱하이와 비슷하게 생겼다. 싱글이라서 손잡이 달린 맥주잔이 아닌 일반 유리잔에 나왔다.

'딱 좋아. 아침에 마시기에는 이 정도 사이즈가 맞춤하지. 맛은 우롱차보다 약간 진한 보이차 같네.'

뭔가를 요란하게 볶는 소리가 나더니 잠시 후 지름 10센티미터쯤 되는 접시에 산처럼 수북한 샐러드가 나왔다. 파삭파삭하게 튀긴 달걀물이 채소 위에 흩뿌려져 있다.

쇼코는 튀긴 달걀과 채소를 함께 입에 넣었다.

'아, 맛있다. 피시소스를 사용한 새콤달콤한 태국식 드레싱의 맛이 나. 그러면서도 맵지 않아. 파파야샐러드에서 맵기를 뺀 맛이랄까.'

샐러드의 채소는 양배추에 양파, 셀러리, 그 위에 고수가 올라갔다. 셀러리가 좋은 포인트 역할을 했다.

계속 먹다보니 산더미가 줄어들어, 쇼코는 바닥에 조금 고인

드레싱과 달걀, 채소를 전부 잘 비벼서 입안 가득 넣었다.

"아."

작게 탄성이 나올 만큼 충격적인 맛이었다.

'다 같이 비비니까 전혀 다른 맛이 되는구나.'

원래도 맛있는 샐러드였다. 그런데 뒤섞기만 해도 모든 재료가 조화롭게 혼연일체가 되어 맛이 한 단계, 아니 몇 단계나 업그레이드된다.

'정말 맛있다. 균형이 잘 맞아. 채소 종류 자르는 법, 처리하는 방식, 그리고 피시소스, 바삭한 달걀…… 맛과 질감, 향, 모든 것의 균형이 절묘해.'

카오만까이가 나오기도 전에 샐러드와 함께 타이차하이를 비워버릴 기세였다.

루이는 새벽 2시를 넘어서 돌아왔다.

오랜만의 출근에 살짝 흥분했는지 얼굴에 홍조를 띠고 있었는데, 알코올 때문이 아니라는 걸 쇼코는 금세 알았다. 그럼에도 은근히 확인해봤다.

"술 안 마셨어요?"

"네. 스리슬쩍 속였죠. 원래도 잘 마시는 편이 아니라 다른 애들이 도와줘서 넘어갔어요! 샴페인 축배도 살짝 입만 댄 정도예요."

루이는 아기 침대에서 잠든 아이의 얼굴을 들여다보았다.

"아기 울었어요?"

쇼코는 난감한 웃음을 지었다.

"처음에는 잘 잤는데, 한 시간쯤 전인가 깼어요. 챙겨놓은 모유도 먹였는데 한동안 울음을 안 그치더라고요."

"미안해요."

루이는 얼굴 앞에서 손을 모으고 사과했다.

"괜찮아요, 괜찮아. 메이는 아직 울음소리가 작잖아요. 응애응애 하고 우는데 어찌나 귀여운지. 옛날 생각도 나더라고요. 그래, 맞아, 이렇게 몇 번이고 깨서 아이를 안았었지 하고."

"역시 베테랑 엄마는 다르네요. 왠지 여유 있어 보이고."

루이는 다시 침대를 들여다보더니 "저는 여유가 없어요" 하고 중얼거렸다.

"여유 없는 게 당연하죠."

"그런가요?"

"저도 아이는 하나만 키워본걸요. 집에 시부모님도 있었고. 그건 그것대로 힘들었지만."

"그랬겠네요."

루이가 가방을 끌어당기더니 지갑을 꺼내 지폐 몇 장을 내밀었다.

"고마워요. 덕분에 살았어요. 이제 가셔도 돼요. 택시비도 드릴 테니까……"

쇼코는 루이의 얼굴을 보았다. 아름다웠다. 배우나 연예인이 되었어도 충분할 미모다. 그런데 화장이 살짝 뭉개졌다. 눈가의 아이라인이 번졌다.

그리고 지칠 대로 지쳐 있었다.

"아직 시간이 남았으니 아침까지 좀 자는 게 어때요? 근무 시간이니까 저는 상관없어요."

루이가 물끄러미 쇼코를 바라보았다.

"그래도 돼요?"

목소리가 떨린다.

"그럼요, 되죠. 어차피 첫차 시간까지 머물러도 되는지 물어볼 생각이었어요."

고마워요, 하는 루이의 목소리가 잠겨 있었다.

내리 다섯 시간을 잔 건 출산하고 처음인 것 같아요. 쇼코가 집을 나서려는 순간 루이는 그렇게 말했었다.

"카오만까이 나왔습니다."

톡, 하고 테이블 위에 놓인 건 작은 사발, 혹은 밥공기보다 약간 큰 그릇에 볼록하게 담긴 닭고기와 밥이었다.

'카오만까이는 싱가포르의 치킨라이스와 비슷하구나. 쪄낸 건지 닭고기 살이 두툼하네.'

두툼하고 실한 닭고기를 한입 베어문다. 연하고 촉촉하게 익힌 고기가 훌륭하다.

'대학 시절 싱가포르에 사는 친구네 집에 놀러갔을 때 유명한 식당 몇 군데에 따라갔었는데 그곳에 전혀 뒤지지 않네.'

위에 뿌려진 새콤달콤한 소스도 잘 어울린다.

그러고서 큰 기대 없이 밑에 있는 안남미로 지은 밥을 한입 먹었다.

'우아, 이거 뭐야.'

쇼코는 새삼스레 밥알을 말똥말똥 살펴본다.

'겉보기에는 평범한 치킨라이스인데, 이렇게 맛있는 안남미는 처음 먹어봐. 쌀의 품종이 다른 건가? 꼬들꼬들한 건 아닌데 식감이 살아 있고 쫀득해. 당연히 닭고기의 풍미도 확실하고. 혹시 찹쌀을 썼나? 아무튼 정말 맛있다.'

그때 문이 열리고 손님이 들어왔다. 정장 차림에 체격이 큰 직장인이다. 손에는 서류가방을 들고 있다. 다만 흐린 색 선글라스를 쓴 것과 옷 스타일이 건실함과는 약간 거리가 멀다.

"식사하시려고요?"

점원이 말을 건다.

"아뇨…… 그냥…… 한잔하려고."

"그쪽 테이블에 앉으세요."

남자는 서둘러 자리에 앉더니 "일단 생맥주" 했다.

'직장인도 아침부터 술 마시고 싶을 때가 있겠지.'

그가 손잡이 달린 잔을 들어 맥주를 음미하는 모습을 보고 있으니 쇼코도 좀더 마시고 싶어졌다. 싱글 사이즈의 타이차하이는 거의 다 마신 상태였다.

"여기요! 태국 맥주 주문할게요. 창으로."

병맥주를 추가한다.

"여기 있습니다."

병이 그대로 쿵 하고 테이블에 놓였다.

'좋다. 이 스타일이 좋아.'

남은 샐러드와 카오만까이를 안주삼아 맥주를 마신다.

'여기, 다음에 또 올 것 같아. 근처에 지킴이 일이 있을 때 꼭 와야지. 루이 씨도 또 일을 부탁하겠다고 했으니. 확실한 건 아니지만.'

쇼코가 돌아가려는 순간, 루이가 머뭇거리는 투로 "또 부탁해도 될까요?"라고 말했다.

"물론이죠. 저도 일하는 건데요. 편하게 의뢰해주세요."

"고마워요."

"괜찮아요? 밥은 제대로 챙겨 먹나요? 잠은 자고요?"

"……돈은 많이 모았어요. 메이 낳기 전까지 진짜 열심히 일했거든요. 일 년쯤 쉬어도 지장 없을 만큼 모아놨으니 괜찮을 거라고 생각했어요."

루이가 희미하게 웃었다.

"일 안 하고 집에 있는다고 해서 무조건 좋은 건 아니네요. 실은 저, 미안해요."

"왜요?"

"일 끝난 뒤에 아주 잠깐 샛길로 샜어요. 쇼코 씨한테는 미안하지만."

"저는 괜찮아요."

"혼자 있는 게 너무 오랜만이라. 그냥 신주쿠 거리를 어슬렁어슬렁 걸어온 게 다지만요."

"그랬군요."

"뭐랄까, 정말 숨통이 트였어요."

쇼코는 작은 목소리로 "부모님 도움은 못 받아요?" 하고 물었다. 루이는 고개를 가로저을 뿐이었다.

메신저 계정을 교환하고 쇼코는 결국 이런 말을 덧붙이지 않을 수 없었다. "언제든 연락해요. 그리고 행정기관에도 상담해보는 게 어때요? 싱글맘을 도와줄 제도가 분명 있을 거예요."

남자는 단숨에 맥주잔을 비우고 나서 안주와 함께 한 잔 더 주문했다.

'저 사람, 언뜻 보기에는 평범한 직장인 같지만 여기는 신주쿠지. 혹시 한 건 처리한 '해결사'일지도 몰라. 아니면 위험한 일을 끝낸 마피아? 좀더 현실적으로는, 큰 계약을 성사한 부동산업자라든가.'

쇼코가 남자의 신원을 이리저리 상상하며 즐기고 있는데 남자들 몇 명이 왁자지껄하게 들어왔다.

"안녕하세요!"

말투와 억양으로 보아 신주쿠2가*에서 온 남자들이라는 걸 금방 알았다.

'그렇지, 여긴 2가에서 가까우니까.'

"아, 지금은 좀……"

점원이 실내를 둘러보고 말했다. 그들이 모두 앉을 수 있을 만한 자리가 없었다.

"다는 못 앉으실 것 같은데,"

---

* 일본의 대표적인 LGBTQ 거리.

쇼코는 점원을 향해 가볍게 손을 들었다.

"저 지금 나갈 거예요."

재빨리 짐을 챙기고 계산을 했다.

"죄송합니다. 아직 술이 남았는데."

쇼코의 맥주는 삼분의 일 정도 남아 있었다.

"아니에요, 슬슬 일어나려던 참이라."

점원은 바쁘게 도시락을 만들면서도 쇼코 쪽을 챙겨 보고 있었던 모양이다.

"아, 뭐야. 오늘은 죄다 일반인이네!"

젊은 남자가 큰 소리로 말하자 좀더 나이 많아 보이는 남자가 "그런 소리 하지 마" 하고 나무랐다. 쇼코는 무심코 어이없는 웃음이 나왔다.

'나도 일반인으로 쳐주는 건가.'

"미안합니다."

"고마워요!"

쇼코는 입구에서 그들에게 일일이 인사를 받고 웃으며 나왔다. 조금 소란스럽긴 해도 마음씨 좋은 젊은이들이었다.

지하철 마루노우치선이 지나는 신주쿠3가역 쪽으로 향하자니 정장 차림의 많은 사람이 걷고 있었다. 그 흐름을 가로막기라도 하듯 술 취한 남자 두 명이 비틀거리며 택시를 향해 손을 들고 있다.

　참으로 다양한 사람들이 오가는 신주쿠. 분명 루이네 모녀는
앞으로도 이 동네에서 씩씩하게 살아갈 것이다.

여섯번째 술

조식 뷔페

고탄다

새벽녘 쇼코는 잠든 의뢰인 곁에서 책을 읽고 있었다.

의뢰인의 집에서 책을 읽을 때는 늘 가지고 다니는 작은 독서등을 켠다. 이 정도 빛이면 주변에 거의 영향이 없다.

'자는 동안 계속 옆에 있어달라. 자는 얼굴을 가끔씩 봐달라. 그것 말고는 뭘 해도 상관없다'라는 게 그녀의 의뢰였기에, 쇼코는 책에서 눈을 떼고 침대 위를 잠시 들여다보았다.

하늘하늘 물결치는 긴 머리를 펼치고 양손을 깍지 낀 채 잠든 그녀를 보고 있자니 백설공주를 지키는 난쟁이의 마음이 이런 걸까 싶다. 물론 사람은 자는 동안 꽤 여러 번 몸을 뒤척이기에 줄곧 공주 같은 자세를 유지하는 건 아닐 테다. 그래도 지금은 천장을 향해 바로 누워 있기에 그렇게 보였다. 게다가 호화로운 세미

더블 침대에서 하늘거리는 레이스가 달린 침구를 덮고 있으니 더욱 영락없이 공주 같다.

그녀는 일 년 전부터 한 달에 한 번꼴로 쇼코를 부르는 이십대 여성이다. 어째서 그저 잠든 얼굴을 지켜봐달라는 건지 전혀 알 수 없다. 처음에 그렇게 요구한 이래로 줄곧 변함이 없다. 그녀가 먼저 말을 걸어오는 일도 거의 없고, 쇼코에게도 뭔가를 물어볼 여지를 주지 않는다. 이 집에 열 차례 넘게 왔는데 그녀에 관해서는 여전히 아무것도 모른다.

메신저 알람음이 작게 울려 사장 다이치인가 싶어 보았더니 가도야였다.

고탄다의 호텔에 묵고 있어요. 일 끝나면 이리로 오지 않을래요?

그 밑에 호텔 이름과 주소가 적혀 있었다.

깜짝 놀라 메시지를 다시 보는데 의뢰인이 몸을 뒤척이는 바람에 당황해서 스마트폰을 주머니에 넣었다. 그녀는 벽 쪽을 향해 돌아누웠을 뿐 깰 기미는 없었다. 그런데도 쇼코는 한동안 벌렁거리는 심장이 진정되지 않았다.

그녀가 몸을 뒤척여서 그런 건지, 가도야의 메시지 때문인 건지……

며칠 전부터 그가 도쿄에 와 있다는 건 알고 있었고, 한번 만나자고 약속해둔 상태였다. 쇼코의 일정을 알려줬으니, 오늘 아침까지 일이 있고 그후로는 아무것도 없다는 걸 가도야도 알고 있었다.

'느닷없이 호텔이라니. 아무리 그래도 그렇지.'

그러고 보니 가도야는 쇼코의 일정을 알고 있는데, 쇼코 입장에서는 전혀 아는 게 없었다. 그는 항상 '언제 시간 비어요?'라고 물어왔고, 쇼코가 대답하면 '저는 ○일과 ○일 ○시에 맞출 수 있습니다'라는 답장이 왔다. 그가 다른 시간에 무엇을 하고 어디에 있는지, 그 외에는 빈 시간이 없는 건지 하나도 알 수 없었다.

'물론 내가 물어보면 가르쳐주겠지만…… 어째선지 그 사람한테는 그런 질문을 못하겠어. 아니, 내 일방적인 편견인 걸까.'

정신을 차리고 보니 작게 한숨을 내쉬고 있었다.

그런 낌새를 느꼈는지 공주님이 "으음" 하고 신음하며 잠에서 깨려는 것 같았다.

"미안해요, 저 때문에 깼나요?"

쇼코의 물음에는 대답하지 않고 그녀는 눈을 감은 채 "지금 몇 시예요?" 하고 물었다.

"오전 6시 넘었어요. 아직 한 시간은 더 자도 돼요."

그녀가 깨워달라고 한 시간은 7시였다.

공주님은 대답하지 않고 다시 영원한 잠에 빠졌다.

지금 일 끝나고 나왔어요.

쇼코는 의뢰인의 집을 나와 엘리베이터에 타자마자 가도야에게 답장을 보냈다.

물론 그전에 연락할 수도 있었지만, '그는 내 일정을 알고 있는데 나는 모른다'라는 걸 깨닫고 나니 묘하게 짜증이 나서 답장하지 않았다.

그럼 고탄다로 오세요. 호텔 프런트에서 기다릴게요.

그런 걸 마음대로 정하다니.
복잡한 심경에 욱하려는 찰나,

맛있는 거 사드릴게요.

하는 메시지가 뾰롱, 하고 도착했다.
"아."
작은 소리가 새어나왔다.

"아, 그런 거구나."

쇼코는 안도하는 마음과 한편으로 살짝 실망한 기분도 들어 두 뺨이 뜨거워졌다.

그 레스토랑은 도로를 접한 호텔 1층에 있었다.

묵직한 문을 열자 가도야가 서서 기다리고 있었다.

"자, 들어가시죠."

가도야는 앞서 걸어가더니 문 앞에서 살짝 연기하듯 정중한 태도로 쇼코를 먼저 들여보냈다.

"감사합니다."

레스토랑 직원이 창밖 녹음이 잘 보이는 자리로 안내했다.

"이탈리안 조식 뷔페예요. 주류도 주문할 수 있고요."

가도야가 눈짓하자 직원이 금세 음료 메뉴판을 가져다줬다. 그가 이미 직원에게 얘기해둔 것 같다.

'언제나 어디서나 매사에 능숙한 사람이네. 업무상 어쩔 수 없는 건지도 모르지만.'

"전채 요리가 꽤 다양하니 마음껏 술을 드셔도 괜찮아요."

가도야가 얼굴을 가까이 하고 속삭이듯 말하며 웃는다.

"네."

"어제 여기서 밥을 먹었는데 쇼코 씨한테 꼭 대접하고 싶어졌어요."

"그럼 저는 스푸만테로 할게요."

쇼코는 이탈리아산 스파클링와인을 주문했다.

"자, 마실 것이 정해졌으니 음식을 가지러 가볼까요?"

"네."

뷔페로 말할 것 같으면, 끝없이 펼쳐지는 음식의 대륙이다.

우선 빵이 세 종류다. 직접 구운 포카치아와 바게트와 캄파뉴. 그리고 초벌구이 피자라고 하는, 아무 토핑도 올리지 않은 얇은 피자가 있었다. 종류별로 나열된 잼과 사이타마현 후카야시 양봉장의 '벌꿀집'도 있다. 큼직한 꿀벌의 집이 그대로 놓여 있어 벌꿀을 긁어내 먹을 수 있다.

"아, 이런 벌꿀집 저는 처음 먹어봐요."

"신기하죠."

쇼코는 정갈한 육각형이 나열된 벌꿀집을 앞접시에 덜었다.

그다음은 다채로운 색깔의 샐러드다. 기타아카리*로 만든 감자샐러드가 있고, 캔 참치와 콩이 든 샐러드가 색다르다.

더 들어가자 이탈리안 전채 요리가 즐비하다. 대표적인 모차렐라 치즈와 토마토 카프레제, 녹황색 채소로 만든 카포나타, 흰

---

* 홋카이도산 감자 품종 중 하나.

120   낮술 3

살 생선 마리네.

이쯤에서 쇼코의 접시는 이미 포화 상태였다.

"이제 자리로 한번 돌아가는 게 좋을 것 같군요."

"그러게요, 스푸만테도 나온 것 같아요."

이탈리아 전채 요리를 안주삼아 마시는 스푸만테는 최고였다.

"산뜻하고 무난한 와인이에요. 큰 특징은 없지만 어떤 요리에
도 잘 어울리고 맛있어요. 양도 꽤 많아서 좋네요."

"쇼코 씨가 즐겁게 마시니까 보는 저도 즐거워져요."

"카포나타 맛있네요. 채소의 감칠맛이 강해요. 스푸만테에도
어울리고요."

"어디 한번 먹어볼까요. 아, 정말. 이거 맛있네요."

"이따가 더 먹어요."

"하지만 아직 종류가 많이 남았어요."

"아 참, 그렇죠."

이번에는 꿀벌의 둥지…… 반투명한 육각형들이 쪼르르 붙은
벌집을 먹어봤다.

"어때요?"

가도야가 흥미로운 듯 쇼코의 얼굴을 살폈다.

"뭐랄까……"

쇼코는 힘겹게 벌집을 씹으며 대답했다.

"그다지 별맛은 안 나네요. 벌꿀 맛이 빠지면…… 거의 아무 맛도 없는 게 아닌가 싶은데. 꽤 탄력이 있어서 언제까지 씹어야 좋을지 잘 모르겠어요……"

하하하하, 가도야가 그답지 않게 큰 소리로 웃었다.

"이제 뱉어도 돼요."

"아뇨, 어떻게든 씹어볼게요."

입안의 '둥지'는 씹어도 씹어도 형태가 거의 바뀌지 않고 탄력이 떨어지지도 않고 언제까지고 쇼코의 치아를 되밀어냈다.

"이제 뱉어도 된다니까요."

"뭐랄까, 맛이나 모양은 전혀 다르지만 양곱창이 생각나요."

하하하하, 가도야가 또 한번 웃었다.

"자, 이제 그만 뱉어요."

"아니에요, 괜찮아요."

가도야가 테이블 위에 제 손바닥을 펴서 내밀었다.

"여기에 뱉어요."

쇼코는 망설였지만 한편으로는 그 다정함에 기대고 싶은 마음도 있어 그의 손바닥 쪽으로 얼굴을 가져가 살며시 그 위에 벌꿀 집을 뱉었다.

연한 호박색이 섞인 희뿌연 덩어리였다.

그의 손에서는 은은한 핸드워시 향이 났다.

쇼코는 전채를 얼추 한 접시 다 먹은 뒤, 진열대로 가 다음 음식에 매진했다.

다음 장소에는 눈앞에서 셰프가 만들어주는 오믈렛 코너가 있었다. '라이브 쿡 오믈렛' 기대되는 조식, 요리 콘테스트, 여자 여행 상'이라고 쓰인 팻말도 있다. 이 레스토랑의 대표 메뉴인 모양이다. 생햄과 트러플 오일 중 하나를 고르면 오믈렛 위에 올려준다. 쇼코는 생햄을 선택했다. 숙성된 생햄이 막 잘려 오믈렛에 올려졌다. 그 옆에는 바삭하게 구운 베이컨, 소시지, 프렌치 프라이, 미트 라자냐 등 따뜻한 요리들이 나열되어 있었다. 그것들도 조금씩 접시에 담았다.

다음으로는 큰 냄비들이 나란히 늘어서 있고, 그 안에 토마토 포토푀, 크림소스 치킨이 들어 있었다. 쇼코는 치킨을 수프 컵에 담았다.

자리로 돌아와 생햄 오믈렛을 먹었다. 부드럽고 폭신폭신하면서도 촉촉하고 매끈하다. 버터와 생크림을 듬뿍 넣은 맛이 났다. 생햄도 충분히 숙성되어 오믈렛과 같이 먹어도 맛있고 따로도 와인과 잘 어울렸다.

미트 라자냐도 치즈가 듬뿍 들어간 훌륭한 맛이었다.

"슬슬 한 잔 더 마시고 싶을 때 아닙니까?"

가도야가 쇼코의 와인잔을 보면서 말했다.

쇼코는 잠시 망설이다 레드와인을 한 잔 추가했다. 생햄과 미트 라자냐가 더더욱 맛있어졌다. 물론 크림소스 치킨에도 잘 어울렸다.

문득 자신이 뱉어낸 벌꿀집이 가도야의 빈 접시 끝에 놓여 있는 걸 알아채고 얼굴이 뜨거워졌다.

"어젯밤 고객은 어떤 사람이었어요? 아, 오늘 아침이라고 해야 하나."

가도야가 분위기를 전환하듯 물었다.

"아."

"오늘 아침의 고객요."

"아. 그렇죠, 참…… 신비한 사람이에요."

"신비한 사람?"

자기를 일 년 가까이 불러주고 있는데 개인적인 얘기를 거의 한 적이 없는 사람이라고 그에게 설명했다.

"이유도 모르겠고, 감상도 모르겠어요."

"쇼코 씨가 물어본 적은 있어요?"

"아니요. 말로 설명하긴 어려운데, 그 사람은 질문이나 대화 같은 걸 시도할 틈을 주지 않아요. 딱히 완강하게 거부하는 건 아니지만 뭔가 말을 걸기가 어려운 분위기예요."

"그런 사람들이 있죠."

"얼버무리는 느낌도 들고요. 아직 뭘 물어본 것도 아닌데."

"말 그대로 신비한 사람이네요."

"그래도 매번 불러주는 걸 보면 저 같은 사람이라도 필요한 거 겠죠."

"그렇죠."

"그런 생각을 하면 기분이 나쁘지는 않아요."

"외로운 걸까요?"

쇼코는 고개를 가로저었다.

"그렇게 단정해버리면 다양한 사람들이 저를 찾는 이유 대부분이 그 한 단어로 축약되고 말아요."

"듣고 보니 그렇네요."

"그런데 또 생각해보면, 현대인의 행동 이유 대부분이 외로움 이라고 할 수 있을지도 모르겠네요."

가도야가 작게 고개를 끄덕였다.

"쇼코 씨도 외로운가요?"

쇼코는 숨을 두 차례 내쉬는 시간 동안 생각했다.

"모르겠어요."

"저도 자신이 외로운 건지 아닌지 모르겠어요."

그러고서 가도야는 뷔페 쪽을 돌아보았다.

"자, 좀더 먹을까요?"

"네."

이탈리아 요리만 있는 것이 아니었다. 일본식 식사도 있어서 밥과 미소시루에 매실절임, 산초 멸치조림, 연어 플레이크, 팽이버섯 장조림, 단무지, 가지절임, 매콤한 명란젓…… 같은 밥반찬이 줄을 이뤘다.

"아무래도 다는 못 먹겠네요."

"네, 안타깝지만."

그 밖에도 절묘하게 분홍빛으로 구운 로스트포크, 양파그라탱수프, 고등어 소금구이 등이 있었다. 이쪽도 조금씩 접시에 담았다. 로스트포크는 어설픈 로스트비프보다 감칠맛이 진해 훨씬 맛있었다. 양파그라탱수프도 빵과 치즈를 제대로 올려 구워낸 것이었다.

아침부터 마신 두 잔의 와인이 천천히 그리고 확실하게 쇼코의 몸속에 퍼져갔다.

마지막 디저트로 가도야가 롤 케이크와 당근 케이크, 커피를 가져왔다.

"저는 이제 배가 꽉 찼어요."

"이후 스케줄은요?"

"이제 없어요."

"오늘밤 일은요?"

"……없어요."

쇼코가 눈을 올려뜨자 가도야가 지그시 보고 있었다.

"그럼 제 방에서 쉬었다 갈래요?"

"네?"

"제 방 이용하실래요?"

쇼코는 잠시 머뭇거리다 "네" 하고 고개를 살짝 끄덕였다.

가도야가 싱긋 웃었다.

"저는 이제 나갈 거지만요."

"어, 네?"

"잠시 후에 가스미가세키 쪽에 볼일이 있어요."

"아, 그러셨군요."

"방은 트윈룸으로 예약해놨고, 며칠 머물 예정이니까 쇼코 씨 편한 대로 이용하시면 됩니다."

어쩐지 또 흐지부지 넘어간 것 같다……고 생각하면서도 침대 안에서 눈을 감았더니 쇼코는 순식간에 잠들어버렸다. 아침부터 마신 두 잔의 술과 배가 빵빵해지도록 먹은 조식의 효과인 것 같았다.

눈을 뜨자 창밖은 붉게 물들어 있었고, 쇼코는 순간 자신이 어디 있는 건지도 몰랐다.

"나 때문에 깼어요?"

당황해서 뒤돌아보자 셔츠에 넥타이 차림인 가도야가 쇼코를 내려다보고 있었다.

"아뇨. 저기, 지금 몇시예요?"

"16시, 오후 4시 정도 됐네요……"

그가 의자를 가져와 침대 옆에 앉았다.

"저 지금까지 쭉 잔 거예요?"

"아까 일 끝나고 한번 돌아왔었는데 푹 자고 있길래 안 깨웠어요. 저는 그대로 다음 일터로 갔고."

"그랬어요? 그것도 모르고, 죄송해요."

"늘 이런 패턴인가요? 일 끝나고는."

"오후 늦게까지 자는 경우는 별로 없어요. 보통은 점심 지나서 일어나거든요."

쇼코는 조금 창피해졌다.

"평소보다 푹 잔 것 같아요. 오랜만이에요, 이렇게 잘 잔 건."

가도야가 미소를 지었다.

"저 뭔가 알 것 같아요."

"뭘요?"

"잠자는 숲속의 공주 의뢰인의 마음을요. 누군가 가까이에서 나를 가만히 지켜봐준다고 생각하니 마음이 편해지기도 하네요."

"그런가요?"

"그래서 저를 부르는 건지도 모르겠어요."

어째선지 서둘러 일어날 마음이 들지 않았다. 가도야가 지켜봐주는 가운데 이렇게 한참을 끝없이 얘기해보고 싶었다. 하지만 이런 마음을 말로 꺼내기에는 쑥스러웠다.

"이따가 저녁 먹으러 안 갈래요? 이 근처에 좋은 식당이 꽤 있는데."

"물론 좋죠."

"그런 다음, 오늘 여기서 자고 갈래요?"

"네?"

"……내일은 저도 별다른 일이 없으니, 또 이 근처에서 점심 먹어요. 계속 같이 있고 싶어요."

그건 마침내 듣게 된, 얼버무리지 않은 그의 솔직한 마음인 듯했다.

"아…… 네."

"아직 하고 싶은 얘기가 좀더 남았거든요. 차분한 자리에서 하고 싶은 말이."

도쿄를 본거지삼아 일하는 것을 염두에 두고 있다고, 전에 그가 말한 적 있었다. 그후 그 일이 어떻게 되었는지 쇼코는 아직 들은 바가 없다.

어쩌면 그 얘기를 하려는 건지도 모르겠다.

"알았어요."

그러자 가도야는 손을 뻗어 올리고는 쇼코의 앞머리를 천천히 쓰다듬었다.

"이 근방에서 맛있는 햄버그스테이크집을 찾았어요. 내일 점심때 먹어요."

"아, 정말요?"

"어? 저보다 햄버그스테이크에 더 마음이 가나봐요."

가도야가 토라진 듯한 목소리를 내더니 후훗, 하고 웃었다.

"그런 거 아니에요."

"오늘밤에는 뭘 먹고 싶어요?"

"뭐든 좋아요."

"배고파요?"

"물론이죠."

그래도 쇼코는 줄곧 이렇게 대화를 나누고 싶다고 생각했다. 앞으로도 한참을 가도야의 지킴을 받으며 끝없이 얘기하고 싶다고 어린아이처럼 소망했다.

일곱번째 술

햄버그스테이크

고탄다

"고탄다랑 고텐바, 헷갈리지 않아요?"

쇼코가 그렇게 말하자 조금 앞서 걷고 있던 가도야가 뒤돌아보며 미소를 지었다. 몸의 방향이 살짝 틀어지면서 잡고 있던 손의 각도도 약간 달라졌다. 손을 맞잡고 있다는 사실이 새삼스레 의식되면서 쇼코는 갑자기 땀이 솟았다. 땀이 밴 손을 슬며시 떼려고 하자 가도야가 손가락에 힘을 주었다.

"한자명을 보면 전혀 다른데 말이죠."

그 일련의 동작이 없었던 것처럼 그는 말했다.

"고탄다, 고텐바. 탁음*이 너무 많아요."

---

* 일본어의 기본 음절인 청음에 대응하는 유성음으로 고, 다, 바가 이에 해당한다.

아니다. 그는 아마 쇼코가 느낀 미세한 손끝의 변화 같은 건 조금도 대수롭지 않게 여길 것이다. 그렇게 생각하자 어찌할 수 없는 괴로움이 마음속에 퍼졌다.

둘은 호텔이 있는 고탄다역의 동쪽에서 메구로강을 향해 걷고 있었다. 겨울치고는 햇살이 따뜻한 날이었다.

어제 가도야와 처음으로 하룻밤을 보내고, 쇼코는 오늘 아침 자신의 모든 감각이 그를 향해 예민해진 듯한 기분이 들었다.

귀도 눈도 촉감도…… 모든 것이 그를 향해 열려 있다.

그런 자신이 신선하게 느껴지기도 하고 한편으로는 두렵기도 했다. 지금껏 이런 감정을 느껴본 적이 거의 없다.

전남편한테서도……

"오늘 갈 식당은 어떻게 알았어요?"

지나치게 민감해진 감정을 끊어내고 싶어 그렇게 물었다.

"꽤 유명한 곳이에요. TV에도 여러 번 소개됐고. 한번 가보고 싶었거든요."

"아, 저는 몰랐네요."

메구로강에 걸린 큰 다리 쪽에서 꺾어 강을 따라 걸어가자 금세 가게가 보였다.

오픈 시각은 오전 11시, 쇼코와 가도야가 도착한 건 오 분 전이었다. 벌써 직장인 두 명이 줄을 서 있다.

점원이 건네준 메뉴판을 보면서 기다리자니 곧 가게 안으로 들여주었다. 둘은 제일 끝쪽의 4인용 테이블로 안내를 받았다.

"역시 햄버그스테이크를 먹어야겠죠? 제일 유명하니까."

쇼코가 메뉴판을 보면서 말했다.

"햄버그도 좋지만, 이 '요일별 콤보'라는 햄버거랑 스테이크 세트도 끌리네요. 쉽게 올 수 있는 데가 아니니 이곳 스테이크가 어떤지도 먹어보고 싶어요."

"너무 많지 않을까요?"

"그럼 내가 콤보를 주문할 테니 쇼코 씨는 햄버그로 할래요? 그래서 둘이 나눠 먹어요."

"그것도 좋겠네요."

일반 메뉴판과 다르게 가늘고 길쭉하게 생긴 작은 메뉴판에 주류가 줄줄이 적혀 있다. 생맥주, 무알코올 맥주, 스파클링와인, 레드와인, 화이트와인, 하이볼 등이 의외로 부담 없는 가격이다.

"쇼코 씨, 고르세요."

가도야가 가리켰다.

"아."

"오늘 일해요?"

"밤에 일이 있긴 한데."

아직 오전 11시다.

"밥 먹고 일단 집에 가서 쉬었다가 출근하려고요."

"그래서 고르라고 한 거예요."

가도야는 웃고 있었다.

쇼코는 찬찬히 메뉴판을 보았다.

맥주도 좋지만 이왕 여기 왔으니 와인을 곁들여보고 싶다. 레드와인은 보르도 15년, 피노누아르 18년 등의 라인업이 흥미롭지만……

"역시 탄산으로 할까."

샤토드로레 스파클링와인으로 정했다.

쇼코는 데미글라스소스 치즈 햄버그에 달걀프라이를 추가했다. 가도야는 데미글라스소스 햄버그와 큐브스테이크가 함께 나오는 콤보 메뉴를 주문했다.

"굽기는 육질을 느낄 수 있는 미디엄 레어를 추천합니다."

점원의 말에 둘 다 미디엄 레어로 정했다.

점원이 떠난 뒤 물을 한 모금 마시자 더는 할 게 없었다. 하룻밤을 같이 보내고 처음으로 마주앉아 서로의 얼굴을 보는 셈이었다.

가도야가 물끄러미 이쪽을 본다. 쇼코는 그 시선을 피해 이리저리 두리번거리다 고개를 왼쪽으로 돌리고 또 유리잔을 들고 물을 마셨다. 다시 시선을 돌리자 가도야가 웃었다. 이렇게 웃으면 입가에 주름이 생기는 사람이구나. 쇼코가 유리잔을 내려놓자 가도야가 그 손에 자신의 손을 스르륵 감았다. 그 과정을 둘이서 가만히 보고 있었다.

"어색해요?"

"네."

"저도……"

그가 손을 더 깊숙하게 잡았다. 쇼코는 주위를 둘러보며 손을 떼려고 했으나 그가 허락하지 않았다.

"한시도 손을 놓고 싶지 않아요…… 이런 말도 하고. 우리도 참 콩깍지 커플이네요."

가도야의 말에 무심코 함께 웃음이 터졌다. 그와 동시에 손이 떨어졌다.

"민망해요."

쇼코는 겨우 본심을 말할 수 있었다.

"그렇지만 이런 시기도 한때잖아요."

"이런 시기?"

"서로 잠시도 떨어져 있기 싫어서 언제까지고 함께 있고 싶고 만지고 싶고, 그러면서도 쑥스럽기도 한 그런 시기요."

"한때인 거예요?"

"뭐, 이렇게까지 두근거리는 건 한때겠죠."

그가 그렇게 말한 순간 스파클링와인 잔과 샐러드가 나왔다.

쇼코는 마음이 놓이는 것 같다가도 한편으로는 허전한 듯한 기분도 들었다.

가느다란 잔 속의 기포를 바라보고 있자니 자기만 들떠 있는 것 같아 또다시 부끄러워진다. 가도야는 그런 쇼코의 마음도 모르고 "얼른 마셔요"라고 말했다.

산미가 강하고 산뜻한 와인이었다. 샐러드도 같이 먹는다. 양상추 위에 아주 잘게 썬 무와 당근을 올리고 오렌지색 드레싱을 뿌렸다. 이 또한 상큼한 풍미다.

이어서 아카다시*도 나왔다.

"어때요?"

가도야가 물었다.

"와인은 깔끔하고 드라이한 맛이에요. 샐러드도 아카다시도 담백하네요."

"그렇죠? 햄버그나 스테이크의 맛이 진하니까 다른 음식은 일부러 담백하게 한 것 같아요."

"아, 듣고 보니 정말 그렇네요."

---

* 일본식 붉은 된장으로 끓인 국.

점원이 소스를 가져왔다.

"오리지널 소스와, 폰즈와 간 무를 넣은 소스입니다. 이쪽은 맛간장, 고추냉이, 허브가 들어간 버터입니다. 어느 것이나 취향에 맞게 곁들이시면 되지만, 간장과 고추냉이와 버터는 스테이크에 추천합니다."

그후 곧바로 쇼코의 햄버그, 가도야의 햄버그와 스테이크가 담긴 철판접시가 나왔다.

햄버그 옆에 데미글라스소스가 든 작은 접시가 있다.

"철판이 뜨거우니 위에 뿌리지 말고 찍어서 드세요. 곁들여 나온 구운 감자는 인카노메자메*, 유채꽃은 나가사키산입니다. 여기 하얀 건 매시드포테이토입니다."

달걀프라이의 노른자가 흘러넘칠 듯 큼직하다.

둘은 포크와 나이프를 들고서 "잘 먹겠습니다" 하고 입을 맞춰 말했다.

쇼코는 먼저 햄버그를 한입 크기로 잘랐다. 바로 붉은 육질이 보였다.

"아, 여기도 고탄다의 그 가게처럼 고기를 반만 익혔네요!"

"반대로 말했어요, 여기는 고탄다. 저번 가게가 고텐바죠."

---

* 홋카이도산 감자 품종. 밤처럼 강한 단맛이 특징이다.

쇼코는 아랑곳하지 않고 고기에 데미글라스소스를 찍어 입에 넣었다.

"맛있어!"

쇼코의 목소리를 듣더니 그제야 안심한 듯 가도야도 고기를 한입 먹었다.

"역시, 이런 느낌이구나."

"여기는 고텐바 식당에서 먹은 것보다 훨씬 부드럽네요. 그쪽은 식감이 분명했고, 이쪽은 부드러운 느낌이에요. 비슷하게 반만 익힌 햄버그여도 식감이나 맛이 꽤 다르네요."

이번에는 오리지널 소스에 찍는다. 간장 풍미의 단맛이 감도는 소스였다.

"이것도 맛있네요. 저는 데미글라스소스보다 이게 더 좋은 것 같아요."

"간 무 소스도 좋아요."

오리지널 소스를 찍은 고기와 밥의 조합이 매우 훌륭하다.

"이 밥도 맛있어요. 약간 꼬들꼬들하게 지어졌는데 그렇다고 너무 딱딱하지 않고, 씹으면 씹을수록 단맛이 나오는 것 같네요."

스파클링와인이 벌써 바닥을 보이고 있었다.

"쇼코 씨, 한 잔 더 해요?"

"아, 어쩌지."

쇼코가 주저하자 가도야가 메뉴판을 보며 말했다.

"레드와인 시킬까요? 저도 이 햄버그에 레드와인을 마시고 싶어졌어요."

"오늘 일 있다고 했잖아요?"

"그러니까 쇼코 씨가 시키면 나도 한입 얻어 마실까 하고요."

점원을 불러 묻는다.

"레드와인이 두 종류 있는데, 맛이 좀더 깊은 게 어느 쪽인가요?"

"아무래도 보르도죠."

"그럼 그걸로 주세요."

기다리는 동안 햄버그를 간 무 소스와 함께 먹었다. 폰즈는 그다지 산미가 강하지 않고 고기의 감칠맛을 더해줬다.

둥그런 와인잔이 바로 나왔다.

햄버그를 먹고 와인을 입에 머금는다.

"진하고 약간 쌉싸름하면서도 맛이 깊어 고기 요리에 딱이네요."

달걀프라이를 살며시 터뜨리자 노른자가 주르륵 흘렀다. 그것을 햄버그에 묻혀 한입 가득 넣었다.

"어때요?"

"달걀이 꼭 소스 같아요. 고기 맛이 한층 더 진해지네요. 좋은 의미로 코피가 터질 것 같은 맛이랄까."

가도야가 소리 높여 웃었다.

"이 스테이크도 먹어봐요. 여러 부위의 고기가 들었는데 어떤 건 당첨이고 어떤 건 꽝이라 재미있어요. 아니, 꽝이라고 할 정도는 아니고, 다 맛있는데 취향에 따라 갈린달까요."

쇼코는 포크로 고기 한 조각을 찍어서 먹었다. 자세히 보니 한쪽에 비계가 붙어 있다. 입에 넣자마자 비계의 단맛이 퍼진다.

"아, 이건 당첨인 거 같아요."

"그래요?"

"등심의 마블링 부분인가? 굉장히 연하고 촉촉해요."

"미식 전문 리포터 같네요."

"후후후."

고기 조각이 입안에 남아 있을 때 밥을 먹고 레드와인을 한 모금 마신다.

"아, 맛있다. 이거야말로 음식을 먹는 최고의 순간 중 하나인 것 같아요."

"부드러운 소고기와 밥과 술."

"그렇죠. 왠지 머리가 나빠질 것 같은 조합이지만."

"스테이크 더 먹어요. 쇼코 씨가 기뻐하는 얼굴을 보고 싶으니까."

한 점 더 입에 넣는다.

"아, 이건 씹는 맛이 제대로인데요. 하지만 일반적으로는 이것
도 연한 부위 같아요. 단지 방금 먹은 게 지나칠 정도로 부드러
웠던 거라."

"어느 부위일까요?"

"확실하게는 모르겠지만 우둔살일까요? 이건 이것대로 맛있
어요."

"나도 와인 마실래요."

가도야가 손을 뻗어 와인잔을 잡았다.

'손이 예쁜 사람이구나.'

쇼코가 그런 생각을 하는지도 모르고 그는 살짝 목구멍을 보
이며 와인을 마셨다.

"아, 정말 맛있네요. 고기랑도 잘 어울리고."

"그렇죠? 맛있죠?"

아무 생각 없이 아이 같은 감상을 말했다 싶어 쇼코는 살짝 창
피해졌다.

"그리고,"

와인을 반쯤 마셨을 때 가도야가 문득 표정을 가다듬었다.

"어제 미처 못한 얘기인데요."

어젯밤은 가도야가 찾은 호텔 근처의 선술집에서 식사를 했다. 그리고.

그다음에는 얘기를 나눌 여유도 없었지, 쇼코는 생각하다 갑자기 얼굴이 뜨거워졌다.

"전에도 말했지만, 이쪽으로 이사올까 해요."

그가 진지한 표정으로 말했기에 쇼코도 표정을 가다듬었다.

"벌써 정해졌어요?"

"네. 계획은 거의 섰어요. 일단 한 의원님의 사무실 일을 주로 담당하고, 내년쯤 그곳에서 저를 정식으로 고용해주기로 약속했어요."

"정말요? 대단하네요."

"제가 직접 기소당한 건 아니니 그 무렵에는 세상의 관심도 식겠죠."

"다행이에요."

"당분간은 도쿄와 오사카를 자주 왔다갔다해야 해서 시나가와 부근에 아파트를 빌릴까 생각중이에요. 신칸센 타기 편하잖아요. 하지만 시나가와는 비쌀 테니 그 주변까지 치면 이곳도 후보에 들어가요."

"그렇군요. 언제쯤이에요?"

"다음달쯤부터요."

"금방이네요."

"쇼코 씨는 어떻게 생각해요?"

가도야가 단도직입적으로 물어오는 바람에 쇼코는 살짝 말을 머뭇거렸다.

"……기뻐요."

"아, 다행이다."

"기쁘기는 한데."

"기쁘기는 한데, 왜요?"

쇼코는 잠시 생각했다.

"조금 두렵기도 해요. 앞으로 어떻게 달라질까 싶어서."

어째선지 쇼코는 가도야도 '나도 두려워요'라고 말할 거라고 생각했다. 남의 말을 거의 부정하지 않는 사람이니까. 그리고 그런 두려움에 대해서는 함께 고민해나가자고 말해줄 듯한 기분이 들었다.

그러나 막상 들려온 건 전혀 생각지도 못한 대답이었다.

"저는 전혀 두렵지 않아요."

"네?"

"두렵지 않아요. 뭐랄까…… 설레는 느낌만 들어요."

"설레요?"

"아니, 그거랑은 좀 다른가. 후련한 느낌? 머릿속 안개가 깔끔하게 걷힌 느낌…… 솔직히 말하면 그래요."

"그렇군요."

"오사카에서는 생활과 일이 수월하게 풀려갔지만…… 어딘가 정체된 느낌이었어요. 작년 일…… 체포됐던 것 때문이 아니라 전부터 그랬어요. 고향에서 학교를 졸업한 뒤 의원님 밑에서 일하며 줄곧 정신없이 앞만 보고 달려온 터라."

그는 거기서 일단 말을 멈췄다.

"말로 잘 표현할 수 있을지 모르겠지만."

"네."

"처음 쇼코 씨를 만났을 때,"

"어? 언제요?"

갑자기 자기 얘기가 나와서 놀랐다.

"맨 처음 쇼코 씨가 오사카에 왔을 때요. 재작년이었던가?"

"아, 네. 아베노의 스타벅스에서 만났을 때 말이죠?"

"쇼코 씨가 카페로 쓱 들어오는데, 왠지 바람이 불어들어오는 것 같았어요."

"바람?"

"쇼코 씨 주위의 바람이 경쾌하게 불어서 카페 안으로, 오사카로, 그리고 내 안으로 스르르 들어왔어요."

쇼코는 어떤 반응을 보여야 할지 몰라 그대로 있었다.

"아, 자유롭다. 나도 어딘가로 가고 싶다, 그런 마음이 들었어요."

"정말요?"

그때 그가 그런 마음이었으리라고는 꿈에도 생각 못했다.

"여기가 아닌, 다른 어딘가로. 계속 여기에 있으면 안 되겠다고 생각했어요. 그리고 지금 하는 일을 당신이 제대로 알고 있을까 하는 걱정도 들었고요. 하지만 그런 걸 물어볼 만큼 친하지도 않았고, 제가 그런 얘기를 할 만한 입장도 아니었죠."

"네."

"뭐랄까, 쇼코 씨한테 모든 걸 말할 수 있는 사람이 되고 싶다고 생각했어요. 이런 사람한테 전부 말할 수 있을 만한 일을 해야겠다고."

"그러니까, 그때 일을 그만두고 싶어졌다는 말인가요?"

"단적으로 말하면 그렇죠."

둘은 웃었다.

"그러고는 쇼코씨한테 식사하자고 했더니 단칼에 거절당했고."

"아, 미안해요. 그때는 저 혼자 마시고 싶어서."

"어? 나한테는 오사카에 친구가 있다고 했으면서."

충격인데, 하고 그가 얼굴을 찡그렸다.

"그랬던가? 기억이 안 나네요."

"핑계였던 거구나."

"그래도 가도야 씨가 깔끔하게 물러나길래 담백한 사람이구나 싶어 오히려 좋은 인상을 받았어요."

그다음 두번째로 오사카에 왔을 때, 같이 술 한잔하자고 권했더니 그제야 겨우 승낙해줘 조금씩 얘기를 나누었던 일련의 추억담을 가도야가 꺼냈다.

그의 말을 듣고 있자니 그리 오래된 일도 아닌데 이 연애와 사랑이 시작되기 전이 마치 딴 세상 일처럼 여겨졌다.

'관계를 맺고 간신히 속마음을 털어놓고 이렇게 그전 얘기를 하는 게 마치 '사랑의 정답 맞히기'* 같네.'

가도야가 햄버그와 스테이크가 담긴 철판접시를 쇼코 쪽으로 밀었다.

"좀더 먹어요. 더 시켜도 되니까."

"네."

쇼코는 포크로 스테이크 한 조각을 찍었다.

"이번에는 맛간장에 곁들여볼게요."

---

* 일본에서 연인들이 연애 전 상대에게 느꼈던 생각과 감정을 회상하고 추억을 곱씹는 일을 일컫는다.

"그럼, 고추냉이도 같이요."

가도야의 말대로 해봤더니 또 전혀 다른 맛이 입안에 퍼졌다.

"이 소스들 말인데요, 데미글라스 말고 오리지널 소스, 간 무소스, 맛간장 전부 간장 베이스인데 맛이 전혀 달라요. 간장이라는 게 참 무궁무진하다는 걸 새삼 느끼네요."

"정말 완전히 달라져버리죠."

가도야가 깊이 고개를 끄덕였다.

"쇼코 씨도 그래요."

"네? 뭐가요?"

"쇼코 씨랑 식사하다보면 다양한 맛의 차이를 깨닫게 돼요."

"정말요?"

"네. 매번 감탄해요. 나 혼자 왔다면 그저 '맛있네' 하면서 우걱우걱 먹고 끝났을 거예요. 재능이에요, 그거. 그런 재능을 직업으로 승화시킬 수 있으면 좋을 텐데."

"그 정도는 아니에요."

"타인에게 뭔가를 발견하게 만든다는 건 훌륭한 재능이에요."

아니, 깨닫게 되는 사람은 나다, 쇼코는 생각했다.

가도야와 있으면 또다른 자신의 모습을 깨닫게 된다.

서로가 서로의 몰랐던 모습을 깨닫게 되고…… 그것이 바로 타인과 사귄다는 일일지도 모르겠다.

"아직 허브 버터가 남았어요."

"아."

"자, 버터를 올려서 먹어보고 어떤지 말해줘요."

"너무해요. 그렇게 말하니 부담돼서 못 먹겠어요."

쇼코는 투덜대면서도 스테이크 조각에 버터를 올리고 입안 가득 넣었다.

행복하다고 생각했다. 이 감정이 언제까지 지속될지 알 수 없고, 어쩌면 그의 말처럼 한때에 불과할지도 모르지만, 지금은 이 순간을 그저 즐기고 싶다, 쇼코는 그렇게 생각했다.

여덟번째 술

요다레도리
이케지리오하시

이케지리오하시역 앞을 걷고 있는데, '중화요리×청주와 내추럴 와인'이라는 간판이 불쑥 눈에 들어왔다. 더욱이 그 밑에는 '중국 현지 수련 경험이 있는 주인장의 요리와 청주 소믈리에가 엄선한 청주를 제공합니다'라고 적혀 있었다.

"훌륭하다."

쇼코는 저도 모르게 중얼거렸다.

'이 간판은 당연히 저녁 메뉴에 대한 설명이겠지만, 대낮부터 이걸 꺼내놨다면 어쩌면 점심 장사를 하는 것일 수도 있고, 술도 마실 수 있을지 몰라.'

슬쩍 둘러보니 눈앞 건물 입구에 나무로 된 작은 받침대가 있고 그 위에 메뉴판이 놓여 있는 걸 알았다. 탄탄면—두 가지 참깨와 수제 마라유, 마파두부, 상하이식 간장 조림 이베리코 돼지 고기를 올린 소바, 매콤 달콤 새콤하게 볶은 사가현산 닭고기 다 릿살 볶음······ 등이 각각 1000엔짜리 점심 메뉴로 준비되어 있 다. 상어 지느러미 소바만 1200엔이다.

그 밖에도 수제 라유를 넣은 요다레도리*, 두 종류의 살구씨를 사용한 안닌도후**, 진한 푸딩─금귤 캐러멜 소스 등 작은 일품 요리를 곁들일 수 있는 모양이다.

결국 탄탄면과 요다레도리에 이끌려 지하에 있는 가게로 내려 갔다.

"어서 오세요."

여자 점원의 차분한 목소리를 들으며 안으로 들어가자 입구 쪽은 카운터석이었다. 안쪽에 테이블석이 있는 듯하다.

"한 명요."

"편한 자리에 앉으세요."

손님은 카운터석 안쪽에 앉아 있는 젊은 남자뿐이었다. 쇼코 는 카운터석 끝에 앉았다.

메뉴판을 받고 다시 찬찬히 살펴본다.

---

* 닭가슴살을 부드럽게 익힌 뒤 매콤한 양념을 더한 요리.
** 간 살구씨를 설탕, 우유, 한천과 함께 끓인 다음 굳혀서 만든 푸딩.

'음. 탄탄면과 요다레도리에 끌리지만, 둘 다 주문하면 맛이 겹치겠는데.'

저희 가게 탄탄면에는 '두 가지 참깨와 수제 마라유'라는 부제가 붙어 있습니다. 적당한 매콤함과 식재료의 맛, 향신료의 향을 음미해주세요.

그런 설명이 적혀 있었다.

탄탄면은 이 식당의 대표 메뉴일 것이다. 예사롭지 않은 고집스러움이 쇼코에게도 전해져왔다.

'끌린다, 엄청 끌려. 하지만 청주와의 궁합이 어떨지. 게다가 요다레도리도 포기하기 힘들고.'

쇼코는 탄탄면을 후루룩거리며 청주를 마시는 자신의 모습을 상상해봤다.

'뭐지? 아무래도 그 모습이 잘 상상되지 않아. 맥주라면 몰라도.'

하지만 들어오기 전 간판에서 '중화요리×청주'라는 글자를 본 뒤로 줄곧 청주 기분이지, 결코 맥주 기분이 아니다.

'여기서 맥주는 빠져줘야겠는데. 그렇다면 요다레도리와 청주인가.'

쇼코는 메뉴판을 빠르게 훑어본다.

'오늘 마파두부는 탈락. 당기기는 하지만. 이베리코 돼지고기냐 닭고기냐. 아니, 닭고기는 요다레도리랑 겹치는구나. 이것도 매력적이긴 한데. 그럼 남는 건 상하이식 소바인가…… 음, 이쪽이 훨씬 청주에 어울릴 것 같다.'

쇼코로서는 드물게 망설이는 시간이 매우 길어졌다.

"여기요."

가볍게 손을 들어 점원에게 말을 걸었다.

"네."

점원이 기다렸다는 듯 곧장 다가왔다.

"이, 상하이식 간장 조림 이베리코 돼지고기를 올린 소바와 요다레도리 주세요. 그리고,"

쇼코는 살짝 눈을 치켜뜨며 물었다.

"밖에 있는 간판에는 중화요리와 청주라고 적혀 있던데요."

"네."

"음, 이 시간에도 청주를 마실 수 있나요?"

"물론이죠."

점원이 청주 메뉴판을 가져다줬다.

역시나 청주를 주력으로 하는만큼 종류가 많다. 다른 주류도 있고, '이주의 추천'이라고 적힌 청주 전용 메뉴도 있었다.

가온 숙성 해탈주, 알파 타입, 사케 에로틱…… 청주 이름으로는 보기 드문 낱말이 가득하다.

'점원한테 물어보는 편이 빠르겠어.'

"저기, 제가 주문한 메뉴에 어울릴 만한 술이 있을까요?"

"여러 가지 있죠. 우선은 이 '다카시미즈의 가온 숙성 해탈주'가 어떠실지요. 와인처럼 과일향이 나고 달콤해요. 식전주로 추천합니다."

'아, 수수께끼 같던 이름의 그 술이구나.'

"그리고 이쪽 고슈*도 추천하는데요, 다루마 마사무네의 5년산 고슈는 사오싱주와 비슷한 맛이 납니다."

점원은 그 외에도 와이너리에서 만드는 청주와 발포성 청주 등 몇 가지를 소개해줬다.

'엄청 고민되네!'

발포성 청주는 요즘 많이 생산되는 추세라 마트나 편의점에도 있다. 쇼코도 꽤 좋아하지만 오늘은 다른 걸 마시고 싶다.

"그럼 우선은 그 와인 같은 것부터 마셔볼게요."

"다카시미즈의 가온 숙성 해탈주 말씀이시죠. 잠시만 기다리세요."

---

* 청주를 빚어 장기간 숙성시켜 만든 술로 무겁고 중후한 맛과 향이 특징이다.

점원이 가지고 온 건 와인잔에 담긴 연한 호박색의 술로, 달콤한 향이 났다. 미리 설명을 듣지 않았다면 청주라고 알아채지 못했을지도 모른다.

곧장 한 모금 머금자 입안 가득 단맛이 확 퍼진다.

'귀부와인* 같은 맛이네. 그래도 뒷맛이 와인과는 확실히 달라. 쌀향이 있어. 이건 식전이든 식후든 다 좋을 것 같아.'

곧이어 요다레도리가 테이블에 놓였다.

"매운 걸 싫어하시지 않는다면 중간에 마라유를 추가해서 드셔도 좋아요. 저희 가게 마라유는 직접 만든 것입니다."

깊이 있는 작은 유리접시에 닭고기와 고수를 담고 그 위에 땅콩이 든 붉은색 소스를 끼얹었다.

'정말 마라유의 향이 굉장히 좋네. 그러면서 너무 맵지도 않고. 이 가게는 요다레도리도 맵기보다는 맛을 중시하는구나. 닭고기도 촉촉하고. 이런 건 좀처럼 집에서 만들 수 없지. 껍질도 느끼하지 않고 탱글탱글해서 최고다. 아, 탄탄면이랑 마파두부도 먹어보고 싶어졌어.'

닭고기와 청주를 음미하고 있자니 작은 반찬 그릇이 나왔다.

"중화풍 두부 무침입니다."

---

* 귀부균에 의해 당도가 높아진 포도로 만든 와인.

두부를 으깬 콩나물과 무쳤다. 보기에는 일본식인데 입에 넣으니 완전히 중화풍이었다. 참깨와 소금으로 간을 한 것 같았다.

'이것도 집에서 따라 해보고 싶지만 이렇게 맛있게는 못 만들겠지. 다른 술도 마셔보고 싶어졌어.'

다시 메뉴판을 펼친다. 손을 들어 점원을 불렀다.

"다루마 마사무네 5년, 마실 수 있을까요?"

"네, 곧 가져다드릴게요."

'아와모리* 중에서는 들어본 적 있지만, 청주의 고슈는 처음 마셔보는 것 같다.'

이번에도 또 와인잔에 나왔다. 한층 진한 갈색 술이었다.

곧장 한 모금 머금는다.

우아, 하고 작은 탄성이 나와버렸다.

'이거 정말 사오싱주 같네. 그런데 좀더 달고 순해.'

요다레도리와 같이 맛을 본다. 또 하아, 하는 소리가 나왔다.

'과연 중화요리랑 잘 어울리는 맛이구나. 마라유랑 어울린다고 해야 하나. 매콤한 맛을 잘 감싸줘.'

이 술이라면 사오싱주보다 훨씬 더 중화요리에 어울릴지도 모르겠다고 생각했다.

---

* 오키나와의 전통 소주.

그날 지킴이 일을 한 장소는 이케지리오하시에서 지하철로 한 정거장 떨어진 저택이었다. 오랜만에 가메야마 의원 사무실에서 부탁받은 일이었다.

그 동네에 사는 나이 많은 점술가가 집에서 요양중인데, '젊고 입이 무거운 여자가 와주면 좋겠다'라는 것이 의뢰 내용이었다.

"뭐, 젊은 건 상대적이니까 그렇다 치고."

나카노 심부름센터 사무실에서 다이치가 말했다.

"입이 무겁다는 건 일단 조건에 맞으니까."

"흐음."

쇼코의 불만스러운 듯한 얼굴을 보고 다이치는 웃으며 말을 이었다.

"그런 얼굴 하지 마. 사실 이번 건은 가메야마 사무실도 상당히 주목하고 있어."

"그게 무슨 뜻이야?"

"왜 우리 쪽에 의뢰해왔는지. 그가 무슨 말을 하고 싶은 건지."

"점술가가? 그 사람이 무슨 말을 하고 싶은 건지 아닌지는 만나봐야 알지. 얘기를 들어달라고 부르는 거라면 처음부터 그렇게 말했을 거잖아."

"그 사람은 그냥 점술가가 아니야. 여당 대대로 총재의 고문을 맡은 점술가라고. 젊었을 때는 유명한 엔카 가수의 전속 점술가 였는데, 그 사람 재산을 몽땅 가로챘다는 소문도 있어."

"그럼 그냥 사기꾼 아냐?"

"뭐, 그렇게 되나? 그런데 입이 무거운 여자를 지명했다는 건 당연히 뭔가를 말하고 싶어서겠지. 그 사람이 마지막으로 무슨 얘기를 할지 모두가 궁금해하고 있어."

"남들에게 알리지 않기를 원한다면 병세 같은 걸지도 모르지. 그런 걸 궁금해해봐야 나는 아무한테도 말 안 할 거야. 일을 맡은 이상에는."

다이치가 어깨를 으쓱거렸다.

"그의 병세에 대해선 다들 알고 있어. 주간지에도 나왔고. 거의 백 세에 가까운 나이잖아. 심장이 약하네, 동맥류가 있네, 오랜 기간 앓아온 당뇨병이 악화됐네 하면서. 당장 생명을 앗아갈 정도의 병세는 아니지만 언제 죽어도 이상할 건 없지. 모든 신문사가 이미 추모 기사를 준비하고 대기하는 상태야. 그런데 말이지, 정말 아무한테도 전하고 싶지 않은 얘기라면 가메야마 사무실에 부탁했을까? 다시 말해, 사실 그는 그 얘기가 사무실에 전해지기를 바라는 게 아닐까?"

"아무한테도 말하지 말라는 얘기라면서 누설되기를 바란다는 거야? 너무 복잡한데."

"정말 아무에게도 알리고 싶지 않았다면 아예 다른 곳에 의뢰하면 됐을 테고. 간호사나 다른 누군가에게 얘기해도 될 일이지."

"그래도 나는 아무한테도 말 안 할 거야. 의뢰인이 알리라고 하는 것 말고는."

"뭐, 아무래도 상관없어. 그쪽에서 우리를 지명한 건 틀림없으니까. 최종 조율은 쇼코와 가메야마 사무실 간의 문제지."

"그렇게 무책임한 말이 어딨어."

쇼코는 조금 긴장한 채 저택의 문을 통과했다.

들어오라고 한 곳은 뒷문이었는데 그것도 보통 가정집 문보다 몇 배는 으리으리했다. 벨을 울리자 자신을 가사도우미라고 밝힌 노년 여성이 나와 1층 한구석의 침실로 곧장 쇼코를 안내했다. 복도를 걸어가는 동안 아무와도 스치지 않았고 집안에 인기척도 없었다.

오래된 전통 가옥 안에 만들어진 서양식 방에는 커다란 환자용 침대가 놓여 있고, 그는 그곳에 잠들어 있었다.

일을 마치고 이케지리오하시에 내린 건 딸 아카리 때문이었다.

아카리와는 그날 저녁에 만날 예정이었다. 하교하는 아카리를 데리러 가 그대로 쇼코 집으로 와서 하룻밤 자고 가기로 했다.

어제저녁 통화할 때, 어쩐지 아카리가 기운이 없었다. 대답하는 목소리에 힘이 없고, 쇼코의 집에서 시간을 보내고 싶은지 외출하고 싶은지 무얼 하고 싶은지 이것저것 물어봐도 "응" "응" 하고 작게 대답할 뿐이었다.

"아카리, 왜 그래? 괜찮아?"

"응."

"기운이 없네."

대답이 없었다. 긍정의 뜻일 거라고 쇼코는 생각했다.

"괜찮아?"

"응."

"무슨 일 있었어?"

역시 대답이 없다.

전화기 너머로 TV 소리가 들린다. 아카리가 거실에 있는 듯하다. 그렇다는 건 분명 쇼코의 전남편이자 아카리의 아빠인 요시노리와 새엄마도 함께 있다는 뜻일 테다.

"얘기하기 불편해?"

"으……응."

"그래, 그럼 내일 얘기하자."

"알았어."

그제야 겨우 안도한 듯한 아카리의 대답이 들렸다.

"아카리, 뭐 먹고 싶은 거 있어? 뭐든 아카리가 좋아하는 걸로 엄마가 만들어줄게. 아니면 맛있는 걸 사 와도 되고."

"마쓰코*가 먹은 거……"

"응? 마쓰코?"

"마쓰코가 TV에서 먹은 슈크림이 먹고 싶어."

무슨 말인가 싶어 물어보니 반 친구가 TV 예능 프로그램에 소개된 케이크집 얘기를 했다고 한다.

"아, 그 얘기구나. 알았어, 내일 엄마가 일 끝나고 사둘게."

"진짜?"

"그럼, 진짜지."

쇼코는 아카리가 아이다운 부탁을 해온 것이 너무나 기뻤다.

인터넷으로 알아보니 그 가게는 이케지리오하시에 있고, 점심이 지나 영업을 시작하는데 슈크림이 금세 품절된다고 한다. 다행히 점술가의 집과 같은 노선에 있는 역 부근이었다.

"오픈에 맞춰 가보긴 할 텐데, 혹시 품절이면 어쩔 수 없고."

"고마워."

슈크림을 먹으며 아카리의 얘기를 들어줘야겠다고 생각했다.

---

* 일본의 방송인 마쓰코 디럭스.

그런 생각을 하고 있자니 면 요리가 나왔다.

"상하이식 소바입니다. 괜찮으시면 이것도 중간에 마라유를 추가하거나 식초를 더 넣어도 맛있어요."

"감사합니다."

'아, 이렇게 생긴 요리구나.'

맑고 투명한 간장 국물과 꼬불꼬불하지 않은 면이 아름답다. 돈가스처럼 튀긴 고기가 한입 크기로 썰려 있다. 그리고 청경채가 푸짐하게 곁들여졌다.

'파코*면을 새롭게 조합한 건가. 뼈는 안 붙어 있지만. 한 번 튀긴 고기를 매콤달콤하게 졸여서 면 위에 올렸구나.'

튀긴 고기의 단맛이 딱 적당해서 이 또한 술에 어울린다. 그 밑에 깔린 면은 담백해서 고기 맛을 방해하지 않는다.

쇼코는 튀긴 고기를 안주처럼 먹고, 또 면을 후루룩거리며 다양한 방식으로 음식을 즐겼다.

식사가 종반에 접어들 무렵, 다이치에게서 전화가 왔다. 가게 출입구에서 제일 가까운 자리에 앉아 있던 쇼코는 한 손에 전화를 들고 밖으로 나갔다. 주위에 다들 혼자 온 손님이라 가게 안에 목소리가 울릴 것 같아서였다.

---

* 돼지고기 갈빗살에 반죽을 입혀 기름에 튀긴 중화요리의 일본식 지칭.

"왜?"

자연스레 타박하는 투가 되었다.

"어땠어?"

쇼코가 식사하고 있다는 걸 알 텐데도 다이치는 느긋하게 대꾸했다.

"글쎄, 딱히. 이미 일 끝났어."

"그래. 수고했어. 그런데 그 사람이 얘기한 거 없어?"

"별말 없던데."

"아무 말도? 한 마디도?"

그렇게까지 물어오니 쇼코는 대답하지 않을 수 없다.

"말을 하긴 했지. 조금은. 하지만 정치에 관련된 듯한 얘기는 아무것도 없었어."

"……정말?"

"정말."

"정치적인 얘기인지 아닌지는 네가 결정할 문제가 아닌데."

다이치의 말투가 조금 달라졌다. 쇼코는 가게 밖에서 자신의 자리를 보았다.

"라멘."

"어?"

"라멘, 불어."

그리고 다이치가 뭐라고 말하기 전에 전화를 끊었다.

자리로 돌아왔을 때 상하이식 소바는 실은 거의 남아 있지 않았다. 남은 국물을 보면서 쇼코는 자신의 심장 박동이 살짝 빨라졌음을 느꼈다.

다이치나 가메야마 사무실이 이쯤에서 물러날 거라고는 생각되지 않았다.

'나하고는 관계없는 얘기야.'

단골손님이 점원과 얘기하고 있다.

"요즘은 여기서 먹는 음식이랑 여자친구가 해주는 저녁밥만이 낙이에요. 어제부터 뭘 먹을까 생각했어요."

"어머, 여자친구가 밥도 해줘요?"

"뭐, 일단은 해줘요."

"좋으시겠네요."

그런 말소리를 듣고 있으니 서서히 기분이 차분해졌다.

'오후에는 아카리를 만난다. 둘이서 맛있는 슈크림을 먹는 거야.'

그런 생각을 하자 더는 아무것도 두려울 게 없을 듯한 기분이 들었다. 쇼코는 약간 식은 국물을 남김없이 다 마셨다.

쇼코가 있는 동안 손님이 몇 명 들어왔다 나갔는데 대부분이 이삼십대 남자였다. 우연인지 여자는 쇼코 말고는 한 명도 오지 않았다. 다들 정장이 아닌 캐주얼한 차림이었다.

'이 근처 회사원들일까. 시부야와 가까운 동네인만큼 다들 멋쟁이네. 중화요리, 특히 탄탄면은 남자들한테 인기인가봐. 깔끔해서 여자들도 들어오기 괜찮아 보이는 가게인데 말이지. 근처에 있으면 나는 매일이라도 오고 싶어질 것 같아.'

딸을 위해 슈크림을 사 가야 한다고 명심하면서 쇼코는 마지막 술을 들이켜고 자리에서 일어났다.

아홉번째 술

히로시마풍 오코노미야키
긴자1가

멀리 가고 싶다.

머릿속으로만 생각한 줄 알았는데 소리 내어 말한 모양이다.

"응?" 하고 나카자와 기와가 고개를 들었다.

기와는 아주 최근까지 긴자에서 바를 운영했던 육십대 여성이다. 이름을 들으면 누구나 알 만한 역사소설가의 재혼 상대이고, 그가 죽고 막대한 유산을 상속받아 남편이 좋아했던 동네인 긴자에 가게를 열었다고 한다.

가게 운영을 그만두고 나서도 가까이에 살고 싶다며 긴자 거리가 내려다보이는 타워형 아파트를 구입했다.

처음 방문했을 때 이런 집은 대체 얼마나 할까 싶어 건물을 올려다보았는데, 그녀의 얘기에 따르면 "언제라도 구입 가격 이상으로 팔 수 있다"고 부동산에서 말했다고 한다. 집은 한번 사면 시간이 갈수록 가격이 내려가는 법이라고 쇼코는 굳게 믿었는데 역시 땅값이 비싼 곳은 다르다는 사실을 알았다. 기와 같은 사람과 일하면 배우는 것이 많다.

"그래서 몸이 말을 안 듣는 때가 오면 이 집 팔고 요양시설에 들어갈까 생각하고 있어."

그녀는 처세술에 밝고 쇼코보다 훨씬 세상 물정을 잘 안다. 신문 세 종을 구독하며 늘 자그마한 돋보기를 쓰고 읽는다.

다이치는 할아버지의 소개로 그 가게에 드나들며 귀여움을 받았다. 다이치가 지킴이 일을 시작했을 때 기와가 개업 축하로 몇 번 불러줬던 것이다.

"그애는 솔직해서 좋아" 하고 기와는 자주 말한다.

생각해보니 어느새 한 달에 한두 번은 다이치나 쇼코 중 누군가가 불려가 대화를 나누는 사이였다. 그녀 곁에는 스스로를 '보이프렌드'라 칭하는 추종자 격인 부유한 동년배 남성이 많으니 결코 고독하거나 무료할 리는 없었다.

쇼코가 올 때는 늘 동네 중화요릿집에서 라멘을 두 개 시켜 먹는다. 그릇에 씌워진 비닐랩을 떼면서 "한 그릇은 배달 시키기 어렵거든"이라고 꼭 말한다.

이 라멘 때문에 우리를 부르는 게 아닐까? 쇼코는 항상 생각했다.

"어디로 가고 싶은데?"

기와가 라멘을 먹으며 말했다. 맑은 간장맛 국물이다. 숟가락으로 국물을 뜨면서 "이거야말로 진정한 도쿄 라멘이지" 하고 중얼거렸다. 이 또한 몇 번이나 들었던 말이다. 그녀의 집에서는 매번 똑같은 일이 반복된다.

"그러게요…… 히로시마쯤?"

"왜?"

"실은 예전에 어디서 봤는데, 히로시마역 구내에 맥줏집이 있다더라고요."

"맥주? 마시는 그 맥주?"

"네. 오로지 맥주만 파는 콘셉트의 가게가 히로시마 시내에 있는데, 늘 문 열기 전부터 사람들이 줄을 선대요. 주인장이 맥주 따르는 법이 특별하다나봐요. 그 가게가 역사 안에 지점을 내서 하루종일 맥주를 파는 모양이에요. 본점까지는 갈 용기도 기력도 없지만, 그곳에는 꼭 한번 가보고 싶다는 생각을 예전부터 했어요."

쇼코는 말하고 난 뒤 황급히 덧붙였다.

"그런데 실은 어디든 상관없어요. 어디든 좋으니까 느긋하게 여행하고 싶어요."

"그렇군."

그런 얘기를 한 다음날 아침이었다. 쇼코가 집을 나서는데 기와가 "나도 나갈 거야" 하고 모자를 쓰면서 따라 나왔다.

"여행에 데려가줄게."

기와가 아파트 1층 자동문을 열면서 말했다.

"네?"

"나를 따라와."

기와는 앞장서더니 천천히 걸었다.

여행? 쇼코는 그 뒷모습을 보면서 생각했다. 어디 가는데요? 하고 묻고 싶지만, 왠지 지금 물으면 "뻥이야!" 하고 방금 한 말을 번복할 듯한 기분이 들었다. 정말 이대로 도쿄역으로 가서 일본 어딘가, 아니, 세계의 어딘가로 그녀가 데려가줄 것 같았다. 기와는 그렇게 엉뚱한 일을 한대도 전혀 이상하지 않았다.

그녀는 이따금 마음이 내키면 옛 긴자의 모습과 그곳을 찾은 정재계 거물들 얘기를 툭툭 들려줬다. 쇼코가 금방 알아들은 이름도 있었고, 나중에 스마트폰으로 검색하고서야 비로소 말도 안 되는 거물이라는 걸 깨달은 인물도 있었다. 그런 사람이기에 자신을 여기가 아닌 어딘가로 데려가줄 것 같았다.

예를 들어 지금 그녀가 "히로시마에 갈 거야" 한다면, 아무 준비가 안 되어 있으니 굉장히 곤란하겠지만 그럼에도 슬렁슬렁 따라갈 수 있을 듯한 기분이었다. 여권이 없으니 아무래도 해외는 못 가겠는데, 하는 생각을 했더니 심장 박동이 빨라졌다.

어쩐지 그녀와 함께 폴짝 튀어오르고 싶었다.

그러나 평일 오전의 긴자는 '폴짝'과는 정반대의 차분한 분위기다. 저녁이나 휴일과는 전혀 다르다.

지나다니는 사람들이 꽤 있지만 대부분 직장인이다. 긴자와 도쿄역 근처, 마루노우치, 신바시는 오피스가이니 당연한 풍경이겠지만 그 바지런함이 아름답다.

"자, 여기."

기와는 긴자1가의 지하철 승강구를 지나가더니 갑자기 멈춰 섰다.

쇼코는 그녀가 가리킨 건물을 올려다본다.

"여기는……"

"히로시마 특산품을 모아놓은 가게."

"아, 안테나숍이네요."

기와는 유라쿠초역 쪽을 가리키며 "저쪽으로 가면 오키나와 가게도 있어. 거기도 재미있어" 했다.

"나도 여행 가고 싶을 때 가끔 와."

"감사합니다."

쇼코는 인사하면서도 마음 한구석에는 김 빠진 기분도 없지
않았다.

"그럼 안녕."

기와는 지하철 승강구 쪽으로 발걸음을 돌렸다.

"어? 기와 씨는 안 가세요?"

"나는 미용실 가."

지금도 일주일에 두 번씩 미용실에 다니며 머리를 감고 세팅
한다고 얘기했던 것이 문득 생각났다.

쇼코는 그녀가 천천히 빌딩 지하로 사라져가는 모습을 지켜보
았다.

안테나숍 입구 부근에는 작은 카페가 있고, 히로시마의 유명
식당이 한정 기간 동안 국물 없는 탄탄면을 판매하고 있었다. 컬
러로 된 커다란 포스터 내용에 따르면 항상 긴 줄을 서야 하는
인기 가게인 듯하다. 가느다란 면에 수북이 쌓은 구라하시산 대
파와 특별 주문한 가와나카 간장을 썼다고 적혀 있다. 살짝 시도
해보고픈 기분이 들었다.

'먹기 전에 먼저 서른 번 이상 비벼야 하는구나. 맛있겠다. 하
지만 여기는 술을 팔지 않는 듯하네.'

쇼코는 그대로 안쪽으로 들어갔다.

벽 쪽에도 중앙에도 많은 냉장 진열대가 늘어서 있다. 그만큼 '생물' 상품이 많고 맛있는 것들로 넘친다는 증거이리라.

첫번째 냉장 진열대에는 귤의 일종인 핫사쿠를 넣은 '핫사쿠 찹쌀떡'이라는 화과자가 놓여 있었다. 인기 상품인지 방문하는 사람들이 연달아 집어 간다. '1인당 최대 5개까지'라는 문구에 끌려 쇼코도 두 개를 집었다.

더 안쪽으로 들어가자 '100% 국산'이라고 표기된 레몬즙을 비롯해 레몬으로 만든 상품들이 모인 선반이 있다. 히로시마가 레몬 산지라는 사실이 생각났다. '레모스코'라는 매운맛 조미료가 있는데, 하바네로를 넣은 붉은 '레모스코'와 풋고추를 넣은 노란색 '레모스코' 두 종류였다.

'이건 유자로 만든 '유즈스코'인가…… 아, 전부 '타바스코 소스'에서 딴 이름이구나.'

뭐, 아무렴 어때, 쇼코는 중얼거리며 바구니에 소스를 넣었다.

그 밖에 히로시마풍 오코노미야키용 야키소바 면이 다양하게 진열된 코너, 히로시마 카프*의 마크가 붙은 식품들만 모아놓은 코너, 히로시마 브랜드로 유명한 '오타후쿠 소스'의 상품으로 꾸린 선반 등이 있었다. 히로시마의 채소절임과 어묵 등도 눈으로

---

* 히로시마를 연고지로 하는 일본의 야구단.

보는 것만으로 즐겁다.

매장 안쪽의 냉장 진열대에는 히로시마 양조장에서 만든 청주와 지역 맥주가 줄지어 있다.

'역시, 히로시마 술도 마셔보고 싶네. 이걸 사서 탄탄면집에 가져가 마시면 안 되려나?'

그런 생각을 하면서 2층으로 올라갔다.

2층에는 히로시마의 양조장에서 만든 술을 모아둔 가게가 있는데, 1층보다 더 종류가 많았다. 평소에는 시음도 가능한 모양이다. 그 옆은 메이크업용 브러시 회사가 꾸민 매장이었다. 반짝반짝한 쇼케이스는 보는 것만으로 눈이 즐겁다. 수작업으로 만든 브러시에는 야무진 아름다움과 품격이 있었다. 고가라서 지금은 살 수 없지만 쇼코는 언젠가 그걸 구입하고 싶다는 꿈이 커졌다.

한구석에 오코노미야키집이 있었다. 입구에 놓인 메뉴판을 집었다. 첫 장에는 반죽과 반죽 사이에 면이 들어간 이른바 '히로시마풍 오코노미야키' 일곱 종류가 열거되어 있었다. 다음 장에는 굴과 닭고기 등의 철판구이 메뉴가 있는데, 전부 맛있어 보인다. 마실 것도 생맥주를 비롯해 다양한 종류가 갖춰져 있다.

'소소한 오코노미야키 코너인줄 알았는데 꽤 본격적인 철판구이 전문점이구나.'

쇼코는 상상했다. 철판 앞에서 여러 가지 구이를 안주로 먹으면서 술을 홀짝거리다 마지막에 오코노미야키로 마무리하기.

'완벽해. 그게 대낮부터 가능하다니.'

쇼코는 주저 없이 문을 열었다.

이제 막 문을 연 가게에는 쇼코 외에 젊은 남녀 한쌍뿐이었다.

쇼코는 철판 앞 제일 끝쪽으로 안내를 받았다.

눈앞에서는 저들이 주문한 것으로 보이는 오코노미야키가 구워지고 있다. 수북이 쌓인 양배추가 눈에 들어온다.

들어오기 전에 어느 정도 알고 있었으면서도 메뉴판을 펼치며 마음이 설렌다. 철판구이는 어쩜 이렇게 사람의 마음을 두근거리게 하는지. 이것이 요즘 흔히들 말하는 '시즐감'*이라는 건가.

다시 봐도 가짓수가 많다. 일반적인 식당이라면 보통 수준인데 안테나숍 코너에 자리잡은 곳이라 유독 많아 보이는 걸까. 하지만 그 이상으로 음식과 음료가 맛있어 보이고, 갖춰진 메뉴들이 '굵직'해서 많아 보이는 느낌도 들었다. 이상한 표현일지 모르겠지만, 대충 만든 것처럼 '버리는 메뉴'가 하나도 없다. 모든

---

* 영어 'sizzle'(지글지글하다)과 한자 '感'(감)을 합한 조어. 소비자의 구매 욕구를 자극하도록 음식 사진이나 영상을 감각적으로 표현하는 것을 일컫는다.

게 맛있어 보여 전부 주문하고 싶어진다.

'이것이 히로시마의 실력인가. 아니면 이런 매장이라 더더욱 엄선된 메뉴만 내놓은 건가.'

오코노미야키 선택은 나중으로 미루고 일단 철판구이부터 보기로 했다.

대뜸 '코네'라는 의문의 고기 사진이 큼직하게 등장했다. '히로시마 고유의 소고기 고급 부위. 젤라틴과 콜라겐이 풍부합니다'라는 설명이 적혀 있다.

'와! 문장의 모든 단어가 번쩍번쩍 빛나고 있어……'

다른 철판구이 메뉴도 좋아 보인다. 히로시마산 굴 버터구이, 히로시마산 굴 다시마, 히로시마 돈페이야키*, 닭 목살구이…… 굴 다시마는 '리시리 다시마 육수에 히로시마 굴을 넣고 푹 끓여 재료 본연의 감칠맛을 느낄 수 있는 일품요리'라고 하고, 언뜻 어디에나 있을 법한 돈페이야키에조차 '간사이에서 시작된 돈페이야키를 히로시마 스타일로 드셔보세요!'라는 설명이 붙어 있었다.

쇼코는 닭고기 중에서도 탱글탱글한 목살을 매우 좋아한다. 평소에 좀처럼 먹기 어려운 것을 놓칠 순 없다.

---

* 삼겹살을 넣은 달걀말이.

'그러나 굴과 닭 목살을 곁에 두고도 눈부시게 빛나는 '코네'
여……'

우선은 이 코네에 한잔해야겠다. 그렇게 생각하고 주류 페이
지로 넘어간다.

생맥주와 하이볼, 그에 더해 지역 맥주인 '미야지마 맥주', 크
랜베리가 들어간 '헬시 하이볼' 등 구성이 화려하다. 추하이와
와인, 청주도 여러 종류다. 음료 메뉴와 별도로 '세토우치* 레몬'
으로 만든 추하이 광고가 사이에 끼워져 있었다.

'무난하게 생맥주도 좋겠지만 이 추하이는 도저히 버릴 수 없
어.'

쇼코는 매장 한구석에 서 있는 남자 점원을 눈짓으로 불렀다.

"코네랑 세토우치 레몬 추하이 주세요."

"네."

그렇게 주문하자 눈앞의 철판이 별안간 소란스러워졌다.

마스크를 쓴 점원이 익숙한 동작으로 냉장고에서 플라스틱 용
기를 꺼내고 그 안에서 고기 몇 점을 집어 철판에 올렸다. 곧바
로 비계 부분이 말려올라가며 지글지글 맛있는 소리를 내기 시

---

* 레몬 산지로 유명한 일본의 내해 지역. 히로시마산 레몬을 세토우치 레몬이라
고도 한다.

작했다. 저것이 내 고기라고 생각하니 왠지 사랑스럽다.

'꽤 비계가 많구나. 너무 느끼하면 어쩌지.'

걱정하는 사이 추하이가 나왔다. 일단 고기가 구워지는 모습을 안주삼아 한 모금.

'달고 맛있다. 산미가 강하지도 않고. 레모네이드에 술이 들어간 느낌. 얼마든지 마실 수 있을 것 같아.'

고기는 금세 다 구워졌고, 대파의 흰 부분을 가늘게 채 썬 것과 실파, 레몬이 함께 접시에 담겨 나왔다.

갈색 소고기 양옆에 쪼그라든 비계가 붙어 있다. 고기와 지방의 비율은 일 대 일 정도. 구워질 때부터 걱정했던 대로 비계가 제법 많다.

우선은 고기만 젓가락으로 집어 입에 넣었다.

'어머, 이거 뭐라고 해야 하지…… 보기에는 이렇게 기름진데 느끼하지가 않아…… 설명처럼 젤라틴과 콜라겐인 건가. 보기와는 맛이 다르네. 굉장히 감칠맛이 강하다.'

다음은 채 썬 대파로 고기를 싸고 레몬을 뿌려 먹어본다.

'이것도 맛있네. 내 취향이야. 갈비나 등심 같은 일반적인 소고기와 비교하기는 어려워. 좀더 쫀득거리는 느낌이 있고. 소금 간이 딱 맞는데, 우설과도 다르고.'

"아무튼 새로운 식감이네."

무심코 작게 중얼거렸다.

레몬 추하이를 마셔 입안의 기름기를 씻어낸 순간, 쇼코는 문득 자기 안의 답답했던 감정이 해소되는 기분이 들었다.

정말로 여행을 온 것 같다고 생각했다.

아카리가 '할 얘기가 있다'고 했을 때는 그것이 전남편의 현재 부인 미나호의 임신 소식이리라고는 꿈에도 생각 못 했다.

지난 주말, 학교 앞으로 아카리를 데리러 갔다. 쇼코와 단둘이 있게 되자 아카리가 곧장 이렇게 말했다.

"미나호 엄마한테 아기가 생겼대."

"뭐?"

아카리와 손을 잡고 걷고 있었기에 표정을 보이지 않아 다행이었다. 어떤 얼굴로 그 얘기를 들어야 좋을지 몰랐기 때문이다. 하지만 다음 순간, 이러면 아카리의 얼굴도 보이지 않는다는 걸 알았다. 서둘러 아카리를 내려다보았지만 표정은 알 수 없었다.

집에 돌아가면 다시 제대로 얘기해야겠다고 생각했다. 요즘 아카리가 표정을 숨길 때가 있다는 것을 쇼코는 알고 있었다.

집에 도착해 한숨 돌리자 쇼코는 사 온 슈크림을 꺼냈다. 아카리가 먹고 싶어했던, TV 프로그램에 소개된 것이다.

쇼코가 물을 것도 없이 아카리가 다시 얘기를 꺼냈다.

"아기는 10월쯤에 태어난대."

이번에는 아카리의 표정을 놓치지 않으려고 응시했다. 태연하다. 조금 마음이 놓였다.

"남자인지 여자인지는 아직 몰라."

"그래."

"미키랑 유메한테도 여동생이 있어."

반 친구들의 이름일 것이다.

"오. 그렇구나."

쇼코는 슈크림 접시를 아카리에게 밀었다.

"이거 먹어봐."

"아, 응."

아카리는 그제야 슈크림의 존재를 알아차린 듯 손을 뻗었다. 자기가 먹고 싶다고 했으면서……

슈크림이라는 이름으로 팔고 있지만 실은 파이처럼 얇고 바삭한 과자였다. 안에는 진짜 바닐라빈을 쓴 커스터드 크림이 듬뿍 들어 있어 고급스러운 단맛을 냈다.

아카리는 먹음직스러운 크림을 앞에 두고 침묵했다.

그 순간을 놓치지 않고 쇼코가 말했다.

"기다려지겠네."

"뭐가?"

아카리가 향긋한 크림을 입에 넣은 채 물었다.

"아기 말이야. 아카리한테 동생이 생기는 거잖아. 기대되겠다."

그 순간 아카리의 눈동자에 작은 그늘…… 망설임이 스친 것 같았다. 아빠를 닮은 기다란 속눈썹이 바쁘게 깜빡거렸다.

"……모르겠어."

"응?"

"기대되는 건지 아닌 건지, 잘 모르겠어."

"그래."

쇼코는 아카리의 입가에 묻은 크림을 손가락으로 닦아주며 말했다.

"괜찮아, 어느 쪽이든."

같이 생각해보자. 쇼코가 그렇게 말하자 아카리는 고개를 끄덕였다.

그때부터 쇼코는 줄곧 생각중이다.

아카리가 한 말의 의미를.

아마 말 그대로이리라. 모르겠다, 그것이 솔직한 감정일 것이다. 엄마와 아빠가 이혼하고, 새엄마가 오고, 아기가 태어난다.

그게 어떤 의미인지 잘 모르는 건, 이제 막 열 살이 된 아이에게는 당연한 일이다. 그래도 뭔가 확실한 변화가 일어나리라는 것만은 알고 있을 테다.

요시노리는 어떻게 생각하고 있을까.

미나호는 그의 회사 후배였다. 예전에는 전남편이 자신과의 결혼생활중에도 미나호와 교제했을 가능성이 있다는 의심도 했지만 지금은 아무려나 상관없다.

다음날, 아카리를 가까운 역까지 데려다주면서 다시 그를 만났을 때 "축하해, 미나호 씨 임신했다면서. 아카리한테 들었어" 하고 축하인사를 했고, 그도 "고마워" 하고 눈이 부신 듯한 얼굴로 대답한 게 다였다. 개찰구 앞에 다른 사람들도 있어 쇼코는 더이상 물을 수 없었다.

그때부터 줄곧 그 생각을 하고 있다.

쇼코도 아카리와 마찬가지로 앞일이 어떻게 될지 모르지만, 어떤 변화가 있으리라는 건 확실하다고 생각한다. 그것이 향후 쇼코와 가도야의 관계에도 변화를 가져올까.

그러고서 정신을 차려보니 "멀리 가고 싶다"는 말을 기와의 앞에서 내뱉고 만 것이다. 어쩌면 쇼코는 자신이 생각하는 것보다 더 감정을 억누르고 있는지도 몰랐다.

그런데 이 순간, 철판 앞에서 술을 마시고 있자니 문득 마음이 가벼워진다.

'뭐, 생각한다고 어찌할 수 있는 일도 아니고.'

코네를 반쯤 먹었을 때 마침내 히로시마풍 오코노미야키 메뉴판을 펼쳤다.

이 가게에는 오코노미야키와 철판구이 말고도 매력적인 일품 요리가 많았다. 히로시마 굴 오일 절임, 히로시마 채소절임, 쫄깃한 식감의 노게 철판구이, 바지락 술찜 등. 하지만 지금 먹으면 오코노미야키를 먹기 전에 배가 불러버릴 것 같았다.

오코노미야키는 가게의 이름을 단, 정석대로 '달걀프라이, 대파, 마른 오징어 튀김, 차조기잎'을 올린 것, 쇼부리야키라고 해서 소의 늑골 부위에 붙은 고기를 넣은 것, 이름 그대로 굴을 아낌없이 넣은 굴 축제, 새우, 오징어, 차조기잎이 들어간 스페셜 등 가짓수가 많다.

게다가 오코노미야키 종류를 고른 뒤에도, 그 안에 들어가는 면을 파삭파삭 생면, 데친 면, 매콤한 면, 우동 네 종류 중에서 골라야 한다.

'너무 즐거운걸, 이런 선택.'

일반적인 오코노미야키 외에 기간 한정 메뉴로 온천 달걀, 다진 소고기, 꽃산초가 들어간 '산초야키'라는 것도 있다.

'이 가게에 처음 와봤으니 정석인 히로시마야키로 해볼까. 아니면 방금 고기를 먹었으니 굴 오코노미야키도 좋고.'

"으음."

미간에 손가락을 대고 골똘히 생각한다.

'굴이냐, 정석이냐, 아니면 또 고기냐……'

한번 고기를 먹어서 몸에서 재차 고기를 원하는 느낌도 든다.

'좋았어. 이번에도 다른 데서는 먹을 수 없는 것으로 하자.'

쇼코는 가볍게 손을 들어 점원을 불렀다.

"쇼부리야키 주세요."

"네. 면은 어떤 것으로 하시겠습니까?"

"아."

너무 집중하느라 미처 면을 정하지 못했다.

다 매력적인데 그중 매콤한 면이라는 것이 꽤 흥미롭다. 우동도 좀 생소하고. 하지만 여기서는 가장 정통적이면서 그 발음도 구미를 당기는 '파삭파삭 생면'으로 하기로 했다.

쇼코는 점원이 간 뒤에도 여전히 메뉴판을 손에서 놓지 않았다. 히로시마야키 종류를 너무 고민하는 바람에 음료를 정하지 않았기 때문이다. 하지만 이미 답을 발견해버렸다. 메뉴와 별도로 사이에 끼워진 종이에 적힌 '뎃판'이라는 이름을.

''오코노미야키에 어울리는 술'이라는 콘셉트로 만들어진 히로시마산 발포 청주. 이거다, 이걸로 가자.'

쇼코는 다시 한번 점원을 불러 "자꾸 불러서 미안해요"라고 덧붙이며 술을 주문했다.

병에 든 뎃판이 바로 나왔고, 그것을 마시면서 다시 철판 위를 바라보며 기다린다.

발포 청주는 누룩향이 감도는 달달한 술로, 역시 얼마든지 마실 수 있을 듯했다. 오코노미야키나 야키소바에는 물론이고 다른 요리에도 잘 어울릴 듯했다.

'철판* 앞에서 뎃판을 마시며 기다리는 거구나. 아, 이 술의 이름에는 '예상한 그대로'라거나 '확실하다'라는 의미의 '뎃판'도 포함된 건가.'

자신의 '히로시마야키'가 한층 사랑스럽다.

먼저 반죽이 깔린다. 점원이 깊은 그릇에서 국자로 반죽을 뜨고 철판 위에서 손목을 놀려 둥글고 얇게 펼쳤다. 예상보다 얇았다. 크레페보다도 얇다. 가장자리가 투명하게 바삭거릴 만큼.

금세 익은 반죽 위에 양배추를 수북이 올리고 잠시 뜸을 들인 뒤, 언뜻 보기에 다진 소고기 볶음 같은 것을 올린다. 저게 쇼부리인가? 그 옆에다 면을 볶는다. 마지막으로 달걀을 깨뜨려 얇게 펴고 모든 재료를 한꺼번에 뒤집듯이 올렸다. 소스를 바르고 파의 푸릇한 부분을 듬뿍 올려 완성한 오코노미야키가 철판이 끼워진 접시 위에 올려져 나왔다.

---

* 일본어로 '철판'은 '뎃판'으로 발음한다.

"잘 먹겠습니다."

오코노미야키를 쇠주걱으로 케이크처럼 자른다. 얼른 먹고 싶어 참을 수가 없다. 반으로 자르고서 바로 젓가락을 들었다. 반죽, 양배추, 고기, 면, 달걀…… 전부를 입에 넣는다.

"아."

첫인상은 의외로 맛이 싱겁다는 것이었다.

자세히 보니 소스가 그렇게 많지 않다. 면이나 양배추에 간이 되어 있지 않아 더 싱겁게 느껴진다.

하지만 씹으면 씹을수록 면과 반죽, 양배추의 감칠맛이 입안 가득 퍼져간다.

'맛있다, 이거. 역시나 기대한 대로야.'

싱겁다고 생각한 자신이 부끄러웠다. 휴일에 집에서 남은 양배추와 밀가루 반죽한 것을 구워 소스 범벅이 되도록 뿌려 먹는 요리와는 차원이 다르다. 뭐, 그건 그것대로 맛있지만.

'내가 평소에 소스를 많이 뿌리는 건지도 몰라.'

두번째, 세번째 조각으로 나아갈 때마다 점점 더 맛이 깊어진다. 모든 재료, 특히 면과 밀가루 본연의 맛과 감미로움을 충분히 알 수 있었다.

이런 섬세한 오코노미야키에는 확실히 청주가 어울린다.

그 맛의 조화로움을 절실히 느끼면서 남은 음식을 먹었다.

오코노미야키를 다 먹고 술잔까지 비우고 나자 쇼코는 왠지 마음이 차분해졌다.

지금 당장은 멀리 갈 수 없다고 생각했다. 딸의 곁에 있어줘야 하니까.

무엇이 달라질지, 그걸 알게 될 때까지 여기 있을 것이다. 그러니 때로는 이런 '작은 여행'쯤은 자신에게 허락해도 좋지 않을까, 쇼코는 그런 기분이 들었다.

열번째 술

튀김

고엔지

고엔지는 예전에 몇 번 놀러온 적이 있어 아는 동네였다.

걷기만 해도 그때의 기분이 되살아났다. 혼자 도쿄에 와 불안과 희망을 동시에 품고 살던 시절…… 가까스로 일자리를 구하고 살 집도 직접 구했지만 아직 도쿄에 친구도 연인도 없었다.

'아무것도 없지만 자유로웠지.'

그 시절을 생각하면 불안함에 마음이 혼란스러울 줄 알았는데, 막상 가슴속에 떠오른 건 그리움이 뒤섞인 감정이었다.

돈도 없을 때라 휴일에는 근처를 산책하며 동네 지리와 분위기를 익히려고 했다. 도쿄의 공기를 흡입하는 기분이 들었다.

오늘의 의뢰인은 쇼코와 비슷한 심정을 지닌 사람이었다.

"도쿄에 온 지 얼마 안 된 남학생의 집에 가줬으면 해."

"도쿄? 어디에서?"

"우리 고향, 오비히로. 우리 선거구 사람이야. 아들이 도쿄에 있는 전문학교에 입학해 고엔지의 다세대주택에서 혼자 사는데, 슬슬 삼 개월이 지나는데도 변변히 연락도 안 오고 아직 그 집에 가본 적도 없대. 부모가 가고 싶다고 해도 올 필요 없다며 짜증을 낸대. 그래서 대체 어떤 곳에 살고 있는지만이라도 알아봐달라는 것 같아."

"그럼 굳이 심야에 갈 필요 없잖아."

"그게, 가까운 지역에 사는 친척을 만나보라고도 하고 지인한테 아들을 보러 가달라고도 하면서 부모가 여러 제안을 해봤는데 전부 거절당했대. 낮에는 바쁘고 집도 아직 정리가 안 됐다면서. 그럼 이런 서비스를 하는 사람이 있으니 이사 뒷정리를 도와달라고 하면 어떻겠느냐고 부모가 제안했더니, 그건 괜찮다며 간신히 승낙해준 모양이야."

"어머, 그렇구나."

"자, 그런 이유가 있으니, 부모에게 보낼 집 사진 좀 찍어와."

"뭐? 몰래 촬영을 하라는 거야?"

"몰래라고 하면 어감이 그렇지. 어차피 고엔지에 사는 학생 집이야 원룸 정도일 거 아냐? 화장실 간 틈을 타서 재빠르게 한 장

찍어줘."

"으음."

"그게 일이라니까. 그리고 아들에게 생활비로 매달 8만 엔을 보낸다는데 집세는 어느 정도 되는지, 심야 아르바이트를 하는 것 같은데 이상한 일은 아닌지, 이상한 친구는 없는지…… 그런 걸 물어봐줬으면 한대."

"내가 무슨 탐정도 아니고."

"뭐, 염탐이라도 해줘야겠어, 이번에는."

"게다가 집 정리도 해야 하잖아?"

"그것도 부탁할게."

"네네, 알겠습니다."

"그러고 보니 참, 전남편 부인이 임신했다면서?"

다이치의 느닷없는 말에 쇼코는 가슴이 쿵 내려앉았다.

"어떻게 알았어?"

"사치에한테 들었어."

지난주, 고향 친구인 사치에에게 오랜만에 전화가 와 무심코 그 얘기를 해버렸다.

사치에는 다이치와 마찬가지로 홋카이도 시절부터 오래 알고 지낸 소꿉친구다. 취직과 결혼으로 환경이 달라지면서 잠시 소원해졌지만 이혼 직후에 다이치와 함께 쇼코를 지탱해준 사람이었다.

"비밀이 없구나."

"아니, 사치에는 내가 벌써 알고 있는 줄 알던데."

"뭐?"

"아무튼 이래저래 힘들겠네."

쇼코는 귀찮아져 대답 없이 그대로 전화를 끊었다.

"안녕하세요."

최대한 명랑하게 인사했다고 생각했는데, 문틈으로 쇼코를 들여다보는 고이와 료타는 턱만 까딱여 응할 뿐이었다.

"이사 뒷정리와 청소를 도와드리러 왔어요. 이누모리 쇼코라고 합니다."

그가 새벽 1시까지 아르바이트를 한다고 해서, 쇼코가 집을 방문한 건 새벽 2시가 지나서였다. 하기야 이 시간대라면 심야에 일하는 쇼코 쪽에 부탁할 수밖에 없다.

"아, 들었어요."

"집으로 들어가도 될까요?"

"들어오세요."

그가 문을 열고 몸을 살짝 비켜줬다.

아직 중학생이나 고등학생쯤으로 보일 법한, 키가 작고 앳된 모습이 남아 있는 청년이었다.

"아, 그런데 이미 정리가 꽤 됐네요."

"네. 뭐."

두 마디 이상은 말하지 않겠다고 결심이라도 했나, 쇼코는 조금 의아했다.

애초에 짐의 양도 적을 것이다. 10제곱미터 크기의 방에 다락이 딸린 복층 구조로, 복층에 잠자리를 깔아놓은 듯하다. 방에는 TV와 낮은 테이블, 방석, 플라스틱 수납장이 있고 골판지 상자 세 개가 쌓여 있었다. 정리되지 않았다는 건 이것들을 말하는 걸까.

"어떻게 할까요, 저 골판지 상자 안의 물건을 정리할까요?"

"아, 저건 겨울옷들이고, 또하나는 일단 가져온 책이랑 만화책…… 그리고 나머지 하나는 부모님 집에서 보내온 거예요."

드디어 두 마디 이상을 들었다.

"겨울옷은 옷장에 넣을까요?"

"네, 부탁드려요. 그렇게 많지는 않지만."

상자를 열자 스웨터와 코트 같은 겨울옷들이 채워져 있었다. 양해를 구하고 붙박이장을 열었더니 걸려 있는 건 점퍼와 셔츠 몇 장이 다였으므로 쉽게 정리할 수 있었다.

그의 말대로 '정리가 안 됐다'라고 할 정도는 아닌 것 같았다.

"……아르바이트로 바빠서 이 시간에 의뢰했다고 들었는데, 무슨 일을 해요?"

쇼코는 옆에 멀거니 서 있는 료타에게 말을 걸었다.

"아, 고깃집요. 신주쿠에 있는."

그가 순순히 대답했다. 그렇다면 늦은 시간까지 일할 수밖에 없을 것이다. 부모님이 걱정할 만한 밤일은 아닌 듯하다.

"많이 바쁜가요?"

"낮에는 학교에 가야 하니까요. 과제도 있고…… 다 끝내고 일하려면 어쩔 수 없이 저녁 7시쯤부터 심야까지 여는 선술집이나 고깃집 같은 데뿐이거든요. 제가 일하는 곳도 24시간 영업해요."

"더 늦게까지 일할 때도 있어요?"

"아침까지 할 때도 있어요."

"그럼 힘들겠네요."

"어쩔 수 없죠."

그가 툭 내뱉듯 대꾸했다.

"학교에서 친구는 사귀었나요?"

쇼코는 두번째 골판지 상자를 열면서 물었다. 만화책과 애니메이션 관련 책이 빼곡하게 들어 있다. 자기 질문이 어째 친척 아주머니 같았다.

"……뭐, 얘기하는 사람은 있어요."

"다행이네요. 이 책은 어디에 둘까요?"

"아. 머리맡에 놓으려고요. 좋아하는 책을 옆에 두고 읽다가 잠드는 게 꿈이었거든요."

"멋지네요."

그는 직접 복층 계단 중간까지 올라가 쇼코에게 책을 건네받아 쌓아갔다.

"여기 월세는 얼마나 해요?"

"……5만 8천 엔. 관리비 포함해서요."

"고엔지치고 저렴하네요."

그 정도라면 집에서 보내주는 생활비와 일해서 번 돈으로 해결될 거라고 쇼코는 계산했다.

"나도 이 동네 좋아해요."

"그러세요?"

"나도 홋카이도 출신이거든요. 학교 졸업하고 이쪽으로 왔어요."

쇼코는 그가 조금이라도 마음을 터놓길 바라며 말을 꺼냈다.

살짝 옆길로 들어섰을 뿐인데 작은 상점들이 빼곡하다.

맞아, 이게 이 동네 분위기였지. 쇼코는 반갑고 기뻤다.

'교자노오쇼'*의 빨간색 간판을 발견하고 불쑥 들어갈 뻔했다.

'오랜만에 교자노오쇼의 만두에 맥주를 마실까. 가라아게도 맛있는데. 옆에 놓인 마법의 가루를 찍어 먹으면 맥주를 얼마든지 마실 수 있다고.'

심히 고민했지만 다른 가게를 찾지 못하면 그때 다시 오기로 하고 더 안쪽으로 들어갔다.

'그러고 보니 예전에는 장어 가게가 있었는데. 카운터석만 둔 좁고 기다란 공간에서, 700엔인가 800엔 정도면 장어덮밥을 먹을 수 있었어.'

하지만 어디서도 그 가게는 찾을 수 없었다. 요즘 장어 가격이 급등해 없어진 걸까.

문득 다섯 사람이 줄을 선 곳을 발견했다. 아직 오픈 전인 모양이다.

'어라, 줄이 이 정도면 궁금해지는데. 제법 인기 있는 곳인가? 상호명으로 보아 튀김 전문점이라는 건 상상되는데. 줄을 서면서 스마트폰으로 슬쩍 검색해보자. 평가가 어떤지, 가격이 너무 비싸지는 않은지……'

과연 문 열기 전부터 손님이 줄을 서는 곳인만큼 가게의 평은

---

* 일본의 중화요리 체인점. 특히 만두로 유명하다.

좋다. TV나 잡지에서 몇 번 소개된 식당인 듯하다.

'튀김덮밥이 1400엔부터…… 아, 그런데 튀김 세트도 1500엔 인가봐. 이 집의 명물은 달걀튀김덮밥? 오호, 이거 좋겠다.'

쇼코는 그대로 줄 제일 뒤에 서서 오픈 시간을 기다리기로 했다.

가게문이 열리자 다들 단골손님인지 익숙하게 안으로 들어가 차례대로 카운터석 끝에서부터 앉았다. 쇼코는 제일 앞쪽에 앉게 됐다.

메뉴는 벽에 붙어 있었고, 순서대로 '튀김덮밥, 달걀튀김덮밥, 새우튀김덮밥, A 런치, B 런치, 달걀 런치, 모둠 정식'이었다. 달걀 런치라는 건 마지막에 달걀튀김덮밥이 나오는 코스 요리인 모양이다. 마지막에 '특제 참기름으로 제철 식재료를 튀깁니다'라고 쓰여 있었다. 보기만 해도 설레는 글이었다.

'달걀튀김덮밥은 꼭 먹어보고 싶어. 그런데 덮밥으로 할까, 런치로 할까…… 음, 가격이 같은 걸 보면 덮밥은 모든 재료가 한꺼번에 밥 위에 올라가 있는 건가.

주변 사람들이 익숙한 듯이 "달걀 런치" "저도 달걀 런치요!" 하고 주문하기 시작해 살짝 조바심이 났다. 달걀 런치가 제일 인기인 듯했다.

식당 한가운데의 기둥에 붙어 있는 음료 메뉴도 보았다.

맥주, 무알코올 맥주, 청주, 찬술, 와인, 보리소주, 고구마소

주, 우롱하이…… 그리고 우롱차를 시작으로 여러 가지 소프트
드링크.

'카운터석만 있는 작은 곳인데도 의외로 주류가 많네. 밤에도
영업하기 때문이겠지. 맥주는 병맥주인 모양이야. 중간 크기 병
인가. 양이 제법 될 텐데. 음, 여기서 와인을 마셔도 괜찮을 것 같
고…… 와인 종류는 안 쓰여 있네. 레드와인인지 화이트와인인
지 고를 수 있나? 다른 술도 종류는 여러 가지지만 상표까지는
적혀 있지 않아.'

그런데 이런 가게가 싫지는 않단 말이지, 쇼코는 생각했다. 약
간 서툴고 말이 없지만 속은 온화한 남자처럼. 도쿄에는 그런 남
자가 좀처럼 없지만.

"여기요, 달걀 런치랑 찬술 주세요."

"네. 달걀튀김덮밥이 포함되는데 그건 나중에 낼까요?"

쇼코가 술을 주문했으니 신경을 써준 것이리라.

"그럼, 그렇게 부탁드려요."

주문을 마치자마자 눈앞에 직사각형 접시가 놓인다. 위에 종
이가 한 장 깔려 있다.

"거기 소금이 있으니 접시에 미리 덜어놔도 됩니다."

튀김을 튀기고 있는, 예순 살쯤 되어 보이는 주인장 같은 남자
가 말했다. 식당에는 그를 돕는 젊은 남자가 있고, 점장과 비슷

한 나이대의 여자가 계산 등을 맡고 있다.

찬술에 배추절임이 같이 나왔다. 그걸 안주삼아 술을 한 모금 마신다. 대기업에서 생산하는 생저장주*라 무난한 맛이었다.

"새우입니다."

바로 새우튀김이 종이 위에 놓였다.

'새우부터 시작이구나. 주인공이 제일 먼저 등장하네. 튀김이란 그런 것인가.'

생각해보니 이렇게 바로 앞에서 튀겨주는 튀김을 먹어본 적이 지금껏 거의 없었다. 체인점에서 먹는 튀김덮밥도 충분히 맛있지만.

새우에 소금을 찍어 우선 한입.

은은한 참기름 향, 튀김옷은 바삭하고 새우는 달다. 거기에 찬술을 마신다. 아니, 마신다기보다 기름과 튀김옷을 머금은 입에 술잔을 쥔 손이 저절로 반응하는 것 같았다.

'어울리네, 튀김과 청주, 아주 잘 어울려! 음식의 궁합이라는 의미에서 보면 최고의 조합이 아닐까.'

절반은 소금에, 절반은 튀김용 간장에 찍어 먹는다. 간장에는

---

* 발효 후 병에 넣기 직전에 저온 살균 처리를 한 술. 유통기한이 길고 은은한 과일향이 나는 것이 특징이다.

간 무가 들어 있었다. 아주 달지 않은 간장에 찍은 새우튀김이 또 한번 술과 어울린다.

'소금과 간장 중 술과 어울리는 것이 어느 쪽인지 전혀 못 고르겠어. 모두 최고야.'

새우 다음은 오징어. 씹는 맛이 있으면서 질기지 않다. 깨물면 단번에 싹둑 끊어지고, 바다의 감칠맛이 응축된 것 같다. 정신없이 먹었다. 그다음은 보리멸. 작고 부드러운 흰살 생선이다. 이것 또한 술과 어울린다.

"채소입니다. 가지, 피망, 브로콜리예요."

브로콜리? 전혀 먹어본 적 없는 튀김이었다.

튀김옷 속에 적당히 기름을 머금은 알맹이를 숨긴 가지는 물컹하고 달큰해 다 먹는 게 아쉬울 정도였다. 피망은 역한 맛이나 쓴맛이 전혀 없다. 평소 먹는 피망과 같다고는 생각되지 않았다. 그러나 채소 중 압권은 뭐니 뭐니 해도 브로콜리였다. 파삭파삭하면서도 속은 말랑말랑. 약간 마 같은 식감이다.

'이 촘촘한 봉오리 사이사이에 어떻게 튀김옷을 입히면 이처럼 파삭파삭해질까. 고수가 아니면 절대 할 수 없는 요리다.'

코스 전체가 기름지지 않다. 종이 위에 기름 자국이 남은 걸로 보아 꽤 흡수됐구나란 생각이 들지만 입으로는 전혀 느껴지지 않는다. 특제 참기름의 효과인가, 아니면 이것이 프로의 기술이라는 건가.

"이건 새우채소튀김입니다. 이제 달걀튀김덮밥이 남았어요."

"네, 주세요."

"덮밥은 간장과 단맛 소스 중에 어느 것으로 하시겠어요?"

쇼코는 약간 망설였다.

"단맛 소스로 부탁합니다."

덮밥을 기다리면서 새우채소튀김을 먹는다.

우선은 소금에 찍어서. 바삭바삭한 튀김옷 속에 실한 새우가 들어 있다.

'맨 처음이 새우였는데 마지막도 새우구나. 그런데 처음 나온 새우와는 또 다르게 맛있다. 역시 새우는 튀김의 왕이란 말이야.'

주인장이 익숙한 손놀림으로 달걀을 깨고 그대로 호박색 기름에 투입한다.

'어머, 날달걀을 기름에 넣는 건가……?'

흰자가 퍼진 부분에 튀김옷을 조리용 젓가락 끝으로 떠서 툭툭 떨어뜨린다. 그것이 튀김 부스러기가 되어 달걀에 달라붙었다.

튀겨진 달걀이 소스와 함께 밥에 올려져 나왔다.

먼저 흰자 부분과 튀김 부스러기를 밥과 함께 입안 가득 넣었다. 부스러기의 바삭함에 달걀과 달짝지근한 간장이 휘감긴다. 튀김용 맛간장과 다른 양념이다.

'달걀 하나로도 이렇게 맛있는 요리가 되는구나.'

몇 입을 먹은 다음, 노른자를 터뜨릴 결심이 섰다. 젓가락 끝으로 콕콕 찌르자 노른자가 탱글탱글하게 움직인다. 좋은 느낌이다. 그러면서 조심스레 젓가락을 꽂는다.

주르륵 노른자가 흘러 흰밥 위에 퍼진다. 그 순간을 놓치지 않고 젓가락으로 떠서 간장에 젖은 밥과 튀김 부스러기가 한꺼번에 입에 들어가도록 안배한다. 이런 작은 궁리가 즐겁다.

'과연, 이걸 먹기 위해 이 식당에 오는 사람들의 마음을 알 것 같다. 이건 궁극의 달걀밥이야. 달걀밥에 단맛과 튀김 부스러기, 그리고 참기름이 더해진 새로운 음식.'

이것 또한 술에 어울린다. 진한 감칠맛이 감도는 기름진 입안을 술로 씻어내는 것만큼 즐거운 일이 또 있을까. 다음에는 단맛 소스가 아닌 간장을 곁들인 덮밥을 먹어보고 싶다.

아직 채소튀김 속 새우가 남아 있었다. 이것도 맛간장에 담갔다가 남은 밥 위에 올려 덮밥처럼 먹었다.

찬술은 마지막 밥 한 술을 남겨놓고 몽땅 마셔버렸다.

까다로운 손님이었지, 쇼코는 오늘 만난 청년을 떠올렸다.

결국 마지막까지 그의 껍질을 깨지는 못했다. 얼마 안 되는 짐을 정리하고 주방과 욕실을 청소하자 더는 할일이 없었다.

"제가 더 도와드릴 일은 없나요?"

쇼코가 물어봤지만 그는 고개를 저었다.

"그럼…… 괜찮다면 첫차 시간이 될 때까지 여기서 기다려도 될까요?"

"네."

그는 복층으로 올라갔고, 쇼코는 아래층에서 몸을 웅크린 채 잠깐 눈을 붙였다.

새벽 2시부터 한 일이 의외로 힘들었던지 쇼코는 그가 흔들어 깨울 때까지 깨지 않았다.

"이제 학교에 가야 해서요."

시계를 보니 오전 11시였다.

"어머, 미안해요. 너무 늦잠을 자버렸네요."

"아니에요, 저도 잤는걸요."

마실 것을 권하는 일도, 대화가 활기를 띠는 순간도 전혀 없었다. 이곳에 오기 전에 산 페트병 차를 마시고 있는데, "부모님한테 뭐라고 말할 거예요?" 하고 그가 불쑥 물어왔다.

"부모님?"

"부모님한테 뭔가 보고하려고 오셨잖아요."

쇼코는 아무 말도 하지 않았다.

"저도 그 정도는 알아요. 부모님이 맨날 와보고 싶다고 노래를

하다가 안 되니까 친척을 보낸다느니 하더니. 이번에는 갑자기 이사 뒷정리를 도와주는 사람이 갈 거라고 한 거니까요."

쇼코는 슬쩍 웃을 뿐 긍정도 부정도 하지 않기로 했다.

"뭐라고 하실 거예요?"

"⋯⋯뭐, 있는 그대로 말할 수밖에요."

"있는 그대로라면?"

"아드님은 지극히 도쿄의 학생다운 생활을 하고 있다고요."

이곳에 오고 처음으로 그가 웃었다. 입가에 작은 덧니가 보였다.

"그런가요?"

"학교 다니고, 혼자 살 집을 구하고, 아르바이트를 하느라 바쁘고⋯⋯ 잘 지내고 있다고요."

"그게 도쿄 사람 같은 생활인 걸까요?"

"그럼요."

쇼코는 사무실 명함을 꺼냈다.

"무슨 일 있으면 이쪽으로 연락해요. 대단한 도움은 못 줘도, 다들 동향이니 상담 정도는 해줄 수 있어요."

그는 명함을 지그시 보더니 고개를 까딱 숙이고는 받았다.

"⋯⋯돈이 들어서요."

"응?"

"부모님이 홋카이도에서 오면 돈이 들잖아요. 왕복 비행기 요금부터 시작해서. 매달 생활비를 받는 것도 미안한데. 그래서 거절했어요. 하지만 그쪽은 만 엔 정도면 된다길래."

"그랬군요. 상담 정도는 공짜로 해줄 테니 연락해요."

"알겠습니다."

쇼코는 그대로 집을 나섰다.

결국은 착한 아이였던 건가……

쇼코는 료타를 떠올리며 생각했다.

언젠가 아카리도 그 청년처럼 부모를 배려해 뭔가를 거절할 일이 생길까.

전남편 아내의 임신에 대해, 그들과 한번은 제대로 대화를 해봐야 하지 않을까 계속 고민해왔다. 하지만 그쪽에서 간섭이 지나치다고 느낄까봐 염려되기도 했다.

'이 일이 아카리에게는 힘들지도 모른다는 걸 이해했다면 그가 먼저 얘기해왔을 거야.'

이번에도 쇼코가 먼저 나서서 자리를 마련하고 대화 주제를 끌어내야 하는 건 약간 성가셨다.

그리고 가도야와도 얘기해봐야 한다.

쇼코는 자신의 신변에 큰 소용돌이 같은 흐름이 다가오고 있음을 느꼈다.

열한번째 술

소바·와라지카쓰
지치부

늦은 밤 영상통화를 하던 중 가도야가 어디 여행이라도 가지 않겠느냐고 권유했다. 마침 얼마 전부터 '멀리 가고 싶다'는 생각을 하던 참이었기에 쇼코는 '좋아요' 하고 즉각 답할 뻔했지만 금세 딸 아카리가 생각나 입을 다물고 말았다.

"가까운 온천이라도 가요."

쇼코의 생각을 전혀 눈치채지 못했는지 가도야가 그렇게 덧붙였다.

"그래요?"

가까운 데라는 건 '멀리'라는 자신의 희망과도 다르고, 지금 온천에서 놀고 있을 때가 아니라는 감정이 더해져 긍정도 부정도 아닌 대답이 나왔다.

쇼코의 표정을 읽었는지 가도야가 "하룻밤만 자는 건데, 부담스러우면 할 수 없고요" 했다.

하룻밤이라면 평소 일하러 나가 있는 것과 그리 다르지 않다는 데 생각이 미쳤다.

"저는 종종 외곽으로 나가서 소바를 먹고 온천에 몸 담그는 걸 좋아해요."

"아, 좋네요."

이번에는 자연스레 대답이 나왔다.

"쇼코 씨는 지역 특산주를 마실 수도 있어요. 운전은 제가 할 거니까."

맛있는 소바와 시원한 지역 특산주를 한잔 마시는 풍경을 상상하고 쇼코는 저도 모르게 고개를 끄덕이고 말았다.

"그럼 가는 걸로 알게요."

다음 주말 비워두세요, 하고 가도야는 말했다.

일이 끝난 뒤, 가도야가 산겐자야까지 렌터카로 쇼코를 데리러 왔다. 조수석에 앉아 한동안 얘기한 것까지는 기억나는데 정신을 차리고 보니 푹 잠이 들었던 모양이다.

"거의 다 왔어요."

그 목소리에 퍼뜩 눈이 떠졌다. 주위를 둘러보니 이미 바깥 풍경은 지방 도시의 모습으로 바뀌어 있었다. 전원 풍경과 주택가가 교대로 나타난다.

"어머, 미안해요!"

쇼코는 순간적으로 사과를 해버렸다.

"왜요?"

"깜박 잠들어서."

"일하고 왔으니 당연하죠. 도쿄를 벗어났을 즈음에 쇼코 씨에게 자도 된다고 말한 건 저잖아요."

기억 안 나요? 하고 그가 물었다.

"전혀요."

"그럼 그때부터 이미 자고 있었군요."

단 몇 시간이라도 자고 나선지 쇼코는 머리가 개운했다. 갑자기 배가 고팠다.

"여기가 어디예요?"

"지치부예요. 소바로 유명하고 온천도 있죠."

가도야는 철도 건널목을 건넜다.

"이상하다, 분명 이 근처일 텐데."

가도야가 내비게이션과 스마트폰을 번갈아 보면서 말했다.

두 사람이 갈 곳은 역에서 가까운 식당으로, 건널목을 건너 왼쪽에 있다고 한다. 그러나 그곳에는 주택가가 펼쳐져 있었다.

"이 길로 들어가도 되나?"

집과 집 사이에 간신히 차 한 대가 지나갈 만한 좁다란 길이 있었다.

"지도로 보면 여기뿐이네요."

쇼코도 고개를 갸웃거리며 말했다. 그 말에 동조를 얻기라도 한 듯 가도야는 핸들을 꺾어 조심조심 진입했다.

그러자 안쪽에 자동차 네 대를 세울 수 있는 주차장이 있고, '소바'라고 적힌 깃발이 꽂힌 조금 큰 2층짜리 주택이 있었다.

"아무래도 여기인 것 같아요."

"다행이네요."

건설사에서 짓는 매물용 주택처럼 지극히 평범한 집이라, 깃발이 없었다면 절대로 알 수 없었을 것이다.

"전에 한번 와본 적이 있어요. 그때는 장소도 달랐고 오래된 단층짜리 목조 건물이었는데…… 이전했나봐요."

가도야가 앞장서서 문을 열었다. 현관에서 신발을 벗고 슬리퍼를 신도록 되어 있다. 왠지 지인의 집에 초대받아 온 느낌이었다.

"어서 오세요, 이쪽으로 앉으세요."

초로의 여자 점원에게 자리를 안내받아 거실 같은 방으로 간다. 테이블이 두 개 있고 이미 다른 커플이 앉아 있었다. 그 밖에도 1층에 방 세 개, 2층에 두 개가 있고 마찬가지로 테이블석이 놓인 모양이었다.

가도야가 익숙한 동작으로 메뉴판을 펴더니 "메뉴는 변함없네요." 하고 말했다.

"소바 말고 지치부의 명물 음식도 있어요."

"우아."

"와라지카쓰*라든가, 된장 포테이토라든가."

단품 메뉴 외에 '와라지카쓰 덮밥과 소바 세트' '로스트비프 덮밥과 소바 세트'가 있다. 무려 둘 다 1300엔이다. 음식 사진만 보면 저렴한 편인 것 같았다.

"와라지카쓰 세트로 할까. 소스를 뿌려서 덮밥처럼 나와요."

"저는 로스트비프 덮밥 세트로 할까봐요."

"반씩 나눠 먹어요. 그리고 된장 포테이토도 맛있으니 하나씩 주문할까요? 술안주도 되니까."

"그럼 찬술을 주문할게요."

찬술은 한 종류뿐인데, '부코마사무네'라는 지치부의 명주였다. 준마이긴조**로 주문한다.

---

* '와라지'는 짚신이라는 뜻으로, 돈가스가 그만큼 크다는 의미.
** 일본 청주의 등급 중 하나. 오직 쌀, 누룩, 정제수만 사용해 주조한 것을 '준마이'라고 하고, 그중 쌀의 정미 비율이 60% 이하인 것을 '긴조', 50% 이하인 것을 '다이긴조'라고 한다.

소바가 나오기 전에 '부코마사무네' 작은 병과 유리 술잔, 가벼운 안주인 영양 콩조림이 나왔다.

단맛이 강한 가정식 반찬 같아서 술안주로 최고였다. 콩을 집어 먹고 있는데 된장 포테이토가 나왔다.

"아, 이런 음식이에요?"

쇼코는 무심코 목소리를 내버렸다.

"어떤 음식이라고 생각했는데요?"

가도야가 미소를 지으며 물었다.

"홋카이도에도 '아게이모'라는 게 있거든요. 동글동글한 작은 감자에 반죽을 입혀서 튀긴 다음 꼬치에 꽂은 거예요. 튀김옷은 종류가 다양한데, 대표적으로는 팬케이크 가루를 사용해 달콤하게 만든 게 많아요. 고속도로 휴게소나 특산물 매장에서 파는 소박한 간식이죠. 그런 걸 상상했거든요."

"와, 그렇군요."

"이건 튀김 같네요."

4등분한 큼직한 감자에 하얀 튀김옷을 입힌 것 세 개가 꼬치에 꽂혀 있고 그 위에 된장소스가 뿌려져 있었다.

"자, 드세요."

쇼코는 조심스레 꼬치에서 감자 하나를 빼 입에 넣어봤다.

된장은 달달하다. 덴가쿠*에 뿌려진 양념 된장과 비슷했다. 튀김의 기름진 단맛과 어우러져 간식도 반찬도 아닌 감칠맛을 자아낸다. 확실히 술에 잘 어울릴 것 같다. 맥주나 하이볼에도 좋을 것이다.

"맛있네요."

"사이타마는 농업 지역이라 이런 채소나 감자를 사용한 요리가 많아요."

"맛있긴 한데 소바를 먹기도 전에 배가 부를 것 같아요. 술도 다 마셔버릴 것 같고."

"많이 드세요."

하지만 이제 온천이 있는 숙소로 갈 텐데 이렇게 술만 마시고 있을 순 없다. 가도야에게 해야 할 얘기도 있다.

"아까 정말 잘 자던데요."

가도야가 감자를 씹으며 말했다.

"미안해요."

쇼코는 얼떨결에 입을 가렸다.

"미안하긴요. 다만 쇼코 씨가 아주 깊이 잠든 것처럼 보이길래, 피곤한 와중에 괜히 여기 오자고 한 게 아닐까 걱정돼서요."

"걱정까지 하게 해서 정말 미안해요. 그게 아니라, 차가 흔들

---

* 가지, 두부, 곤약 등을 꼬치에 꽂고 된장소스를 발라 굽는 요리.

리는 진동이 꽤 편안하고 좋았어요. 덕분에 머리도 개운해진 것
같고."

"그렇다면 다행이네요."

쇼코는 좀더 진심으로 감사를 표하고 싶었다. 일 끝나고 녹초
가 됐을 때 차에 태워 아무 기억도 안 날 만큼 푹 자게 해주고, 그
런 다음 눈을 떴더니 맛있는 걸 먹게 해준 가도야에게.

자신이 다정하게 응석을 부리는 듯한 기분이 들었다.

"피곤한 일이었어요?"

"글쎄요."

쇼코는 생각했다.

"사실 어제는 좀 희한했어요."

"지킴이 일이었죠?"

"물론이죠. 전에도 의뢰받은 적이 있는 노인인데요."

"네."

"이제 그분은 거의 의식이 없거든요."

"아."

"자리보전만 하는 상태로 자택에서 간병을 받고 있어요. 그 침
대 옆에 소파가 놓여 있는데, 저한테 거기서 잠을 자달라는 게
의뢰 내용이었어요."

"곁잠을 자준다는 의미인가요? 아니면 간병을 겸한?"

"뭐, 잠자리는 다르지만 곁잠에 가까운 것 같네요. 간병은 하지 않았으니까."

"누구의 의뢰인가요?"

"자세한 사정은 설명할 수 없지만……"

그건 몇 달 전에 처음 의뢰를 받아 알게 된 점술가 노인의 집이었다.

"오늘은 방에 들어가서 한 마디도 하지 않았어요. 그저 의식 없는 노인 옆에 계속 있을 뿐이죠. 그런데 뭔가……"

쇼코는 술잔을 손에 들고 곰곰이 생각했다.

"아침이 되자 밤새 생각에 잠겼던 것처럼 머릿속이 피곤했어요. 몸은 지독한 감기에 걸렸다가 나은 것처럼 나른하고요."

"무슨 영문일까요?"

"종종 그럴 때가 있어요. 지킴이로 옆에 있기만 하는데도 상대방의 피로나 슬픔이 전이되는 경우가. 하지만 어제 제가 갔을 때 그분은 괴로운 듯 거친 숨을 쉬며 잠들어 있었는데 아침에는 새근새근 평온해졌더라고요. 그러니 제가 도움될 만한 일을 한 걸까요."

"그뿐이라면 다행이지만."

가도야는 눈썹을 찡그렸다.

"이제 온천에 갈 거니까 몸을 담그고 푹 쉬면 더 기운이 날 거예요."

그가 말을 마쳤을 때쯤 둘 앞에 큼직한 쟁반이 놓였다.

무심코 "우아!" 하는 소리가 나온다.

쇼코 쪽에는 나무판에 담긴 소바와 붉은색 로스트비프가 가득 깔린 작은 덮밥 그릇이 놓였다. 로스트비프 위에 크고 반들반들 한 날달걀 노른자와 고추냉이, 하얀 소스가 올라가 있다. 그 밖 에 매실절임과 고추냉이절임, 무절임이 든 종지가 있었다. 소바 간장의 고명은 고추냉이, 대파 흰 부분, 간 무다.

가도야 쪽에는 똑같은 소바와 납작하고 조그만 도시락통 같은 용기가 올려져 나왔다. 쇼코의 것이 훨씬 호화롭고 화려해 왠지 미안한 기분이 들었다.

그런데 가도야가 웃으며 "이거 보세요" 하고 도시락통을 열었 다. 그러자 밥 위에 한가득 올라간 돈가스가 보였다.

"아, 그것도 좋네요."

쇼코가 아이처럼 손가락으로 음식을 가리키며 말했다.

"그렇죠?"

쇼코는 일단 작은 덮밥 그릇을 끌어당기고 큼직한 로스트비프 로 밥을 감싸서 한입 먹었다.

"맛있어요. 고기가 연하네요."

"그래요?"

"솔직히 그렇게까지 기대 안 했거든요. 아니, 물론 기대하긴 했지만 붉은 살코기라 질길 수도 있고 감칠맛이 별로 없을지도 모른다고 각오했어요. 가격이 저렴하니까…… 그런데 생각보다 훨씬 맛있어요. 좋은 고기를 능숙하게 조리했다는 느낌이 들어요. 소스도 아주 맛있어요."

"소바 먹은 다음에 이 돈가스도 먹어봐요."

소바도 훌륭하다. 부드럽게 후루룩 넘어가면서도 식감이 확실하고 은은한 메밀향이 감도는 본연의 맛이었다. 맛간장은 약간 달다. 이쯤에서 찬술을 한 모금.

"맛있네요. 소바와 청주는 역시 너무 잘 어울려요."

"다행이네요."

"아, 죄송해요. 저만 마셔서."

"천만에요. 그러려고 온 건데. 오늘 묵는 곳에서도 코스 마지막에 소바가 나오니까 그때 함께 먹으면 돼요."

자, 이것도 먹어봐요, 하고 가도야가 자신의 돈가스덮밥을 건네줬다.

"그럼 로스트비프도 드셔보세요."

여자 손바닥만한 크기의 납작한 통이다. 거기에 소스에 재운 돈가스가 올라가 있다. 젓가락을 찔러보니 그대로 결이 찢어질 만큼 부드럽다. 입안에 넣자 달짝지근한 소스와 부드러우면서도 감칠맛과 식감이 확실한 돈가스가 쇼코의 혀를 감쌌다.

"이 돈가스, 독특하게 부드럽네요."

"네, 소스에 재우기만 했지 자르지 않고 그대로 밥 위에 툭 얹어놓았는데도 먹기가 편하죠."

"고기를 튀기기 전에 충분히 두드렸나봐요. 아니면 주방장이 고기 손질에 아주 뛰어나거나. 그렇다고 너무 많이 두드려서 고기가 얄팍해지거나 지나치게 흐물흐물해진 것도 아니고."

낮은 소리를 내며 음미한다. 술을 부르는 맛이다.

가도야가 로스트비프와 밥을 같이 먹었다.

"이 로스트비프는 정말 일품이네요."

"그렇죠? 이렇게 부드러우면서도 고기 맛이 확실한 로스트비프는 오랜만이에요. 소스도 맛있고."

쇼코는 되돌아온 덮밥의 노른자를 터뜨려 소고기와 밥, 달걀을 함께 입안 가득 넣었다.

"아, 역시 틀림이 없네요. 더 걸쭉해서 맛있어요."

거기에 담백한 찬술을 마신다. 살짝 끈적해진 입안을 감칠맛과 함께 술이 씻어내준다.

"최고예요."

모든 것이 대단히 만족스러운 곳이었다.

"이 식당이 도쿄에 있다면 유행하겠죠?"

"하지만 이 가격으로는 힘들겠죠."

"먹고 싶어졌을 때 바로 올 수 없는 게 아쉽네요."

"원래 맛있는 음식이라는 게 그런 건지도 몰라요."

그래, 이렇게 일생에 한 번뿐인 소중한 기회를 경험하는 게, 가도야가 좋아하는 '교외에서 소바를 먹고 온천 가기'의 묘미일지도 모르겠다.

숙소에 도착해 온천에 들어갔다 저녁식사를 했다.

가도야가 말한 대로 식사 마지막에 소바가 나왔고, 그는 소바와 함께 맛있게 청주를 마셨다.

그리고 식후에 직원이 "야식으로 드세요" 하며 조그만 주먹밥 두 개를 가져다줬다.

"······감사하긴 하지만, 먹으면 살찔 텐데."

쇼코는 얼떨결에 난감한 웃음을 지었다.

"그래도 먹을 거죠?"

"당연하죠."

다시 온천에 들어갔다 나온 뒤 TV를 작게 틀어놓고 주먹밥을 먹으며 맥주를 마셨다.

더할 나위 없이 편안한 기분으로 쇼코는 자연스레 얘기를 시작할 수 있었다.

딸의 아버지와 그 아내에게 아기가 생긴 것, 아직 그쪽에서 이렇다 할 소식은 없지만 딸이 조금 동요하고 있다는 것, 앞으로 어떻게 될지는 정해진 게 없다는 것.

그리고 가장 중요한 말을 했다.

"혹시 아카리가 원한다면 함께 사는 것도 생각하고 있어요."

가도야는 말없이 고개를 끄덕였다. 무표정했다. 차가운 무표정이 아니라 살짝 따뜻한……

"지금 당장은 아닐지도 몰라요. 하지만 앞으로 살면서…… 가령 아이가 태어나고 처음에는 무난하게 흘러가더라도 여러 일들이 달라질지 모르니까요. 그렇다면 제가 아카리랑 같이 살 수도 있어요. 아카리가 십대가 된 이후일 수도 있고요."

"그렇군요."

"그쪽에는 시부모…… 그러니까 아카리의 조부모도 있으니 그분들 의향도 고려해야겠지만요."

전남편의 부모 얘기를 꺼내다니…… 쇼코는 가도야가 싫어해도 어쩔 수 없다고 생각하며 설명했다.

"죄송해요. 하지만 저랑 교제한다는 건 앞으로도 쭉 그런 가능성을 품는다는 뜻이니까요."

"알겠습니다."

가도야는 수긍했다.

"솔직히 말해 지금 들은 내용만으로는……"

쇼코가 고개를 들었다. 그는 과연 어떻게 생각했을까.

"그런 얼굴 하지 마요."

쇼코와 눈이 마주치자 가도야가 얼굴을 찡그리듯 웃어 보였다.

"이리 와요."

그가 자신의 가슴을 가볍게 두드렸다. 쇼코는 살짝 주저하면서 그곳에 머리를 기댔다.

"괜찮아요, 괜찮아."

그가 등을 쓰다듬어줬다.

"괜찮을까요?"

"그럼요. 어떻게든 될 겁니다."

"그럴까요?"

가도야가 쇼코의 몸을 일으켜 다시 눈을 마주쳤다.

"제가 하려고 한 말은, 지금 들은 얘기만으로는 쇼코 씨가 거의 수동적 입장이라는 거예요."

"수동적?"

"저쪽에서 어떻게 행동할지, 아카리가 어떻게 하고 싶은지, 그것에 따라 쇼코 씨의 대응이나 앞으로의 생활, 인생이 달라진다는 말이잖아요."

"뭐, 그렇죠."

"그리고 저는 그보다 더 수동적인 처지가 될 거고요. 쇼코 씨가 앞으로 어떻게 할지, 무엇을 선택할지 저는 결정할 수 없어요. 저 스스로가 어떻게 할지도요. 모든 건 쇼코 씨의 선택에 달렸으니까."

"그렇긴 하지만."

"아카리가 관련된 이상 우리 선택지는 많지 않아요."

"……네."

"하지만 가능한 한 같이 있는 쪽으로 생각해봐요."

쇼코는 한숨을 내쉬었다. 왠지 조금은 마음이 놓였다.

"고마워요."

"어떻게든 될 거예요. 저도 여러 가지로 생각해볼게요."

"네."

"일도 그래요. 아카리와 함께 살게 된다면 쇼코 씨가 지금처럼 일할 순 없겠죠."

그랬다. 아이를 데려온다면 밤에, 게다가 그다지 안정적이라고 할 수 없는 이 일을 계속할 수 있을지도 알 수 없다.

"그런 점도 포함해서 뭔가 좋은 방법이 있으면 좋겠는데."

가도야의 얼굴이 생각에 잠겼다.

"뭐, 하나씩 문제를 해결해갑시다."

"알았어요."

쇼코는 가도야의 말이 고맙고 기뻤다.

하지만 그리 간단하게 흘러가진 않을 텐데…… 그런 생각도
마음 한편으로는 들었다.

열두번째 술

장기
오기쿠보

덥다.

강렬한 햇살이 이글거리며 지면과 쇼코를 향해 내리쬔다. 이 동네는 오전중에 다들 아직 잠들어 있는 건지 아니면 너무 더워선지 거의 인적이 없다.

사실 오늘은 이미 갈 식당을 점찍어뒀다.

쇼코는 TV를 보다가 가보고 싶은 가게가 나오면 맛집 리뷰 앱에 기록하곤 했다. 며칠 전, 다이치로부터 오기쿠보에 다녀와달라는 연락이 와 앱 기록을 검색하고, 그 동네에 전부터 가보고 싶었던 곳이 있다는 걸 떠올렸다.

그런데도 하마터면 시원해 보이는 찻집에 불쑥 뛰어들어갈 뻔했다. 그 정도로 더운 날이었다.

'이 근처일 텐데.'

역에서 오 분 정도 거리인 가게가 좀처럼 보이지 않는다. 햇볕이 지글지글 쇼코의 피부를 그을린다.

하지만 모퉁이에 가까워지자 역시나 기름냄새가 풍겨왔다. 틀림없다. 그 냄새를 맡으니 무거웠던 발걸음이 대번에 가벼워졌다.

입구가 좁은 가게였다. 가게 앞 커다란 입간판에 닭튀김 사진이 빼곡하다.

"어서 오세요."

안쪽으로 깊고 좁은 구조, 카운터석과 테이블석이 세 개씩이다. 쇼코가 제일 처음 들어왔는지 손님은 아무도 없다.

"카운터석으로 앉으세요."

안쪽 끝자리에 앉았다.

홋카이도에서는 닭튀김을 '장기ザンギ'라고 부르고 동네마다 명물 장기가 있는데, 오늘 쇼코가 온 곳은 오타루 장기 맛집의 지점이었다.

메뉴판은 카운터석 위에 있었다. 리뷰를 미리 찾아보고 와서 무얼 주문할지는 거의 정해놓았지만 그래도 한번 펼쳐본다.

제일 먼저 보이는 건 이 집의 간판 메뉴인 '영계 반 마리 튀김 정식'이었다. 그 밖에도 '오타루 장기 정식' '무즙 장기 정식' '치킨 특상 소보로 덮밥' '타르타르 장기 정식' '산초 장기 정식' 등

정식만 열한 종류가 있었다. 전부 맛있어 보인다.

정식은 밥, 미소시루, 반찬, 채소절임이 같이 나온다. 밥은 미니 샐러드로 변경할 수 있는데, 탄수화물을 줄이려는 요즘 흐름에 따른 것이리라.

'어차피 영계 반 마리를 먹는데 다이어트가 되지는 않겠지만.'

그리고 흰쌀밥을 '생강밥'으로도 바꿀 수 있는 모양이다.

'생강밥은 어떨지. 한번 시도해볼까?'

"여기요."

카운터 안에 있는 젊은 남자 점원을 향해 손을 들었다.

"영계 반 마리 튀김 정식 주세요. 밥은 생강밥으로요. 그리고 생맥주도."

"네."

가게 안에는 지글지글도 타닥타닥도 아닌, 말 그대로 기름 튀는 소리가 나고 있었다. 곧바로 손잡이 달린 차가운 잔에 생맥주가 나왔다.

일단 고소한 장기 냄새와 기름 소리를 안주삼아 한 모금.

"아……" 하고 작은 소리가 새어나왔다.

가게 안은 냉방이 잘되고 있지만 대량의 튀김 요리를 하는데다 문을 열어둬서 약간 덥다. 처음에는 불만스러웠지만 맥주를 마시기 시작하니 이 온도감이 동남아시아의 거리처럼 느껴져서 왠지 즐겁다.

'다만 맥주잔의 성에가 금방 사라지는 건 아쉽네.'

손님 두 명이 들어와 테이블석에 앉았다. 무심코 들어보자니, 반 마리 튀김 정식 하나에 추가로 간과 모래주머니 등의 튀김, 맥주 두 잔을 주문하는 듯하다.

'저 사람들은 대낮부터 술 마실 의욕이 대단한걸. 후후훗.'

다시 한번 메뉴를 본다.

단품 메뉴로는 반 마리 튀김뿐 아니라 다릿살, 가슴살, 닭날개, 닭껍질, 꼬리뼈 주위 살, 간, 어깻살, 오돌뼈, 염통, 모래주머니…… 다양한 부위를 장기로 먹을 수 있었다.

'두 명이면 반 마리 튀김 정식 하나를 나눠 먹고 이것저것 추가할 수 있어 즐겁겠다.'

테이크아웃도 가능한 모양인지 쇼코가 반 마리 튀김을 기다리는 동안에도 동네 주민으로 보이는 손님들이 들러 포장된 음식을 가지고 돌아갔다.

'이 근처에 산다면 나도 포장해 갈 텐데. 부럽네.'

"오래 기다리셨습니다!"

드디어 정식이 나왔다. 시간이 걸린다는 건 주문을 받고 곧장 닭을 튀겼다는 증거이므로 전혀 개의치 않는다.

사각 쟁반 위에 생강밥, 미소시루, 조그만 두부, 채소절임……

그리고 무엇보다도 오늘의 주인공 영계 반 마리가 놓여 있다.

'진짜 반 마리야. 틀림없는 반 마리. 실제로 눈앞에서 보니 제법 크구나.'

닭을 잘라주나 싶었는데 점원은 그대로 카운터 안으로 들어가 버렸다.

'어라, 이대로 먹어야 하는 건가……?'

잘 보니 쟁반 위에 얇은 비닐장갑이 한 장 놓여 있다.

'이걸 손에 끼고 먹는 건가. 한 장뿐인데.'

살짝 웃음이 나왔다. 오른손으로 할지 왼손으로 할지 순간 고민했으나 일단 오른손에 장갑을 꼈다.

우선 넓적다리뼈를 오른손으로 잡고 날개 쪽에 왼손을 댔는데 어쩐지 불안하다. 이게 아닌가 싶어 이번에는 장갑을 왼손에 바꿔 끼고 칼집이 들어간 가슴살을 잡아뜯듯 당겼다.

생각보다 부드러워서 금방 몸통이 분리된다. 천천히 시간을 들여 튀겼기 때문이리라. 그다음에 날개를 뜯고 다릿살의 위아래 뼈를 분리했다.

'이런 식으로 하면 되는 건가. 이 정도 크기면 먹을 수 있겠지?'

어디서부터 입을 대야 할지 망설여졌지만 일단 뼈에 붙은 다릿살을 입에 넣었다.

바사삭, 마치 맛집 소개 방송에서처럼 선명한 소리가 난다.

'굉장하다. 껍질이 정말 바삭바삭하네.'

고기가 부드럽고 맛이 진하다.

이렇게나 맥주에 어울리는 맛인데도 쇼코는 닭다릿살을 다 먹을 때까지 맥주 마시는 걸 잊어버릴 정도였다. 입안에 닭고기의 풍미가 남아 있는 사이에 서둘러 맥주를 들이켠다.

쌉싸름한 맛이 혀 위를 지나가며 기름기를 싹 씻어준다.

'최고다. 최고의 닭튀김이야.'

다음은 날갯죽지 부위를 덥석 잡았다. 이 부위는 넓적다리처럼 육질이 두껍지 않아 껍질의 감칠맛이 한층 도드라졌다. 지방이 적은 고기도 식감이 좋고 감칠맛이 느껴졌다.

'넓적다릿살도 가슴살도, 어느 한쪽을 고를 수 없을 정도로 맛있어.'

먼저 닭날개에서 떼어낸 길쭉한 고기를 집었다. 어느 부위인지 메뉴를 다시 한번 보았다. 닭안심인 모양이다.

'안심이 여긴가. 가슴 옆쪽이구나. 처음 알았네.'

이걸 요리라고 해야 하나 생물이라고 해야 하나, 닭의 부위를 다 공부하는구나 싶어 살짝 웃음이 났다. 닭튀김을 좋아하는 아카리에게도 먹여주고 싶다는 생각을 했더니 가슴 한구석이 살짝 아렸다.

엊그제 전남편 요시노리와 둘이서 만났다.

쇼코가 앞으로의 일에 대해 의논하고 싶다고 메시지를 보내자 곧장 '좋아' 하고 답장이 왔다. '미나호 씨도 같이 올 거야? 그래도 상관없는데'라고 덧붙여 보냈더니 그 메시지에는 한 시간 정도 후에야 '아니, 나만 갈게' 하는 답이 왔다.

쇼코는 메시지를 보내기까지 상당히 망설였다. 반대로 생각해봤기 때문이다. 임신하자마자 남편의 전부인이 이러니저러니 말을 보태며 만나자고 한다면 현재 아내의 입장에서는 어떻게 생각할지.

그리 유쾌하지는 않을 것 같다.

다만 엄마와 떨어져 사는 아이를 위한 일이므로 어느 정도는 이해해줬으면 하는 마음도 있다. 결코 임신을 두고 이러쿵저러쿵 하려는 게 아니다.

두 사람이 만나기로 한 곳은 서로의 집 중간 지점의 지하철역에서 지상으로 나오면 바로 보이는 카페였다. 쇼코는 한 번도 내려본 적 없는 역이었고, 아마 요시노리도 마찬가지일 것이다.

퇴근 시간대인 저녁 7시가 지나고 있었다. 그가 정한 카페는 어두운 실내에 음악이 크게 흐르는 곳이었다.

카페에 먼저 도착한 쇼코는 '왜 이런 곳을 골랐지' 하는 생각이 들었지만, 전남편과 얘기를 시작하자 그런 기분은 싹 날아가 버렸다.

둘 다 커피만 주문했다.

대충 안부 인사를 나누고 곧장 본론으로 들어갔다.

"미나호 씨 말인데."

쇼코의 말에 요시노리도 바로 고개를 끄덕였다.

"당신이 뭔가 얘기를 해올 거라고는 예상했어."

악의 없이 하는 말이려니 생각했지만, 어쩐지 신경을 건드리는 말투 같았다. '뭔가'에도 '얘기를 해온다'에도 은근히 '트집을 잡는다'는 어감이 있다고 생각하면 자신이 너무 예민한 걸까.

그건 참고 넘어간다고 쳐도, 쇼코가 '뭔가 얘기를 해올 거라고' 예상했다면 그쪽에서 먼저 설명이든 대화든 제시하면 좋지 않았을까.

그러나 쇼코는 이 모든 말을 그대로 꿀꺽 삼키고 대화를 이어갔다.

"아카리의 앞일 얘기야."

요시노리도 무겁게 고개를 주억거렸다.

"당신이 걱정하는 건 알겠는데, 태어날 아이에 대해서는 아카리도 충분히 인지하고 있어. 동생이 태어난다고 기대하고 있거든."

"응, 나한테도 그렇게 말했어."

"그럼, 뭐가 문젠데?"

"문제라기보다……"

쇼코는 말을 머뭇거렸다.

아무래도 미나호 씨가 같이 오는 편이 좋았을 것 같다. 요시노리는 나쁜 사람은 아니지만 무슨 일이든 지나치게 단순히 생각하는 면이 있다. 상황에 대한 잔눈치랄까, 미묘한 부분을 잘 모른다. 그런 건 오히려 미나호 씨가 훨씬 잘 이해해주리라는 기분이 들었다.

"사실 아카리가 어떻게 생각하는지 잘 모르니까, 한번 제대로 물어보는 편이 좋을 것 같아서."

"제대로라고 하는데, 우리는 아카리와 평소에도 제대로 얘기하고 있어. 불만이나 불안한 게 있으면 아카리가 직접 말할 거야."

"그래."

쇼코는 마시다 만 커피를 가만히 바라보았다.

"아카리는 당신이 생각하는 것보다 야무져. 원하는 걸 말할 줄도 알고, 미나호한테 고집을 부릴 때도 있어. 우리가 이혼했을 때보다 성장했다고. 당신처럼, 하고 싶은 말이 있지만 언제나 참고 있다는 그런 얼굴은 안 한단 말이야."

말이 너무 심하잖아, 라고 생각했지만 역시 말로 대꾸하지 못

하고 요시노리를 무심코 흘겨보았다.

"거봐, 바로 그런 점. 내가 모른다고 생각했어? 당신은 늘 그런 식이야. 자기 마음대로 참았다가 마음대로 화내고."

확실히 자신에게도 잘못한 부분이 있다고 생각하니 점점 더 아무 말도 할 수 없었다.

"아카리가 이 상황이 진짜로 싫었다면 애초에 당신한테 말했을 거야."

요시노리의 말에는 정말이지 틀린 게 없어서 한동안 침묵이 이어졌다.

"……당신이 무슨 말을 하는지는 알겠는데."

쇼코는 생각하면서 입을 열었다.

"내가 얘기하고 싶었던 건, 바로 지금…… 앞으로 몇 년 후만이 아니라 더 먼 장래까지 포함해서 아카리의 감정을 확인해보고 싶다는 거야. 물론 동생이 생기는 건 기쁘겠지만 막상 아기가 태어나면 생각했던 것과 달라질지도 몰라. 게다가 아카리가 중학생이나 고등학생이 되면 더더욱 예민해질지도 모르잖아. 그럴 때 혹시 원한다면 나한테 와도 된다는 걸 아카리한테 전하고 싶고, 당신이랑 미나호 씨한테도 말하고 싶은 거야. 아기가 생기면 당신 부부도 마음이 바뀔지 모르니까."

"우리가 아이가 생겼다고 태도가 바뀔 것 같은 부모로 보여?"

그의 목소리는 억제되어 있었지만 어조는 거칠었다.

"미안해. 그런 의미는 아닌데."

"그럼 어떤 의미인데?"

"나한테도 아이를 데려올 마음이 있다는 것만은 알아줬으면 해."

그는 대구하지 않고 눈길을 돌린 채 불안정하게 다리를 떨고 있었다. 이런 때는 아무 말도 하지 않는 편이 낫다는 걸 쇼코는 알고 있었다.

"……알겠는데, 현재 당신이 하는 일로는 수입이 불안정하잖아. 무엇보다도 당신이 집에 있어줄 수 없으니, 아카리가 좁은 집에 혼자 있게 된다면 우리 부모님도 아이를 보내는 걸 반대할 것 같아."

하긴 그가 말한 대로였다.

"나도 고민하고 있어. 직업도, 집도."

"계획은 있는 거야? 가령 당신이 정식으로 취직했다 쳐도, 아니, 취직하면 더더욱 낮에 아무도 없는 집에 아카리가 혼자 있게 되는데. 그건 아니지."

"응."

"지금은 아카리가 집에 오면 미나호가 있고, 미나호가 없더라도 조금만 걸어가면 우리 부모님 집이 있어. 현상황보다 나은 환경을 아카리에게 마련해줄 수 있는지 잘 생각해보는 게 좋을 거야."

"알아, 하지만."

"하지만 뭔데?"

"그건 그렇다 쳐도 아카리가 분명하게 알아주면 좋겠어. 만약 무슨 일이 있을 때 혼자 참을 필요 없이 엄마한테 와도 된다는 거, 그런 방법도 있다는 걸 말해두고 싶어. 그리고 그걸 당신네 부부가 인정한다는 것도."

쇼코는 요시노리를 다시 바라보았다.

"아이를 한시라도 불안하게 만들고 싶지 않아. 그 집에 자기 자리가 없다는 생각이 들어도 다른 곳에는 있다는 걸 전하고 싶고, 그걸 당신한테도 인정받고 싶어. 그뿐이야."

이번에는 요시노리가 가만히 커피를 바라보았다.

오늘의 일터는 쇼코에게 몇 번 의뢰한 적 있는, 전직 카바레 클럽 직원 요코이의 집이었다. 전에는 무사시코야마 근처에 살았고, 당시 세 살이었던 딸 하나에가 열이 났을 때 몇 번인가 쇼코를 불렀다. 그후 그녀는 클럽을 그만두고 모아둔 돈으로 오기쿠보에 도시락집을 열었다고 한다. 당시에는 화려한 여자라는 인상이었고 집 냉장고에 먹을 것도 변변찮았던 기억밖에 없었기에, 그녀가 도시락집을 차렸다는 말을 들었을 때 쇼코는 솔직히 놀랐다. 하지만 그 선택이 하나에에게는 분명 잘된 일이라는 생각에 기뻤다.

"오랜만에 의뢰하고 싶대. 금요일 저녁에 동창회가 있어서 늦게 끝나는데 그대로 가게에 가서 도시락 준비를 한다나봐. 다음 날 오전 손님까지 치르고 집에 갈 때까지 있어달라고 하네."

다이치에게 그 말을 들었을 때 가슴이 벅차올랐다.

"지금 하나에는 몇 살이지?"

"다섯 살이래."

"많이 컸네."

"나는 만난 적이 없으니까 모르지만, 그렇겠지 뭐."

다이치가 알려준 주소지의 아파트에 도착하자 하나에가 직접 문을 열어줬다. 예전에는 아가였는데 보브컷으로 가지런히 자른 머리가 묘하게 다 큰 아이 같았다.

"나, 기억하니?"

쇼코가 자신의 얼굴을 가리키며 그렇게 묻자 하나에는 웃으면서 "기억나는 것 같기도 하고 안 나는 것 같기도 하고"라고 말하며 고개를 살짝 갸웃거렸다. 그 동작도 목소리도 예전보다 훨씬 의젓해서 자칫하면 눈시울이 뜨거워질 것 같았다.

"예전에 종종 어린이집으로 너를 데리러 갔었는데."

쇼코는 하나에가 내어준 슬리퍼를 신으면서 말했다.

"엄마한테 들었어요."

"나를 쇼코 아줌마라고 불렀었어."

"흐음."

또 고개가 살짝 갸우뚱했다.

"엄마는 나가셨지?"

"네. 가게에서 바로 나간다고 했어요."

아이의 대답이 시원시원했다.

"밥은 먹었니?"

"네. 냉장고에 있는 거 전자레인지에 돌려서 먹었어요."

테이블 위에 작은 밥그릇과 젓가락이 나란히 놓여 있었다. 진짜 많이 컸구나, 하고 쇼코는 실감했다.

먹은 그릇을 치우고 숙제를 도와주고 같이 TV를 보았다. 하나에가 처음에는 긴장했지만 금세 익숙해져서, TV를 볼 때는 쇼코가 예전부터 쭉 이 집에 드나든 듯한 분위기가 되었다.

"아, 어쩌면 기억나는 것 같아요."

방 침대에 아이를 눕히고 책을 읽어준 뒤 이불을 목까지 덮어줬을 때 하나에가 불쑥 말했다.

"어?"

"쇼코 아줌마, 조금 기억난 것 같아요."

정말 그런 걸까, 하고 쇼코는 생각했다.

아이와 몇 시간 같이 있는 것만으로도 금세 알 수 있었다. 하나에는 타인을 신경쓴다. 분명 지금껏 여러 사람 손에 맡겨졌을 테다.

"그래? 고마워."

쇼코가 인사하고 이불 위에서 자장자장 손으로 두드려주자 하나에는 만족스러운 듯 고개를 끄덕이고 눈을 감았다.

쇼코는 묵묵히 하나에의 옆에 앉아 어둠 속에서 아이를 지켜보았다. 예전에 그랬던 것처럼. "쇼코 아줌마 좋아"라고 종종 하나에는 말했다. 왜? 하고 물으면 "엄마는 잠만 자는데 안 자고 계속 옆에 있어주니까"라고 대답했다. 그런 살가운 말을 들으면 기쁘기도 했지만, 함께 있을 수 없는 자신의 아이가 생각나 가슴이 아팠다.

전남편과 아카리와는 일단 함께 만나서 얘기하기로 했다.

"미나호 씨도 와도 되는데." 쇼코가 말했지만 그는 고개를 저었다.

"오늘 만나는 것도 말 안 했어."

어쩔 수 없겠지만 그는 지금 아내에게는 지나치게 신경을 쓰고 쇼코에게는 지나치게 신경을 안 쓰는 것 같다. 그런 말을 절대 입 밖으로 꺼내지는 않을 테지만.

하지만 그가 문제없다고 생각한다면 쇼코 자신 역시 아무래도 상관없다.

중요한 건 아카리니까.

아무튼 아카리가 어떻게 생각하는지를 알고 싶다.

오늘 아침 서둘러 돌아온 하나에의 엄마와는 겨우 몇 마디밖에 나누지 못했다.

"하나도 안 변했네요."

예전에는 늘 피곤했던 탓인지 무뚝뚝한 얼굴만 보았는데, 오늘 아침의 그녀는 서글서글한 미소를 지었다.

장사 준비를 하고 와선지 머리를 바짝 묶었다. 원래 미인이라 그것만으로도 충분히 아름다웠고, 도시락집 사장으로서 바쁘게 일하고 있다는 자신감도 충만해 보였다.

"요코이 씨도요."

쇼코는 그렇게 대답하면서 문득 깨달았다. 요코이 씨는 엄마로서나 인간으로서나 성장하고 있는데, 자신은 언제까지고 같은 자리만 맴돌고 있다는 것을.

마지막으로 남은 가슴살 튀김을 집어 한입 크게 베어물었다.

담백하면서도 부드럽다. 껍질은 아직 바삭바삭했다. 맥주와 함께 삼켰다.

이때 드디어 생강밥을 먹었다.

적절한 간장 맛에 확실한 생강의 풍미가 느껴진다. 닭튀김에도 맥주에도 어울린다. 성공이었다.

고기를 먹고 밥을 먹고 맥주를 마시니 기력이 샘솟는 게 느껴졌다.

'왜지? 닭튀김을 먹으면 언제나 기운이 나.'

아카리에게 분명하게 마음을 전하고 얘기하고 싶다. 자신이 어느 때보다 진지하게 얘기하고 있다는 것, 아카리를 소중하게 생각한다는 것을.

두 사람을 만날 때는 그런 마음이 전해질 수 있는 식당을 골라야겠다.

열세번째 술

맥주
히로시마

전남편과 딸과의 식사를 다음주로 잡아두고 쇼코는 신칸센을 타고 있었다. 신칸센 열차를 네 시간이나 타는 건 처음이었다.

"아침에 신칸센을 타고 히로시마로 가줘. 역 앞 호텔을 예약해 뒀으니 거기서 묵고 자유롭게 있으면 돼."

며칠 전에 다이치가 사무실로 쇼코를 불러 업무 내용을 설명했다.

"뭐?"

"의뢰인이 무척 바쁜 사람이거든. 마침 그 무렵 히로시마에 있는 모양이야. 짬이 나면 부를 테니 신경쓰지 말고 자유롭게 시간을 보내고 있어도 된대."

"그게 무슨 말이야? 그 사람이 누군데?"

"주고쿠 지방에 사는 유명한 프리랜서 작가, 저널리스트 같은 사람인가봐. ○○○라고 알아?"

"글쎄."

다이치가 말한 이름은 들어본 적이 없었다. 쇼코는 그런 논픽션을 거의 읽지 않기 때문에 당연한 일일지도 모른다.

"평소에는 정치 관련 기사나 책을 써. 우리 아버지랑 할아버지도 몇 번 취재한 적이 있어서 아는데, 이상한 사람은 아니야. 지금은 특이한 직업을 가진 사람들의 얘기를 듣고 정리하고 있다나봐. 우리 일에 대해 어디선가 듣고 의뢰해왔더라고."

"그런 거면 네가 얘기하는 편이 낫잖아."

"그렇지? 나도 그렇게 말했는데, 여성이 더 좋대. 거기다 싱글맘이라는 점이 마음에 들었나봐."

"흐음."

"솔직하고 꾸밈없는 얘기를 듣고 싶으니 히로시마에서는 편하게 있어도 된대. 당연히 식사나 술도 가능하고, 영수증을 제출하면 빠짐없이 정산하겠대."

"어지간히 통이 크시네."

"아냐, 진짜로 바쁜 사람이라 그런 식으로밖에 시간을 못 내서 미안하다고 사과했어. 다만, 물론 익명을 쓸 거지만 인터뷰 내용을 자기가 원하는 대로 사용할 것을 허락해줬으면 한대."

"왠지 찝찝한데."

"그래도 만약 기사나 책에 내게 되면 원고를 검토하게 해준대. 그리고 보수는 2박 3일에……"

다이치가 양손을 활짝 펼쳤다.

"출장비 포함해서 이만큼 내겠대. 물론 경비는 별도고."

보수가 그만큼이라면 딸과 전남편에게 조금 고급스러운 음식을 대접할 수 있겠는데. 그런 생각이 들자 쇼코는 저절로 고개가 끄덕여졌다.

"그럼, 할까?"

"뭐, 부담 없이 히로시마에서 놀다가 용돈 좀 벌고 돌아온다고 생각해. 아마 첫날 불러내는 일은 없을 거래."

어딘가 종잡을 수 없었지만 다이치의 설명은 그게 다였다.

"늘 똑같이 하는 말이지만, 도저히 안 되겠다 싶으면 그냥 돌아와. 그래도 상관없으니까."

지금까지 그런 사태가 벌어진 적은 없지만, 그렇게 말해주는 고용주이자 동창 다이치를 쇼코는 신뢰한다.

히로시마역에 도착해 신칸센 개찰구에서 물었다.

"실례합니다. '에키에'라는 곳에 있는 가게에 가고 싶은데요, 어느 쪽으로 가면 될까요?"

"이대로 개찰구를 나가면 눈앞에 보이는 빌딩이 에키에예요."

젊은 역무원이 가볍게 웃으며 대답했다.

"아, 바로 앞이군요."

쇼코는 인사하고서 개찰구를 나갔다.

새로 크게 지은 역 건물이었다. 들어가자마자 널찍한 특산품 매장이 죽 늘어서 있고, '모미지 만주'* 가게가 몇 군데나 있었다. 전부 '캐러멜 모미지' '메이플 모미지' '펌프킨 모미지' 등 다양한 신제품 사진으로 광고를 하고 있었다.

'무난하게 으깬 팥소가 든 게 제일 좋은데, 좀 촌스러운가.'

매장들 사이를 안쪽까지 가로질러가자 지하로 내려가는 에스컬레이터가 있고, 큼직한 입간판에 '가볍게 한잔 세트'라는 글자가 춤추고 있었다.

각 가게들이 천 엔 정도로 즐길 수 있는 주류와 안주 세트를 내놓고 경쟁중이다.

'튀김 꼬치와 맥주' '가라아게와 맥주' '만두와 맥주' 같은 기본 메뉴는 물론이고, 히로시마답게 '생굴과 화이트와인' '치즈 야키소바와 맥주' 세트도 있다. 히로시마 특산물 안주를 조금씩 올린 플레이트에 히로시마산 레몬을 넣은 칵테일을 조합한 메뉴

---

* 안에 팥소가 든 단풍 모양의 화과자로, 히로시마의 대표 명물이다.

도 매력적이었다.

'으음, 지금 내가 노리는 가게가 없다면 여기서 조금 먹고 갈 텐데.'

쇼코는 에스컬레이터에서 내려와 줄지은 음식점들을 곁눈으로 보면서 걸었다. 사전에 인터넷과 가이드북을 보고 점찍어둔 곳이 있었다.

일단 건물을 나와서 다시 역 안으로 돌아갔다가, 이번에는 역 반대편에 있는 에키에로 들어갔다. 거기에는 과자, 케이크, 반찬 등을 파는 가게가 즐비했다.

그 층의 한가운데쯤에 그곳이 있었다.

이름은 '비어 스탠드'이고, 옆 매장도 스탠드식 카페다. 두 가게 앞에 카운터식 테이블이 나란히 있다. 두 곳 다 셀프서비스다.

평일 점심때가 지나선지 사람은 거의 없었다. 쇼코는 테이블 옆에 소형 캐리어를 놓고 가게로 다가갔다.

가게 앞에 맥주 종류를 일러스트로 그린 메뉴판이 붙어 있다. 그런데 일반적인 맥주 전문점과 달리 맥주가 '거의' 한 종류뿐이다(무알코올 병맥주도 있기는 하다). 모든 것은 '따르는 방식'의 차이였다.

'한 번에 따르기' '두 번에 따르기' '세 번에 따르기' '마일드하게 따르기' '샤프하게 따르기' '밀코' '히로시마 레몬 밀코' '히로시마 밀코'.

쇼코는 메뉴판 앞에 별생각 없이 멈춰 서버렸다.

"어서 오세요."

젊은 남자 점원이 상냥하게 말을 걸어왔다.

"⋯⋯저기, 제가 여기 처음인데, 먼저 어떤 걸 마시면 좋을까요?"

"어⋯⋯"

쇼코의 질문이 너무 막연했는지 그도 조금 당황한 눈치다.

"아. 일단 두 잔 정도 마시려고요. 그렇다면 가장 차이가 나는, 그러니까 맛의 차이를 쉽게 알 수 있는 게 뭘까요?"

"글쎄요⋯⋯"

그는 잠시 생각하더니 말했다. "아무래도 한 번에 따르기가 가장 일반적이랄까, 보통 방식이니까요. 예를 들면 한 번에 따르기와 마일드하게 따르기를 선택하시거나, 맥주를 좋아하시는 분이라면 샤프하게 따르기도 추천합니다. 확연한 차이를 느끼고 싶다면 한 번에 따르기와 세 번에 따르기를 선택하셔도 좋아요."

메뉴판에는 저마다 부연 설명이 있었다. 한 번에 따르기는 '목넘김이 좋음', 두 번에 따르기는 '감칠맛이 있음', 세 번에 따르기는 '거품이 약간 쌉싸름함', 마일드하게 따르기는 '부드럽고 은은함', 샤프하게 따르기는 '톡 쏘는 탄산'.

밀코는 유리잔 속을 거의 거품으로 채우도록 따르는 방식인 듯하다. 맥주 부분이 1센티미터 정도밖에 안 된다. 이런 맥주는 본 적이 없다. 거품만 있어선지 가격은 반값이다.

쇼코는 살짝 고민하다가 세 번에 따른 맥주 그림에 듬뿍 올라간 거품을 보고 "그럼 한 번에 따르기와 세 번에 따르기로 주세요" 했다.

"세 번에 따르기는 삼 분 정도 기다리셔야 하는데 괜찮나요?"

히로시마까지 네 시간을 걸려 왔다. 삼 분 정도가 대수랴.

"괜찮아요."

"한 번에 두 잔을 다 만들어도 될까요?"

"아, 아뇨……"

아무래도 혼자서 한 번에 맥주 두 잔을 맛있게 마시지 못할 것 같다.

"처음에는 한 번에 따른 맥주를 주시고, 조금 이따 세 번에 따른 걸 부탁드려도 될까요?"

"네. 그럼 필요하실 때 말씀해주세요."

점원이 한 번에 따른 맥주를 눈앞에서 준비해준다.

그가 커다란 유리잔을 꺼내고 우선 바로 앞에 놓인 작은 받침대에 엎어두자 아래서 물이 분수처럼 뿜어져나왔다.

"……그건 물인가요?"

쇼코가 무심코 질문하자 "네, 맞아요" 하고 그가 유리잔을 작은 분수에서 떼어내며 대답했다.

"세척하는 거예요?"

"네, 그것도 맞지만 유리잔이라는 게 사실 매끈해 보여도 미세한 흠이 나 있거든요. 그게 걸림돌이 되면 거품이 예쁘게 안 나요. 가정에서 드실 때도 빠르게 물로 헹군 다음 맥주를 따르면 거품을 예쁘게 낼 수 있답니다."

"어머, 그렇군요!"

좋은 정보를 알게 되어 기뻤다.

이어서 점원이 금색으로 빛나는 맥주 서버의 손잡이를 능숙하게 조작하고 맥주를 유리잔에 따랐다. 거품이 조금 넘쳐서 유리잔 바깥에 흐른다. 어떻게 하려나 싶어 보고 있자니 물을 채운 좀더 큰 플라스틱 컵 속에 유리잔을 통째로 첨벙 담가 거품을 씻어낸 뒤 헝겊 위에 올려놓고 물기를 닦고는 "맛있게 드세요" 하고 내어줬다.

"감사합니다."

쇼코는 고개 숙여 인사하고 잔을 받아 테이블 의자에 앉아서 마셨다.

가벼운 쌉싸름함, 부드럽게 넘어가는 시원한 거품과 감칠맛이 목구멍을 감싼다.

'이런 맥주라면 얼마든지 마실 수 있겠어.'

생각했던 것보다 무난하다. 그렇다고 깊은 감칠맛이 없는 것도 아니다. 무난한 보통 맥주의 최고봉이라고 할까. 손이 멋대로 잔을 들어 꿀꺽꿀꺽 목에 들이붓는다.

'내가 이걸 위해 열차에서 술을 한 모금도 안 마셨단 말이지. 어디 그뿐이야? 아예 아무것도 안 먹고 왔다고.'

절반까지 단숨에 마셔버렸다.

그때 새 맥주를 주문했다. "세 번에 따르기, 주세요."

점원이 다시 유리잔을 거꾸로 넣어 분수로 씻고 서버 아래에 놓았다. 이번에는 맥주를 단숨에 따라서 유리잔 안이 거의 거품으로 차버린다. 그것을 일단 그대로 놓는다. 잠시 쉬면서 맥주 거품이 액체로 돌아가기를 기다리는 모양이다.

'너무 빤히 보고 있는 것도 실례일까.'

쇼코는 '한 번에 따르기' 맥주를 홀짝홀짝 마시면서 틈틈이 시선을 그쪽으로 돌렸다.

거품투성이였던 유리잔에 맥주가 반쯤 차자 다시 서버로 따랐다. 그리고 또 그대로 둔다. 마지막 세번째는 삼분의 이 정도 찬 유리잔에 봉긋하게 거품을 올리듯 맥주를 따랐다.

"오래 기다리셨습니다."

"감사합니다. 잘 먹겠습니다."

마치 그림처럼…… 아니, 맥주 광고 사진처럼, 하얀 거품이 봉긋하게 올라가 있다. 쇼코는 거기에 살며시 입을 댔다. 어떻게 마시면 좋을지 몰라서 일단은 핥듯이.

'우아…… 거품이 단단하네. 굉장하다.'

거품이 탄탄하다. 탄탄한 거품에게 저지당하면서 그 아래의 맥주를 마시는 모양새랄까.

'이런 체험과 식감은 처음이야.'

그런데 입안으로 들어온 맥주가 부드럽고 달콤하다.

서둘러 한 번에 따른 맥주를 마시고 비교했다.

아까도 충분히 무난하고 산뜻한 맥주였다. 그런데 이번에는 다르다. 전혀 다르다. 순하고 부드러운 맥주를 약간 쌉싸름한 거품이 감싸고 있다.

세 번에 따른 맥주의 거품이 점점 사그라들어(아무리 단단한 거품도 영구적으로 남진 않는다) 외관상 거의 다르지 않아졌어도 그 맛의 차이를 확연히 알 수 있을 정도였다.

'이건…… 맥주를 안주삼아 맥주를 마시는 느낌이야. 맥주 대 맥주라고 할까. 밀코도 마셔보고 싶다. 도쿄로 돌아갈 때 다시 한번 들를 수 있으려나.'

주변에 맛있어 보이는 반찬도 많이 팔고 있기에 사 와서 같이 먹을 수도 있다. 하지만 쇼코는 이 두 잔의 맥주로 충분하다고 생각했다. 번갈아 마시며 맛의 차이를 즐겼다.

이런 맥주는 누군가와 얘기하면서 맛보고 싶다. 가도야와 마실 수 있다면 얼마나 즐거울까.

쇼코는 맥줏집에서 나와 호텔에 짐을 두고 다시 나갔다.

미슐랭 가이드에 실린 오코노미야키집이 근처에 있는 듯했다.

'엄청난 고급 식당이면 어쩌지…… 그래도 한번은 가보고 싶어. 주눅들 것 같으면 '죄송합니다' 하고 나오면 되지.'

십 분 정도 걷자 오피스 빌딩 사이로 슬쩍슬쩍 라멘집이나 편의점이 보이기 시작했다.

'히로시마는 요즘 매운 면이 유행이라던데. 기회가 되면 먹어보고 싶다.'

모퉁이를 돌자 가게 이름이 적혀 있지 않은 붉은색 깃발이 보였다.

'어? 의외로 캐주얼해 보이는데……'

언뜻 보기에는 유리 미닫이문이 달린 평범한 식당이다. 살며시 안을 들여다보니 빈자리가 몇 개 있긴 하다……

'괜찮네. 평범한 가게다! 들어갈 수 있겠어.'

드르륵 미닫이문을 열자 "어서 오세요" 하는 활기찬 목소리가 쇼코를 반겼다.

카운터석과 몇 개의 테이블석이 있는 아담한 가게다. 카운터 안에 오코노미야키를 굽는 주인장과 젊은 점원이 몇 명 있고, 그 외에 젊은 여자가 주문을 받고 있다. 미슐랭에 소개된 곳 같지 않게 소탈한 분위기였다.

쇼코는 한가운데에 있는 커다란 테이블에 합석하게 됐다. 메뉴판은 테이블 위와 벽, 양쪽에 있었다.

오코노미야키, 야키소바, 야키우동이 적혀 있고, 토핑으로는 '고·달'이라고 적힌 기본 메뉴부터 오징어, 마른 오징어 튀김, 떡 추가…… 그 외에도 새우, 치즈, 파, 굴 등으로 이어지고 옆에 가격이 적혀 있다. '고·달'이라는 건 돼지고기와 달걀을 의미하는 듯하다.

'오코노미야키나 야키소바, 야키우동 모두 가격은 동일한 건가……? 오코노미야키에 우동도 넣을 수 있나? 고기와 달걀은 기본으로 들어가는 거구나.'

메뉴판을 어떻게 읽어야 할지 알쏭달쏭했지만, 자신이 먹고 싶은 건 오코노미야키이므로 이 정도면 됐다 싶었다.

방금 맥주를 마시고 왔는데도 이렇게 오코노미야키를 먹으려니 또 술 생각이 난다. 맥주 말고 다른 걸 마셔야겠다고 생각하며 음료 쪽을 보니 청주, 하이볼, 소주(보리·고구마)…… 일반적인 주류가 줄지어 있었다.

'맥주를 마셔서 배가 좀 찰랑찰랑하니 소주를 온더록스로 마실까. 그럼 오코노미야키는 뭐로 하지? 무난하게 고기와 달걀이 들어간 것도 좋지만 평소에 먹을 수 없는 걸 맛보고 싶어.'

술과의 궁합까지 생각해서 메뉴를 결정했다.

"여기요."

여자 점원을 향해 손을 들었다.

"치즈 오코노미야키 주세요."

"네."

"그리고 고구마소주, 온더록스로요."

"알겠습니다."

주문하고 난 뒤 문득 어디에도 '히로시마야키'라는 말이 적혀 있지 않다는 걸 깨달았다.

'하긴 히로시마에서는 '히로시마야키'가 곧 '오코노미야키'일 테니까.'

이전에 히로시마 안테나숍에서 오코노미야키를 먹었을 때는 '히로시마야키'라고 분명하게 쓰여 있었다. 하지만 현지 사람들의 관점에서는 바라던 바가 아니었는지도 모른다.

잠시 후, 얼음이 담긴 유리잔이 나왔다. 풋콩이 든 작은 접시도 함께. 그것을 안주삼아 잔을 기울였다. 깔끔한 고구마소주라 향이 강하지 않다. 독하지 않아 술술 들어간다.

'이러면 히로시마에 도착한 지 한 시간도 안 돼서 벌써 세 잔째인 건가. 많이 마시긴 했지만, 다이치가 아마 첫날은 일이 없을 거라고 했으니까.'

오코노미야키가 구워질 때까지 시간이 조금 있었다.

'나한테 치즈 오코노미야키는 살짝 대담한 시도인걸. 히로시마에서 처음 먹는 오코노미야키니까 고기와 달걀만 들어간 기본을 주문하거나, 토핑을 더해봐야 오징어 정도가 좋았으려나. 아니면 새우? 평소 먹는 것과 다르게 한다면 새우를 선택할 수도 있었는데.'

갑자기 불안해진다. 여행지라 들떴나 싶다. 아니면 벌써 취한 걸지도 모르고.

'왜 치즈를 골랐을까. 왜 하필 치즈였냐고. 치즈가 다른 재료들의 맛을 지워버릴지도 모르는데.'

평소 같지 않게 주문을 다 해놓고 끙끙대고 있다.

"오래 기다리셨습니다."

흰색 접시 위에 오코노미야키가 등장했고, 지금껏 하고 있던 고민이 단번에 싹 날아갔다.

겉보기에는 치즈가 거의 느껴지지 않는다. 그렇다기보다 그것이 치즈인지 달걀인지 노른자인지 흰자인지 소스인지 잘 알 수 없는 모양새였다.

어쨌든 전체적으로 윤기가 자르르하고 반짝거려서 '맛있어 보인다'는 것만은 확실하다. 이미 여덟 조각으로 잘라져 있다.

"잘 먹겠습니다."

작게 속삭이며 젓가락을 들었다. 위에서부터 치즈(같은 것), 달걀(같은 것), 야키소바, 바삭한 돼지고기, 파, 반죽이 순서대로 가지런히 쌓여 있다. 층이 무너지지 않도록 젓가락으로 갈랐다.

"와, 맛있다."

파삭하게 구운 면과 돼지고기가 소스에 버무려져 포인트 역할을 한다. 달걀에는 단맛이 있다. 곧장 고구마소주를 한 모금 마셨다.

아직 치즈 맛이 나지 않았다. 아마 가운데 부분에 있겠지.

나아가 더욱 두툼한 부분을 공략한다. 쇠주걱의 존재가 생각났다. 한입으로는 도저히 다 먹을 수 없을 듯해 여덟 조각으로 잘린 것을 절반으로 한번 더 잘랐다.

"오오."

마침내 치즈와 소스의 훌륭한 조합을 느꼈다. 거기다 아까는 못 느꼈던 양배추의 단맛까지. 꽤 많은 양의 양배추가 잘 익혀진 것 같다.

치즈로 하길 잘했다고 생각했다. 농후한 맛이 오코노미야키에 잘 어울린다. 풍미가 진해 술에도 맞는다.

그때 소스가 의외로 적다는 걸 알았다. 마요네즈도 전혀 뿌리

지 않았다. 손님의 취향에 따라 직접 뿌려 먹으라는 의미인가 생
각했다. 실제로 테이블에 소스와 마요네즈가 넉넉히 놓여 있다.

'조금 추가해볼까.'

소스를 좀더 뿌리고 마요네즈도 처음 뿌렸다.

소스, 마요네즈, 그리고 치즈로 꽤 맛이 진해졌지만 양배추가
절대 지지 않는다. 양배추의 단맛과 수분이 뚜렷하게 자기 주장
을 했다.

'술을 시키길 잘했어!'

문득 벽을 보니 '굴 버터구이'라고 적힌 종이가 춤을 추고 있
다. 쇼코는 힐끗 유리잔을 보았다. 고구마소주가 반 정도 남았다.

"여기요. 굴 버터구이 추가할 수 있나요?"

"네, 굴 버터구이 하나!"

채 썬 양배추와 감자샐러드 위에 통통한 굴 세 개가 올라간 접
시와, 폰즈소스가 담긴 작은 접시가 나왔다.

곧바로 젓가락으로 굴을 집어 소스에 찍고 입안 가득 넣는다.

'역시 히로시마 굴은 맛있구나. 비린내가 전혀 없어. 고구마소
주에도 어울리고.'

다음에는 굴 오코노미야키도 먹어보고 싶다는 생각을 하면서
쇼코는 남은 소주를 마셨다.

역 앞 호텔로 돌아와 늦은 오후까지 쉬었다. 맥주, 오코노미야키, 굴, 고구마소주로 배가 불렀다. 언제 연락이 와도 나갈 수 있도록 스마트폰 음량을 최대로 키우고 옆에 두었다.

포만감과 노곤함이 몰려와 그만 꾸벅꾸벅 졸았다.

눈을 뜨자 오후 5시가 넘었다. 호텔 방의 커튼 틈새로 겨울철 늦은 오후의 부드러운 햇살이 들어오고 있었다.

스마트폰을 보니 아직 연락은 없는 듯했다.

'어떻게 할까…… 조금 피곤하기도 하고 아직 배도 그렇게 고프진 않은데.'

그러나 내일은 분명 의뢰인으로부터 연락이 올 테고, 그렇다면 시간을 자유롭게 쓸 수 있는 것도 오늘뿐일지 모른다.

'이왕 여기까지 왔으니 거리로 나가볼까.'

쇼코는 가볍게 샤워를 하고 옷을 갈아입었다.

그대로 호텔 앞에 서 있던 택시를 타고 가나야마초로 향했다.

히로시마 가이드북과 인터넷 정보로 찾아둔 철판구이 식당에 가기 위해서였다. 요즘 히로시마에서 가장 인기라 해도 과언이 아닌 가게인 듯했다. 영업은 저녁 6시부터고 오늘은 평일이니, 오픈 조금 전에만 도착하면 자기 한 명 정도는 들어갈 수 있을 거라고 쉽게 생각했다.

"아."

그런데 택시를 타고 가게 옆을 막 지날 때 무심코 소리가 새어 나왔다.

분명히 오픈 전인데 이미 가게 앞이 사람들로 둘러싸여 있다.

그래도 차에서 내려 다가갔더니 유리문 너머로 보이는 가게 안에 빈자리가 있었다.

"실례합니다, 한 명인데요."

쇼코는 입구 쪽에 서 있는 젊은 남자 점원에게 주뼛주뼛 다가가 말을 걸었다.

"예약은 안 하셨나요?"

"네……"

그는 주위를 둘러보고 예약자 장부를 한동안 살펴본 뒤 "오늘은 어려울 것 같은데요"라고 말했다.

"아…… 잠깐 기다려도 안 될까요?"

"안 될 것 같아요."

그 대화를 들었던 모양인지 카운터 너머 철판 앞에 서 있던 중년 남자가 "여기, 한 명 자리 있어요!" 하고 큰 소리로 외쳤다.

"네?"

"한 명이라면."

그가 가리킨 건 카운터석 제일 끄트머리 자리였다. 짧게 자른 머리에 타월을 감고 있다. 점장…… 주인장인지도 모른다.

"아, 그럼 저쪽으로 앉으세요!"

밖에는 아직 줄을 선 무리가 있고, 예약하려는 전화도 빗발치게 울린다. 쇼코는 약간 몸을 움츠리면서 앉았다.

바로 앞에 종이를 코팅한 메뉴판이 있고, 벽에 붙은 메뉴 말고도 칠판에 '오늘의 추천 메뉴'가 적혀 있었다.

전복 버터구이, 관자 버터구이, 굴 버터, 오징어 버터, 아스파라거스 버터 등 버터구이의 연속 공격 후, 스테이크와 우설, 곱창 등의 육류, 그리고 볼락과 눈볼대 조림, 마파두부까지 맛있어 보이는 요리가 많다. 메뉴판 뒷면에는 히로시마답게 오코노미야키와 야키소바, 야키우동 등이 나란히 적혀 있다. 아닌 게 아니라, 주인장 옆에서는 젊은 점원이 고도의 집중력을 발휘해 대량의 오코노미야키를 굽고 있었다.

그러나……

쇼코는 여기까지 온 이상 꼭 먹고 싶은 것이 있었다.

아니, 히로시마에 온 이상 반드시 먹고 싶은 것이 있었다.

"우선 성게알 물냉이 볶음 하나 주세요. 그리고 맥주랑…… 굴 버터구이도 주세요."

"네."

주인장은 짧게 답했다.

쇼코 말고 혼자 온 손님은 없는 듯했다. 옆에는 노년의 남녀가 둘이서 사이좋게 야키소바를 먹고 있다. 안쪽 테이블석에는 회사원으로 보이는 무리도 있다. 큰 소리로 건배를 외치고 있었다.

'평일 저녁 6시인데 다들 시작이 이르네.'

쇼코는 맥주를 마시면서 얌전히 기다렸다.

주인장 앞에 어패류와 육류가 연달아 올려졌고, 그는 그것을 다양한 방식으로 구웠다. 보는 것만으로도 충분히 즐겁다.

잠시 후 주인장이 물냉이 두 덩이를 꺼내 왔다. 툭툭 손으로 꺾듯 잡아뜯어 철판 위에 놓는다. 거기다 여봐란듯이 버터를 듬뿍 놓았다.

'대략 20그램. 아니, 조금 더 되려나.'

주인장은 비스듬히 자른 바게트도 꺼냈다. 그것도 철판 끝에 늘어놓는다.

'바게트? 이 가게랑 안 어울리는데.'

버터가 녹아 고소한 냄새가 나기 시작하자 녹은 버터를 물냉이에 바르듯이 볶는다. 냉이가 어느 정도 숨이 죽었을 때 상자를 꺼내 숟가락으로 성게알을 떠서 살며시 올렸다. 그러고는 성게알을 물냉이와 가볍게 섞더니 납작한 접시에 담고 그 위에 바게트를 올린 뒤 "나왔습니다" 하며 쇼코 앞에 놔줬다.

"감사합니다!"

얼떨결에 감사인사가 나왔다.

우선 젓가락으로 물냉이와 성게알이 섞인 부분을 한입. 물냉이가 아삭아삭하면서도 아주 날것 같지 않아 좋다. 물냉이의 쓴맛과 성게알의 단맛이 입안 가득 퍼졌다.

'와, 맛있다. 이 요리가 왜 도쿄에는 없는 거지? 아니, 그보다 여기는 철판구이 술집인데 왜 프랑스 요리가 있는 거지?'

바게트를 손을 뜯어 접시 바닥에 고인 버터를 닦듯이 퍼서 먹는다.

'바게트를 철판에 구우니까 바삭바삭하고 맛있네. 그리고 버터가 이렇게까지 노란 건 당연히 버터 고유의 색이 아니야. 성게알 때문이지. 기가 막히게 맛있네.'

약간 비릿한 입안에 맥주를 들이켠다.

"아, 맛있어."

작지만 확실한 혼잣말이 나왔다.

이때부터 물냉이와 성게알, 빵과 버터를 교대로 먹어가며 맥주를 마셨다.

이것이 최고의 맛이라고 생각한 것도 잠시, 눈앞에서 또다른 쇼가 시작된다.

주인장이 깊은 그릇에서 새하얀 밀가루를 묻힌 굴을 꺼내더니 철판 위에 나란히 올렸다.

'저렇게 밀가루를 많이 묻히는 건가…… 굴은 거의 보이지도

않을 정도네.'

이번에는 옆에 있던 주전자를 들어 굴 위에 투명한 액체를 뿌린다. 식용유 같았다. 역시 상당히 넉넉한 양이다.

철판 위에서 튀기듯 굴을 굽기 시작한다. 순식간에 바삭바삭하고 노르스름해졌다.

'밀가루도 기름도 양이 장난 아니네. 집에서 굴 버터구이를 만들 때도 참고해야겠다.'

굴이 다 구워지자 주인장이 쇠주걱을 써서 불필요한 기름과 탄 부분을 제거하고 새롭게 또 버터를 듬뿍 놓았다. 녹은 버터를 굴에 잽싸게 바르고 간장을 살짝 뿌려 접시에 올렸다. 접시에는 어린잎샐러드와 둥글게 썬 레몬이 올라가 있다. 이것 또한 선술집 메뉴라고는 생각할 수 없을 만큼 섬세한 일품요리였다.

쇼코는 앞에 놓인 굴을 곧장 입안 가득 넣었다.

'이거, 지금까지 먹었던 굴 버터구이 중에서 제일 맛있는 것 같아. 굴이라면 생굴이 최고라고 생각했는데 지금은 버터구이가 더 좋을 정도야.'

정말로 만족스러운 하룻밤이었다.

다음날 아침에는 호텔 최상층의 대욕장을 이용했다. 요즘 비즈니스호텔에 흔히 딸려 있는 대욕장이었고 자그마한 노천탕도 있었다.

노천탕에서 보이는 건 하늘뿐이었지만 맑게 갠 파란 하늘이 보이는 것만으로 충분히 흡족했다. 천천히 술기운이 빠져나가는 기분이 들었다.

1층에 있는, 나고야에 본사를 둔 프랜차이즈 카페에서 아침을 먹고 있는데 전화가 걸려왔다.

"가메야마 씨한테 소개받은 ○○○입니다."

낮은 음성이었다. 쇼코는 입안에 가득한 단팥 토스트를 부랴부랴 삼켰다.

"네. 이누모리 쇼코입니다."

"죄송합니다. 오래 기다리셨죠. 이제야 간신히 시간이 났는데 오늘 괜찮은가요?"

"물론이죠."

"그럼, 평화기념공원이라고 아시나요?"

"평화기념자료관이 있는 곳 말인가요?"

"네. 그 공원 벤치에서 오후에 만나죠."

그가 벤치 위치를 상세히 설명했다.

"알겠습니다."

"그러고 보니 혹시 평화기념자료관에 가보신 적이 있습니까?"

"네. 어릴 적에요."

"그럼 새로운 전시로 바뀐 뒤로는 못 본 건가요?"

"네."

"꼭 가보시면 좋을 겁니다."

쇼코는 다시 한번 시간과 장소를 확인하고 전화를 끊었다.

평화기념공원의 벤치에 앉아 있으니 연갈색 스텐칼라코트를 입고 색이 옅은 선글라스를 낀 남자가 다가왔다.

"○○○씨이신가요? 이누모리 쇼코입니다."

쇼코가 일어나서 인사했다. 그는 살짝 손을 흔들고서 쇼코에게 앉으라고 권했다.

"이렇게 히로시마까지 와주셔서 감사합니다."

논픽션 분야에서 큰 상을 탄 사람이라고 들었는데 분위기는 은근히 소탈했다.

"잘 부탁드립니다."

그는 쇼코 옆에 자연스럽게 앉았다.

"보고 왔나요?"

그가 평화기념자료관 쪽으로 고개를 향하며 말했다.

"네."

쇼코는 작게 한숨을 쉬면서 고개를 끄덕였다.

"반응을 보아하니 상당히……"

"네. 전에도 한번 온 적이 있었고 각오는 했지만, 예전과 달리 아이도 있어서 그런지…… 여러 생각을 하게 됐어요."

"이전 같은 밀랍 인형 전시는 없어졌지만 대신 사진이 늘어나서 그만큼……"

"네."

쇼코는 하늘을 올려다보았다.

"밖으로 나왔더니 유달리 하늘이 푸르게 보였어요."

"무슨 말인지 알아요. 저도 일 때문이든 개인적으로든 고민이 있을 때면 이곳에 옵니다…… 그런데 쇼코 씨는 다양한 사람들의 집에 가서 밤새 지킴이 일을 하신다고 들었습니다만."

"네."

그는 쇼코의 신상을, 이혼 후의 상황 등을 슬쩍 물어왔다.

쇼코도 개인이 특정되지 않을 범위에서 전남편과 딸에 대해 간단히 얘기했다. 그는 남의 얘기를 잘 들어주는 사람이었고 쇼코의 긴장을 풀어줬다. 그리고 마음이 꽤 편해졌을 때 "지킴이 일을 하면서는 이런저런 사람을 만나시죠?" 하고 물어왔다.

"네. 아무래도 그렇죠."

"어떤 사람들이 있었나요? 큰 지장 없는 범위 내에서만."

쇼코가 대답하지 않고 살짝 미소 짓자 그가 어색하게 웃었다.

"지금 쇼코 씨의 마음과 저 사이에 차르르 커튼 쳐지는 소리가 났네요."

"지장 없이 밝힐 수 있는 의뢰인은 한 명도 없습니다."

그는 선글라스 너머로 지그시 이쪽을 보고 있었다.

"……그럼 단도직입적으로 묻죠. 얼마 전에 점술가를 만나셨죠? 과거 한 정치인의 직속 점술가이기도 했던 그 사람요."

쇼코는 대답하지 않았다. 그저 눈앞의 분수를 바라보았다.

"그 남자가 어떤 일을 해왔는지 아십니까?"

쇼코의 침묵에도 아랑곳않고 그는 얘기를 시작했다. 그 점술가가 역대 총리와 당 총재의 자문 역할을 줄곧 맡았던 것, 젊었을 적에는 한 유명 여자 가수의 전속 점술가로 군림하며 자산 대부분을 빼앗아 정작 그녀는 막대한 빚을 진 것, 그런 인물이 정계의 중핵으로 어떤 일들을 자행해왔는지 소상히 밝힐 필요가 있다는 것……

"정치란 정말 중요한 겁니다."

그가 평화기념자료관 쪽을 보면서 말했다.

"제가 왜 이러는지 아시겠죠? 저는 지금껏 그의 소행들을 써서 책으로 낼 생각입니다."

"저하고는 상관없는 일이에요."

"그래요? 그런데 아까 그러셨죠? 아이가 생기고 나니 여러 가지를 생각하게 됐다고."

"네, 그야 그렇지만."

"세상의 중요한 일들이 그런 인간의 말대로 결정되었다면 지금이라도 바로잡아야 합니다. 당신은 그 사람을 마지막으로 만난 외부인이에요."

쇼코는 눈앞의 파란 하늘을 다시 바라보았다.

"……그렇게 말씀하셔도 해드릴 얘기가 없어 곤란해요. 그는 아무 말도 안 했어요."

"그 사람과 만났다는 건 인정하시는 거죠?"

쇼코는 가볍게 입술을 깨물었다.

"어쨌든 저는 드릴 말씀이 없습니다. 아무것도 들은 게 없기 때문에."

"정말인가요?"

"정말이에요. 한 마디도 안 했어요."

쇼코는 그 쪽으로 몸을 돌렸다.

"그런데 대체 어떻게 저를 아신 거예요?"

"뭐, 뱀의 길은 뱀이 안다고 할까요. 당신 애인인…… 그 사람한테 들었습니다."

쇼코는 온몸의 핏기가 싹 가시는 듯한 기분이 들었다.

도쿄로 돌아가는 신칸센을 타기 전에 한번 더 '비어 스탠드'에 들렀다.

늦은 오후라 사람들이 약간 있었다. 출장 왔다가 돌아가는 회사원 같은 사람도 있다.

어제 왔을 때 쇼코의 맥주를 따라줬던 젊은 남자 점원이 있다. 문득 미소를 짓자 그도 미소로 인사했다. 어쩌면 쇼코를 기억하는 건지도 모른다.

"샤프하게 따르기와 밀코 주세요."

"밀코를 나중에 드릴까요?"

"네."

그는 우선 샤프하게 따른 맥주를 준비해줬다.

겉보기는 평범한 생맥주다.

"맥주 좋아하시는 분들 중에는 이게 최고라고 하는 분이 많아요."

쇼코는 그에게 인사하고 맥주를 받아서 일단 카운터석에서 마셨다.

목구멍 깊숙이 느껴지는 묵직한 자극, 과연 맥주를 좋아하는 사람에게는 더할 나위 없을 맛이다.

"밀코도 곧 드릴게요."

거품뿐인 밀코는 즉 거품을 즐겨야 하는 법이다. 부드럽고 순한 음료였다.

'진짜 처음 맛보는 음료네. 거품도 이렇게 제대로 만들어지면 맛있는 법이구나.'

이번에는 샤프하게 따른 맥주와 밀코를 번갈아 마셨다.

의뢰인과는 평화기념공원에서 헤어졌다. 집요하고 끈질기게 질문해왔지만 쇼코는 끝내 아무 대답도 하지 않았다.

한 시간 가까이 실랑이한 끝에 그는 간신히 쇼코를 놓아주었다.

"다시 도쿄에서 뵙죠. 연락하겠습니다."

쇼코는 싫다고도, 안 된다고도 말하지 못했다.

"호텔은 오늘밤까지 예약해뒀습니다. 그러니 편하게 히로시마 관광을 하고 가세요."

마지막에는 그러면서 웃었지만 쇼코는 무서웠다.

하룻밤 더 묵을 수 있지만 호텔로 돌아와 곧장 짐을 챙겼다. 지정석이 남아 있는 제일 이른 신칸센을 타고 돌아가야겠다고 생각했다.

그런데 호텔에서 나와 역 건물을 지나가려는 찰나 '비어 스탠드'가 눈에 들어왔다.

'한 잔, 아니, 두 잔만? 마시고 가자.'

쇼코는 눈앞의 맥주를 아련하게 바라보았다. 샤프하게 따른 맥주도 조금 마일드해진 듯하다. 문득 피로가 밀려왔다.

'맛있는 맥주는 마음을 쉴 수 있게 해주는구나.'

신칸센 열차 안에서 푹 자야겠다고 생각했다.

하지만 그 남자한테 들은 말을 하나하나 곱씹고 있자니 도저히 잠들 수 없을 듯해 쇼코는 맥주를 한 잔 더 주문했다.

"마일드하게 따른 맥주, 한 잔 더 마실 수 있을까요?"

"그럼요, 감사합니다."

점원이 다정한 미소로 쇼코를 감싸줬다. 맥주의 거품처럼.

잠들려고 술을 마시는 건 오랜만이네, 쇼코는 생각했다.

열네번째 술

이탈리아 요리
롯폰기

딸과 전남편과의 대화 장소로 쇼코가 선택한 곳은 일본의 이탈리아 요리계를 오랫동안 뒷받침해온 유명 식당이었다.

이전에 전남편의 재혼을 앞두고 셋이 만났던 곳은 프렌치 레스토랑이었고, 비교적 오래되지 않은 가게였다. 이번에는 오래 전부터 있어온 노포에 가고 싶었고, 아카리에게도 경험하게 해주고 싶었다.

프렌치 레스토랑에서 점심을 먹었던 건 전남편과 미나호가 재혼하기 전이었다. 일상에 큰 변화가 있을 때마다 격식을 차린 장소에서 부모 자식 셋이서 식사를 하게 되는 셈이다. 느긋한 장소와 시간으로 아이를 감싸주고 싶다는 생각에서였지만, 그뿐 아니라 아카리가 처음으로 본격적인 프랑스 요리를 먹고 좋아할

모습을 보고 싶었다. 이번에도 이탈리아 코스 요리를 경험하는 아이의 모습을 보고 싶었다.

토요일 점심시간에 가게 안에서 만나기로 했는데, 두 사람은 이미 도착해 있었다.

지하에 있는 가게의 안쪽 자리에서 아카리가 "엄마" 하고 작게 손을 흔들었다. 예전 같았으면 분명 큰 소리를 지르며 달려왔을 것이다. 하얀 깃이 달린 남색 원피스를 입은 딸이 갑자기 어른스러워 보였다.

"오늘 나와줘서 고마워."

쇼코는 테이블에 앉아 딸과 전남편에게 고개를 숙였다.

"아냐, 내가 고맙지. 미나호도 안부 전해달래."

전남편의 아내인 미나호 씨도 나오는 게 어떠냐고 쇼코는 권했지만, 지금은 몸 상태가 별로 좋지 않다며 정중하게 거절하는 연락을 받은 터였다.

쇼코가 도착하기를 기다리고 있었다는 듯 웨이터가 다가와 메뉴판을 건넸다.

"이미 코스로 주문해뒀어."

쇼코가 작은 소리로 속삭였다. 예약할 때 코스도 지정하도록 되어 있었다.

"오늘 메뉴는 셰프 특선 코스입니다. 이쪽은 생선 카르파초,

성게알을 올린 단호박 무스, 라니에리풍 크레이프, 와인식초와 카레소스를 곁들인 붕장어 프리토입니다. 파스타와 주요리는 오른쪽 메뉴에서 골라주세요."

웨이터가 말한 쪽으로 시선을 옮기니 토마토소스 페델리니, 참치와 만가닥버섯 페델리니, 양배추와 어란 페델리니, 성게알 페델리니 네 종류가 있었다.

"페델리니가 뭐였죠?"

"가는 스파게티입니다. 1.4밀리미터 정도예요."

쇼코와 아카리는 토마토소스를, 전남편은 어란을 골랐다.

주요리는 돼지고기 안심 커틀릿, 송아지와 푸아그라 소테, 와규 로스 탈리아타, 오늘의 생선 요리 중에서 고르게 되어 있었다.

"오늘의 생선 요리는 참돔으로 준비했습니다."

쇼코가 송아지를 고르자 아카리가 "나도……" 하고 말했다. 문득 둘이서 마주보고 웃었다.

"둘이 음식 취향이 점점 닮아가네. 아카리는 오징어도 좋아하는데."

전남편이 무뚝뚝하게 말한다. 그래도 그가 예전 일을 기억하고 있다는 건 기뻤다. 신혼 시절 쇼코의 본가가 있는 홋카이도에 갔을 때 오징어를 좋아한다고 얘기한 적이 있었다.

식전주로는 키르 로열을 주문했다. 전남편은 생맥주, 아카리는 오렌지주스를 골랐다.

첫번째 음식인 카르파초가 나왔다.

"다금바리 카르파초입니다."

"어머, 다금바리."

"다금바리 카르파초는 처음 먹어보는 것 같은데."

전남편도 그제야 조금 즐거운 듯 말했다.

반투명한 얇은 생선살을 둥글게 바닥에 깔고, 그 위에 색색의
채소를 장식했다. 마치 꽃다발처럼 아름답다.

"맛있다."

한입 먹은 아카리가 들뜬 목소리로 말했다. 역시 아직 아이구
나 싶은 생각에 쇼코는 마음속 깊은 곳에서 기쁨을 느꼈다.

"맛있다"는 아이의 말을 듣기 위해 매일 일을 한다. 그것이 부
모라는 존재다.

"아카리, 네가 다금바리의 맛을 알아?"

전남편이 장난치듯 말했다.

"알지, 그쯤이야."

아카리가 새침한 표정을 지었다.

"아카리, 흰살 생선 좋아한단 말이야. 이건 흰살 생선인데도
진하고 맛있어."

무심코 쇼코는 전남편과 얼굴을 마주보았다.

"말 잘하네."

"제법인걸."

그와 아무런 사심 없이 시선을 마주한 건 오랜만인 듯했다.

"그러게, 정말 맛있네. 엄마도 아주 마음에 들었어."

쇼코도 진심으로 말했다.

다금바리 살은 생각보다도 두툼하게 씹혔다. 적당한 탄력으로 치아를 밀어올려 생선의 감칠맛과 단맛을 강렬히 의식하게 했다.

두번째 요리인 단호박 무스는 수수한 색인데도 예뻤다. 크림색 무스 위에 호박색 콘소메 젤리가 올라가 있다. 투명한 젤리 안에 성게알이 비쳐 보였다.

큼직한 보석…… 시트론의 덩어리처럼 보였다.

"이것도 달고 진해서 맛있네."

아카리의 얼굴을 볼 필요 없이, 쇼코는 아이가 이런 음식을 좋아한다는 걸 알고 있었다.

"아카리도 마음에 들지?"

"응."

"전에 프렌치 레스토랑에서도 무스 먹을 때 연신 맛있다고 했잖아."

"그랬나?"

이어서 나온 라니에리풍 크레이프는, 메뉴판을 보았을 때 가장 이미지가 떠오르지 않는 요리였다.

흰색 접시 한가운데에 뭔가를 넣어서 정사각형으로 접은 크레이프가 놓여 있었다. 접시에 놓인 게 그것뿐이라 약간 휑해 보였다.

"안에는 네 가지 치즈를 사용한 베샤멜소스와 햄이 들어 있습니다. 맛있게 드세요."

쇼코가 크레이프 한가운데를 나이프로 쓱 가르자 주르륵 크림이 흘러나왔다.

입안에 머금으니 진한 크림치즈 냄새가 코를 찌른다.

"하라주쿠에서 먹은 크레이프랑 완전 다르네."

아카리가 전남편에게 가만히 속삭였다.

"하라주쿠에 갔었어?"

아카리가 고개를 끄덕인다.

"미나호 엄마 몸이 안 좋아서, 아빠가 데려가줬어."

"어머나, 미나호 씨 괜찮아?"

쇼코가 전남편에게 물었다.

"심한 건 아닌데, 입덧이 좀처럼 안 끝나서."

"힘들 텐데. 잘 챙겨줘."

전남편은 고개를 끄덕이고는 "하라주쿠에서 초코 바나나 크레이프를 먹었어"라고 덧붙였다.

"이 크레이프도 그렇게 달 줄 알았어."

아카리가 쑥스러운 듯 웃는다.

미나호의 입덧 얘기가 나온 것이 앞으로의 일을 얘기할 좋은 기회였는데, 문득 어젯밤 가도야와 나눈 얘기가 생각나고 말았다.

요즘은 둘 중 한 사람의 집 근처에서 식사를 하고 그대로 집으로 가는 일이 많았다. 어제는 쇼코의 집 근처인 나카노의 선술집에 갔다.

식사 도중 쇼코는 큰맘 먹고, 히로시마에서 만난 남자에게 들은 얘기를 꺼냈다.

"전에 히로시마에 가서 이상한 사람을 만났어요."

"이상한 사람?"

그가 살짝 미간을 찌푸리며 물었다.

"그 사람이, 내가 일로 만났던 분에 대해 알고 있더라고요."

가도야가 이번에는 눈썹을 치켜올리고 쇼코를 바라보았다. 정말로 놀란 것 같기도 하고 연기하는 것 같기도 했다.

그는 이런 때 별로 말하지 않고 쇼코가 모든 것을 얘기할 때까지 기다린다. 아마 업무상 사람을 진중하게 대하던 기술이 몸에 밴 것이겠지만 그날은 살짝 짜증이 났다.

아니, 짜증이 날뿐더러 업무상 상대처럼 취급되는 게 슬펐다.

"이름이 어떻게 돼요?"

"그건 말할 수 없어요."

쇼코는 왠지 기분이 나빠서 쌀쌀맞게 대답했다.

"그렇죠, 참. 실례했어요."

이 또한 냉정하다. 정말 얄밉다.

"그 사람은 내가 누구를 만났다는 사실을 알고 있었고, 심지어 당신한테 들었다고 하던데요."

가도야가 어떤 얼굴을 할지 보고 싶었다. 허둥댈지, 긴장할지, 아니면 화를 낼지…… 쇼코는 가도야의 얼굴을 가만히 쳐다보았다. 하나도 놓치지 않을 셈으로.

그러나 모든 예상이 빗나갔다. 그는 가볍게 웃었다.

"왜 웃어요?!"

쇼코는 자신이 가장 침착해야 한다고, 그에게 똑바로 말해야 한다고 생각하면서도 저도 모르게 살짝 화를 내고 말았다.

"아, 미안. 제가 웃었나요?"

그는 이럴 때 '저'라고 말한다. 점점 더 짜증이 난다.

"웃었어요. 저를 무시하는……"

"미안해요. 아니, 드디어 무슨 얘긴지 알 것 같아서, 그만."

"알 것 같다고요?"

"쇼코 씨가 얘기한 사람 ○○○씨죠?"

그가 히로시마에서 만난 작가의 이름을 댔다.

"말할 수 없다니까요."

"이런, 이런. 그럼 쇼코 씨는 저한테 밝힐 수 없는 이름과, 밝힐 수 없는 사건 때문에 화를 내는 거예요?"

무심코 우물거리고 말았다. 이번에는 가도야가 분명하게 웃었다. 쇼코가 발끈하는 모습이 어딘가 유쾌한 모양이다.

"뭐, 할 수 없죠. 그럼 잠정적으로 그 사람이라고 해요."

"하지만 저는."

가도야가 양손을 펼치며 쇼코의 말을 가로막았다.

"저의 혼잣말이라고 생각하고 들어주세요. 한 달쯤 전부터 나가타초*에 도는 소문이 있어요. 어떤 인물…… 역대 총리와 정부 고관 가까이서 다양한 비밀을 알고 있는 인물이 쭉 자리보전하며 위독한 상태다. 숨이 끊어지는 건 시간문제라며 다들 긴장한 채 기다리고 있다. 이대로 죽으면 문제는 없다. 그런데 그가 무슨 이유에선지 죽음의 침상으로 젊은 여자를 불렀다. 친척이나 지금까지 관계가 있었던 사람은 아니고, 그가 호색가로 이름을 떨치긴 했지만 그쪽 세계 사람도 아니다."

가도야는 더운술을 한 모금 마셨다.

"그때 알았어요. 밤에 불려온 여자. 그리고 분명 어떤 형태로

---

* 총리 관저 및 국회의사당 등이 있는 일본의 정치 중심지.

든 정치에 관련된 여자…… 게다가 언젠가 한번, 일 끝나고 산겐자야에서 우리 만난 적이 있었죠? 지치부로 여행 갈 때. 그 동네에 그의 저택이 있다는 건 정계 사람이라면 누구나 알아요."

"그럼 저는."

가도야가 이번에는 검지를 세워 쇼코의 말을 막았다.

"알아요. 저는 한 마디도 들은 것이 없고, 당신도 말하지 않았어요. 하지만 이렇게까지 조건이 맞는 사람은 없습니다."

"그걸 그 남자한테 말한 거예요?"

가도야는 분명하게 고개를 저었다. 쇼코는 안도했다.

"아뇨. 저도 당신과 마찬가지로 아무한테도, 아무 얘기도 하지 않았어요."

"진짜요?"

"이 주 전쯤 나가타초에서 점심을 먹고 있는데 우연히 그 남자가 들어왔어요. 서로 모르는 사이는 아니니까 인사를 하고 잠시 동석했죠. 그때 물어보더라고요. 예의 의문의 여자가 누군지 아느냐고."

"그래서 말했어요?"

"아뇨, 아무 말 안 했다고 했잖아요. 그런데 그가 '자네와 가까운 사람 아니냐'고 물어왔어요. 아니라고는 했지만 왠지 대답이 시원찮은 걸 보고 눈치챘을지도 몰라요."

그 부분은 사과할게요, 미안해요, 하고 가도야는 고개를 숙였다.

"아마 그때 가게에 온 것도 우연이 아닐 거예요. 당신에 대해서도 어느 정도 파악하고 넌지시 나를 떠본 거겠죠."

"가도야 씨가 말하지 않았다면 어떻게 알았을까요?"

"가메야마 사무실에도 다양한 사람이 있고, 그 점술가 주위에도 많은 사람이 있어요. 어디선가 결국 말은 새어나가죠. 이 세계에서는 늘 그래요."

"그렇군요."

"어떻게 할 거예요?"

"네?"

"이대로라면 쇼코 씨가 계속 추적당할 가능성이 있어요, 틀림없이. 설령 그가 포기하더라도 다른 인물이 나타날지 모르고요."

"……설마요."

"가메야마 사장님이 의외로 그런 부분에는 무딘 것 같아요. 당신을 좀더 지켜줘야 하는데."

쇼코는 바로 앞에 놓인 술잔을 바라본다. 이제 식어서 굳이 입에 대지 않아도 미적지근하게 달큰해졌다는 걸 상상할 수 있었다.

"……한 가지 제안하자면, 혹시 저한테 얘기하는 건 어때요?"

"네?"

쇼코는 엉겁결에 고개를 들었다. 가도야가 고개를 끄덕였다.

"저한테 점술가가 말한 내용을 털어놓으면 제가 창구가 될게요. 당신 혼자 끌어안고 있으면 그런 사람들이 계속 따라붙을 거예요."

가도야의 말투가 지나치게 열의 있게 느껴졌다.

"제가 창구가 되면 그들의 움직임을 간파할 수 있어요."

이거다. 자신을 가리켜 '저'라고 말하는 것에서도 위화감이 느껴졌다.

"쇼코 씨가 걱정돼요."

가도야가 갑자기 몸을 앞으로 내밀더니 쇼코의 팔꿈치를 잡고 살짝 끌어당겼다.

그러나 그날은 끝까지 그의 눈을 쳐다볼 수 없었다.

"엄마도 했었어? 입덧. 아카리가 뱃속에 있었을 때."

아카리의 목소리에 화들짝 정신이 든다.

"어?"

"입덧이라는 거, 엄마도 했었느냐고."

"어? 으응."

쇼코는 얼떨결에 전남편을 바라보았다. 그가 살짝 웃으며 고개를 끄덕였다.

"당신도 꽤 심했잖아."

낯선 어조였다. 따뜻함과 친근함이 묻어 있다.

"그러게, 그리 길진 않았지만 한동안 일어나지도 못할 정도였던 때도 있었어."

"흐음."

아카리가 태어나기 전의 얘기를 같이 나누는 건 거의 처음이었다.

함께 살 때는 아직 그런 얘기에 관심을 가질 만한 나이가 아니었고, 지금은 얘기할 기회가 없었다.

"그리고 그것도 심했잖아. 쥐 나는 거. 당신 다리에 쥐가 자주 나서 마사지도 많이 했었지."

"그런 일이 있었어?"

"산달이 다 됐을 때 한밤중에 다리가 아프다고 울어서 내가 마사지해주고 그랬잖아."

그랬는지도 모른다.

쇼코의 마음속에 그가 못해준 기억만 있어선지, 그가 해준 일은 기억하지 못했다.

온통 불만투성이인 결혼생활이었지만 그건 쇼코 자신에게도 잘못된 점이 있었기 때문인지도 모른다. 쇼코는 그와 함께 살던 때도, 그리고 이혼한 뒤에도 상대방의 부족한 점만 헤아리고 있었다.

시간이 흐르니 그의 얘기도 객관적으로 들을 수 있었다.

'아카리가 없었다면 이혼하고 한 번도 이 사람과 만날 일이 없었겠지. 그렇게 생각하니…… 감사할 따름이야.'

그러다 문득 떠올라 물었다.

"저기, 예전에 당신이 '삼세번째니까 확실해'라는 메시지 보낸 적 있었지? 그 삼세번째라는 게 무슨 뜻이었어?"

"어? 내가 그랬나?"

"그랬어, 전에…… 신마루코에서 전갱이튀김 먹었을 때. 만나기로 한 약속이 한 번 어긋나서 그 만남이 두번째였을 텐데, 당신이 세번째 약속이라고 했어."

"아아."

순간 그의 눈 속에 뭔가 강렬한 빛이 반짝이다가 금세 사그라들었다.

"뭐였더라, 이제 까먹었네."

소스가 뿌려진 붕장어 프리토가 나왔다. 발사믹소스인 줄 알았는데 메뉴를 다시 보니 와인식초. 확실히 발사믹보다는 가볍다. 부드럽고 무난한 붕장어에는 이쪽이 맞을지도 모르겠다.

그리고 마침내 파스타가 나왔다. 토마토소스 페델리니에 하얀 치즈와 바질소스가 올라가 있어 색 조합이 예쁘다. 토마토소스의 진한 맛은 기대한 대로였다.

"미나호 엄마한테 아기가 생겼잖아."

파스타를 다 먹은 쇼코는 아직 입을 우물거리는 아카리에게 말했다. 옆에 있던 전남편 요시노리가 어깨를 움찔했다.

"미나호 엄마가 바쁠 때는 엄마 집에 와도 돼, 아카리."

어떻게 얘기할까 내내 생각했다. 그런데 자연스럽게 말이 나왔다.

"아기가 태어날 때는 아마 할머니 집에 갈걸?"

아카리가 아빠의 얼굴을 쳐다보았다.

"그렇지, 아빠?"

"뭐, 아마 그렇겠지."

"할머니가 그렇게 말씀하셨잖아. 할머니 집으로 오라고."

얘기가 벌써 거기까지 진행됐구나. 한 발 앞서 계획을 세웠을 테다.

"그렇구나, 할머니 집에서 자서 좋겠네, 아카리."

"응."

"그렇게 정했다면 그래도 좋지만, 앞으로도 언제든."

쇼코는 태연하면서도 힘있게 말했다.

"언제 어느 때든 엄마 집에 와도 돼."

"응."

"언제든 아카리가 있고 싶은 만큼."

아카리가 고개를 들었다.

"알았어, 엄마. 나도 알아."

"어?"

아카리의 강한 대답에 쇼코는 멈칫했다.

"아카리도 엄마 마음 알아."

아이가 크게 고개를 끄덕인다. 그 표정이 밝았다.

아카리가 화장실에 갔을 때 전남편이 살짝 몸을 숙여오며 말
했다.

"기억 안 나?"

"뭐가?"

"세번째 약속……"

그는 잠깐 뒤돌아보고 아카리가 오고 있지 않은지 확인했다.

"첫번째는 이혼하고 얼마 안 됐을 때야. 몇 번 당신한테 전화
했었잖아. 받지 않았지만."

"그랬어?"

쇼코는 당시의 일이 거의 기억나지 않는다. 집에 틀어박혀 울
고 또 울다 지쳐 잠들었던 기억만 희미하게 있을 뿐.

"그래서 한번 만날 순 없을까 해서 메시지로 시간이랑 장소까
지 보냈는데 당신이 나오지 않았잖아."

"뭐! 그랬었어?"

"뭐야, 몰랐어?"

당시 그에게서 온 메시지와 부재중 전화 내역을 제대로 확인하지 않고 삭제한 적이 있긴 했다.

"왜 그랬었는데?"

"그야."

그가 부루퉁한 얼굴이 되었다.

"……다시 시작하고 싶었으니까."

간신히 알아들을 정도로 작은 목소리였다.

"그런 생각을, 했었어?"

"아니, 밤늦게까지 약속 장소에서 멍하니 당신을 기다리는데 어느새 마음이 정리됐어. 이제 새로운 인생을 살아야겠다고."

그때…… 우리가 만났다면 어떻게 됐을까.

모르겠다. 다만 이혼 후 그가 비교적 빨리 재혼한 것과 이따금 쇼코에게 매우 차갑게 대했던 이유를 이제는 알 것 같았다.

"……이런 얘기, 아카리한테는 하지 마."

"응."

"저 녀석한테 말했다간 곧장 미나호한테 일러바치니까."

"그래?"

"그렇다니까. 맨날 둘이서 내 험담을 속닥거려."

그가 다시 부루퉁한 얼굴을 해 쇼코는 소리 높여 웃고 말았다.

정말, 그 시절에는 이런 날이 오리라고는 생각하지 못했다.
역시 시간이 약이다.

어제 가도야는 쇼코가 더이상 대답하지 않는 모습을 보고 곧바로 화제를 바꿨다.

"실은 내가 생각해본 게 있어요."

"뭔데요?"

"얼마 전에 여행 업계를 잘 아는 사회 친구와 얘기하다가 생각났는데요. 지금 정부가 홈스테이 장려사업을 추진하고 있잖아요.. 알죠? 홈스테이."

"그, 일반 가정에 여행자를 재워주는 거요?"

"맞아요. 그 사업을 장려하고 있는데 생각대로 진척이 안 된다고 하더라고요."

"그래요?"

그게 대체 나하고 무슨 상관이란 말인가 싶어 쇼코는 멍하니 듣고만 있었다.

"왜냐하면 정부에서 추진하는 건 아무도 살지 않는 원룸 아파트나 비어 있는 단독주택을 빌려주는 방식이거든요. 하지만 본래 취지는 실제로 사람이 사는 집에 여행자를 초대하고 가능하면 식사도 함께 하면서 그 나라의 주민과 교류하는 것이죠. 서양에서는 그런 방식이 주류고 오히려 관광객들이 원하기도 해요. 그런데 아직 일본에는 그런 형태가 별로 없어서 장벽이 높죠."

"흐음."

"하지만 잘만 운영하면 식사를 포함해 그럭저럭 괜찮은 숙박료를 받을 수 있어요. 싱글맘인 사람들이 부업으로 하기도 괜찮고요. 아이랑 함께 있는 시간이 길어질 테고, 넓은 집에 살 수도 있으니."

쇼코는 문득 고개를 들었다.

"그래서 쇼코 씨가 생각났어요. 지금보다 넓은 집에 살 수 있고 아카리를 데려올 수 있을지도 모르고요……"

나쁘지 않은 얘기라고 생각했다. 다만 불안한 점도 많다. 아카리가 혼자 있을 때 손님을 들일 순 없는 일이다…… 아무래도 보안 문제가 가장 걱정이다.

"예를 들어 지금 제가 사는 고탄다 아파트의 다른 호실에 쇼코 씨가 들어와 사는 건 어때요? 시나가와와 가까우니 신칸센을 타거나 공항 가기에도 편리해요. 행여나 무슨 일이 있으면 곧장 우리집으로 올 수도 있고요. 숙박 고객은 여성으로 제한하고, 지금껏 문제를 일으킨 적이 없는 사람만 받는다든가…… 방법은 여러 가지가 있을 거예요."

"전에 잠깐 간병 공부를 해볼까 한 적도 있었는데요."

"네."

"아무래도 밤에 일하다보니 공부하기가 영 어려워서 그만둬 버렸어요."

"한번 생각해봐요. 줄곧 지킴이 일을 해온 쇼코 씨에게 잘 맞는 일 아닐까요?"

분명 가능성은 있다고 쇼코는 생각했다.

주요리가 나왔다.

송아지와 푸아그라 소테다. 여기에는 레드와인을 곁들이고 싶어 소믈리에를 불렀다. 이곳의 소믈리에는 머리를 한 갈래로 꽉 묶은 똑 부러지는 인상의 여성이었다.

세 가지 와인 중 산지오베제의 레드와인을 골랐다.

"산지오베제는 키안티와 같은 품종의 포도를 사용해요. 숙성된 자두 같은 향에 감칠맛이 나는 와인입니다."

진한 루비색 와인은 맛의 균형이 훌륭해서 푸아그라에도 어울릴 것 같았다.

손바닥만하고 도톰한 송아지 소테에 비슷한 크기의 푸아그라가 올라가 있고 적갈색 소스가 뿌려져 있었다.

같이 잘라서 입안에 넣자 짙은 풍미가 가득 퍼졌다.

"역시 아카리는 푸아그라가 좋아."

똑같이 푸아그라를 먹던 아카리가 감탄한 어조로 말했다.

"어쭈, 뭘 안다고."

"아카리, 왠지 미식가 아저씨 같아."

쇼코와 전남편이 웃었다.

그렇다, 아이는 날마다 성장한다. 전에 레스토랑에 왔을 때는 코스 요리를 처음 먹는 어린아이였다.

그 아이가 지금은 쇼코의 마음을 알아주고 있다.

아빠와 새엄마 사이에 아기가 생기는 것, 그걸 친엄마가 걱정하고 있다는 것, 그리고 몇 군데의 장소가 자신을 위해 준비되어 있다는 것.

그것만으로 충분하다.

가도야가 제안해준 '홈스테이'도 긍정적으로 생각해봐야겠다.

어쨌든 이 일을 언제까지 계속할 순 없을 테니까.

새로운 생활과 일이 궤도에 오르면 아카리의 자리를 견고히 할 수 있을 것이다. 그런데 또다른 문제는 어떻게 해야 할까.

디저트는 망고 타르트, 라즈베리 셔벗, 티라미수였다.

만족스러워하는 아카리에게 쇼코는 자연스레 "또 오자" 하고 말했다.

그리고 홈스테이 일은 제쳐두고, 우선은 점술가와 그 작가에 대해 다시 한번 가도야와 얘기해야겠다고 생각했다.

열다섯번째 술

방어 정어리 덮밥
신바시

쇼코는 타워형 아파트의 으리으리한 공동 출입구에서 나와 아 아, 하는 소리를 내며 몸을 쭉 펴고 기지개를 켰다.

밖은 이제 막 아침해가 떠올랐고, 입에서 하얀 입김이 나왔다.

제일 가까운 쓰키시마역으로 걷는다.

'바로 집으로 가도 좋지만, 오늘도 가볍게 밥 먹으면서 한잔하 고 갈까.'

몸은 피곤하지만 머리가 묘하게 맑아서 집에 가도 곧장 잠이 올 것 같지 않았다.

시계를 보니 이제 오전 7시를 조금 지났다.

'이 부근에서 식당을 찾아봐도 좋지만 살짝 피곤하네. 이런 때 는 거기뿐이야.'

일을 마치면 의뢰인의 집 근처에서 식사할 때가 많지만, 오늘 아침처럼 끝난 시간이 너무 이르거나 식당을 찾기 번거로울 때는 가는 곳이 정해져 있었다.

지하철을 타고 신주쿠역에 내려 루미네 이스트로 향한다. 지하 1층에 있는 카페 겸 바가 목적지다.

'일 마친 뒤에는 아무래도 이곳에 제일 자주 오게 되네.'

신주쿠는 집으로 가는 길이기도 하고, 가게가 개찰구 바로 옆에 있어 들르기 편하다. 오전 7시부터 영업하고, 모닝 메뉴든 런치 메뉴든 싸고 맛있다. 바삭하게 구운 빵에, 맥주를 비롯한 주류도 풍부하다. 그리고 무엇보다……'

'아침부터 술을 마셔도 쩔리지 않는 곳이야. 그게 최고지.'

가게 앞에 도착하자 '맛있는 커피'라고 적힌 큼직한 커피색 간판이 보였다.

'몇 번이나 왔는데 그러고 보니 커피 한번 마신 적이 없네.'

왠지 좀 뜨끔했다. 가끔은 커피를 마셔볼까, 하며 안으로 들어간다.

모닝 메뉴는 다섯 가지다. 구운 빵 두 종류와 감자샐러드는 공통이고, 달걀이 포함된 모닝 세트, 베이컨과 치즈가 추가된 모닝 밀, 햄 또는 살라미와 달걀 반 개가 들어간 모닝 플레이트, 주방장 마음대로 다양하게 담은 마이스터 모닝, 그리고 햄, 베이컨,

달걀, 치즈가 모두 들어간 모닝 디럭스…… 그 밖에 핫도그 등의 단품 메뉴를 고를 수도 있다.

'햄도 베이컨도 여기 것은 전부 특별해서 고민된다니까. 좋아, 오늘은 모닝 플레이트로 하고 살라미를 선택해야겠다. 빵에 끼워 샌드위치처럼 먹어도 맛있을 테고. 피클이나 견과류도 추가할까. 아니, 더 먹을 수 있을 것 같으면 다른 샌드위치나 핫도그를 추가해도……'

쇼코는 주문대 앞 행렬의 제일 끝에 섰다.

두 사람 앞에 서 있는 초로의 남자가 모닝 세트와 레드와인을 주문하는 소리가 들려왔다. 달걀은 반숙으로.

'아, 심플하면서도 세련됐네. 달걀과 감자샐러드를 빵에 넣어서 먹는 건가.'

괜히 여기저기 손을 대려는 자신이 부끄러워졌다.

바로 앞에는 회색 트렌치코트를 입은 젊은 남자가 있었다. 그는 자기 순서가 되자 기네스 흑맥주만 주문했다.

'갈수록 멋진걸. 기네스 맥주 한 잔을 천천히 음미하려는 건가…… 이제 일하러 가나? 아니면 퇴근하는 걸까? 아, 어떡한담. 역시 모닝 플레이트에 커피를 곁들일까.'

쇼코의 차례가 왔다.

"음…… 모닝 플레이트, 살라미로 주세요. 그리고……"

순간 말을 머뭇거리고 말았다.

"안 되겠다. 그냥 모닝 플레이트 맥주 세트로 주세요!"

결의하듯 큰 목소리가 나와버렸다.

나온 음식을 쟁반에 올리고 2인용 테이블로 갔다. 가방을 내려놓고 코트를 벗고서 그제야 차분하게 주위를 둘러보자 다들 각자의 모닝 메뉴에 술이나 커피를 음미하고 있었다.

'이 분위기가 좋아.'

일단 위에 놓인 흰색 빵을 한입 베어문다. 고소한 향이 입안에 남아 있을 때 맥주를 꿀꺽 들이켰다.

'몸이 피곤할 때는 역시 맥주가 최고야.'

빵 위에 감자샐러드를 조금 올리고 오픈 샌드위치처럼 만들어 입안 가득 넣는다. 다시 맥주를 마시면서 아침까지 함께 있었던 의뢰인을 떠올렸다.

쇼코보다 좀더 나이가 많은 삼십대 후반 여자였다. 부부 둘이서 타워형 아파트를 구입하고 맞벌이 생활을 했던 모양이다. 아이는 없으며 최근에 남편이 세상을 떠났다고 했다.

"이제 슬슬 아이를 가질까…… 그런 얘기가 나오던 참에 남편이 암에 걸려서."

쇼코를 부른 자세한 이유는 듣지 못했다. 다만 혼자서 외로우니 대화 상대라도 해달라고 했는데, 물론 그것만으로도 충분한 이유가 된다.

약속 시간에 맞춰 집으로 갔더니 그녀가 다이닝 키친의 테이블에서 파스타와 샐러드로 저녁식사를 준비해놓고 기다리고 있었다. 쇼코의 취향을 묻고는 화이트와인도 땄다. 친구 집에 초대받은 듯한 분위기였다.

쇼코는 천천히 저녁을 먹으면서 그녀의 얘기를 들었다.

"암이 발견되고 나서는, 젊어선지 순식간에 진행됐어요."

그녀는 와인잔을 줄곧 한 손에 쥐고 있었다.

"혼자가 되고 보니 넓은 집이 너무 적적해서…… 아무래도 아이가 있었으면 좋았을까 하는 생각이 들더라고요…… 쇼코 씨는 아이 있어요?"

"하나 있어요. 떨어져 살고 있지만."

자세한 사정을 물어보려나 싶었는데 그녀는 아무 말 없이 고개를 끄덕일 뿐이었다.

밤이 깊어갈수록 그녀는 거나하게 취했고, 자정이 넘어서야 드디어 속마음을 꺼내놓았다.

"……당신을 부른 건 외롭다는 이유도 있지만…… 실은 내 얘기를 들어줬으면 해서."

이미 세 시간이 넘도록 얘기를 들은 상태였지만 쇼코는 잠자코 있었다.

"아무한테도 말하지 못한 게 있어요."

"네."

"우리는 대학교 동아리에서 만나 결혼했어요. 그래서 친구끼리도 다 알죠. 다들 좋은 사람들이라 장례식 후에도 일부러 내게 더 안부를 묻고, 무슨 일 있으면 얘기하라고, 다 들어주겠다고 했어요. 하지만 그래서 더 말하기 어려운 것도 있고. 지금껏 그 애들과의 유대관계가 너무 견고했으니 달리 친한 친구가 없어요. 회사 동료한테 얘기하기도 어렵고……"

"그러셨군요."

그녀가 망설이듯 입을 다물었기에 쇼코는 그저 뻔한 맞장구를 쳤다. 그런데 그게 효과적이었는지 그녀가 다시 입을 열었다.

"……아이를 가지지 않았던 건 일이 바빴기 때문만은 아니에요. 실은 내가 주저했어요. 대학 시절부터 오래 사귀어서 그랬는지, 더이상 그에게 어떤 설렘도 감정도 없었어요. 물론 가족으로서의 애정은 있지만 그 이상도 그 이하도 아닌. 이대로 아이를 낳고 앞으로의 인생을 함께해도 좋을까 하는 망설임이 최근 몇 년간 쭉 있었어요. 이혼도 생각했지만 아까 말했듯 주변 친구들이 전부 같으니 그 틀에서 벗어나 살아간다는 게 불안해서 망설이다가 여기까지 와버렸죠. 남편도 조금은 비슷한 마음이었던 것 같은데 잘 모르겠어요. 이 나이가 여자로서 다시 시작할 수 있는 마지막 기회일 것 같아 올해야말로 이혼해야겠다고 생각했는데, 그러자마자 그가 암에 걸렸다는 걸 알았어요……"

그녀가 또 쇼코의 표정을 살피듯 쳐다보기에 가만히 고개를 끄덕여 보였다.

"암이란 걸 알았을 때는 뭐라 형용할 수 없는 기분이었어요. 물론 너무 슬펐고, 반년쯤 되는 투병 기간 내내 최선을 다해 간병했지만, 가장 컸던 건 죄책감이었어요."

"저런, 그렇게까지."

"줄곧 후회했어요. 아이가 있으면 남편도 자손을 남기고 가는 건데 싶다가도, 아니야, 아이가 없으니 오히려 마음에 걸리는 것 없이 떠날 수 있었을 거야 싶었다가."

"그럴 수 있죠."

"그런 속마음을 누군가한테 얘기하고 싶었어요."

그녀는 고개를 숙이고 조금 울었다.

아침에 내가 일어나기 전에 나가줄래요? 하는 요청에 쇼코는 그렇게 했다.

'죽은 남편과 살았던 근사한 집에 혼자 남아 있는 것도 마음이 괴로울 거야.'

맥주잔에 손을 막 뻗으려는 찰나 전화가 왔다. 화면에 가도야의 이름이 보였다.

"여보세요."

"지금 식당에 있어요."

쇼코는 주변을 의식해 작은 목소리로 말했다.

"그럼 메시지를 보낼게요."

그가 금방 눈치채고서 전화를 끊었다.

점심, 같이 안 먹을래요? 좋은 식당을 발견했어요.

지금 밥 먹고 집에 가려는 참인데요……

그럼 무리하지 않아도 되지만, 전에 쇼코 씨가 오사카에서 마시지 못해 아쉬웠다고 했던 닷사이*를 마실 수 있는 곳이에요.

가도야가 식당 홈페이지 주소를 보내줬다.

쇼코는 그걸 보고 곧장 답장했다.

갈게요.

---

* 일본 야마구치현의 양조회사 아사히주조에서 제조·판매하는 청주.

그의 웃음소리가 들려오는 것 같았다.

망설이긴 했지만, 점심까지 시간이 있으므로 일단 집에 들러 세수하고 옷을 갈아입은 다음 목적지로 향했다.

가도야가 말한 곳은 신바시에 있는 식당이었다.

가라스모리 쪽 출구로 나와 파친코 건물 옆 사잇길로 들어가니 선술집과 라멘집 등이 나란히 이어졌다. 하나같이 커다란 입간판을 내놓고 색색깔의 사진을 붙여놓았다. 전부 맛있어 보여 무심코 발걸음을 멈추게 된다.

'이렇게나 유혹이 많으니 신바시의 직장인들은 곧장 집으로 가는 것도 힘들겠어.'

간판들에서 고개를 들자 목적지 앞에서 손을 흔들고 있는 가도야가 눈에 들어왔다.

"금방 찾았네요?"

찾고 말고 할 것도 없이 저토록 요란하게 손을 흔들어대는데 못 알아챌 리가 없다. 얼떨결에 어색한 웃음이 나왔다.

이곳 역시 큰 입간판이 나와 있고, 런치 세트 사진이 붙어 있었다.

굴 튀김, 모둠 튀김, 고등어구이, 생선회, 가라아게…… 그리고 약간 떨어진 곳에 작은 화이트보드가 있고, 손글씨로 '한정 수량 런치: 방어 정어리 덮밥(가리비 크림 크로켓 포함)'이라고 적혀 있었다. 출입문에는 '낮술 됩니다'라는 포스터도 붙어 있다.

그걸 둘이서 보고 있는데 마침 영업 시간이 됐는지 남자 점원이 불러 2층으로 안내했다.

첫 손님이라 점원은 "아무 곳이든 편한 데 앉으세요" 하고 말했다.

"어디에 앉을까요?" 가도야가 눈빛으로 물어왔다.

쇼코는 살짝 망설였다. 4인용 테이블도 끌리지만……

"이제 손님이 많이 들어올 테니 카운터석이 편하지 않을까요?"

"아, 그렇겠네요."

둘이서 나란히 카운터석 제일 안쪽에 앉았다. 개인실은 아니지만 독립 공간처럼 둘만의 자리를 가질 수 있는 위치였다.

이제부터 닷사이를 마실 거라면 조금 오래 머물러도 될 만한 자리가 좋다.

카운터석에는 점심 메뉴판 외에 저녁과 주류 메뉴판도 놓여 있다.

"봐요, 닷사이 있죠?"

그가 가리킨 곳에 '준마이다이긴조 정미 39'라고 적혀 있었다.

그런데 가격을 보고 말문이 막혀버렸다.

"이건……"

"마셔요."

"닷사이가 이렇게 비싼 거였어요? 점심 메뉴보다도 비싼데."

"뭐 어때요. 가끔은 이런 때도 있어야죠. 제가 살게요."

카운터 안에서 흰색 조리복을 입은 남자가 유리잔에 따른 호지차를 내어주며 말했다. "뭐로 하시겠습니까?"

쇼코는 무의식적으로 가도야와 얼굴을 마주보았다.

"저는 방어 정어리 덮밥."

"아, 저도."

"그리고……"

빨리 주문하라는 듯 그가 쇼코의 옆구리를 콕 찌른다. 이러면 안 되는데, 하면서도 내뱉고 말았다.

"그리고 닷사이 주세요. 준마이다이긴조로."

"두 잔요."

옆에서 가도야가 말을 보탰다.

주문을 마치고 가도야가 쇼코 쪽으로 몸을 틀었다.

"오늘도 아침까지 일했죠?"

"네. 그런데 의뢰인의 집에서 일찍 나온 바람에 신주쿠에서 아침을 먹다가 전화를 받았어요."

"오늘도 수고했어요."

가도야는 식당 내부를 둘러보았다.

"예전부터 도쿄에 들르면 종종 이곳에 왔어요. 도쿄 사무실의 선배가 좋아해서요. 그것도 벌써 이십 년이 돼가네요."

가도야는 후훗, 하고 뭔가 생각났다는 듯 웃었다.

"무슨 일 있었어요?"

"아니, 그 선배랑 여기서 술 마신 다음날, 우연히 다른 사람이 랑 또 신바시에 왔는데, 처음에는 다른 가게로 갔다가 2차로 여기 왔거든요. 그런데 그 선배가 카운터석 끝자리에서 혼자 술을 마시고 있길래 결국 또 합류하고 그랬어요. 그런 추억의 장소예요."

"가도야 씨도 많이 좋아했던 거 아니에요?"

"그랬을지도요."

"……실은 저도 오래전에 여기 몇 번 왔던 적이 있어요."

"그래요?"

"친구네 회사가 이 근처라서 같이 술을 마신 적이……"

"우아. 그럼 혹시 우리 스쳐 지났을지도 모르겠네요."

얘기하는 도중에 술이 나왔다. 겉은 까맣고 속은 붉은 칠이 된 편구*와 작은 흰색 사기잔이 테이블에 놓이고 점원이 한 되짜리

---

* 한쪽에 홈이 나 있는 술병.

병에서 술을 따라줬다. 가늘고 길쭉한 모양의 사기잔이 단정한 맛의 준마이다이긴조에 어울린다고 쇼코는 생각했다.

예전에는 네모난 나무 되에 따라줬던 것 같은데…… 옛 기억을 떠올리며 그 모습을 바라보았다.

"그럼, 잘 먹겠습니다."

하얀 술잔을 쨍, 하고 맞부딪쳤다.

술을 호로록 한 모금.

일단 향이 대단히 좋다. 은은한 쌀향이 난다. 산뜻함 속에 단맛이 어우러진다. 마지막 여운이 한층 풍부하고 오래 이어졌다.

"아아, 맛있네요."

"몇 년 만인 거죠?"

"네?"

"쇼코 씨가 오사카에 와서 닷사이를 못 마신 이후로."

"삼 년 정도?"

"그러니까 내가 데이트 신청을 했다가 거절당한 지 삼 년이 흘렀단 말이군요."

"또 그 얘기. 그다음 오사카에 갔을 때는 만났잖아요."

쇼코가 투덜대려는 참에 방어 정어리 덮밥이 나왔다.

"오래 기다리셨습니다."

사각 쟁반 위에 각자의 요리가 가지런히 담겨 있었다.

"그럼, 먹어볼까요?"

"네!"

방어 정어리 덮밥에는 양념장을 뿌린 방어회 여섯 조각이 듬뿍, 나머지 빈 곳에는 정어리가 올라가 있다. 참깨와 차조기잎과 고추냉이가 색을 더한다. 그리고 가리비 크림 크로켓과 소송채 무침, 가지절임, 파래가 든 미소시루가 있었다.

쇼코는 미소시루를 한 모금 마신 다음 덮밥에 손을 뻗었다.

생선회로 밥을 감싸듯 둥글게 말아 입안 가득 넣는다. 달짝지근한 양념장이 기름진 방어와 잘 어울려 맛있다.

양념장과 생선의 지방으로 찐득해진 입안에 다시 닷사이를 머금는다. 산뜻한 술로 씻겨내려가는 이 맛 또한 좋다.

"역시 생선과 청주의 궁합은 최고네요."

가도야에게 말을 걸자 그도 미소 지으며 고개를 끄덕였다.

이어서 정어리와 밥을 먹는다. 정어리의 깔끔한 짭짤함에 방어와는 다른 감칠맛이 있다. 방어와 정어리를 번갈아 입에 넣으면 얼마든지 먹을 수 있을 것 같았다.

그쯤에서 가리비 크림 크로켓을 젓가락으로 갈랐다. 바사삭 소리가 날 것처럼 잘 튀겨졌고, 특별한 개성은 없지만 생선과 맛이 달라서 좋다.

"……생각해봤어요? 제 제안."

쇼코가 크로켓을 한입 가득 넣고 있을 때 가도야가 물었다. 이전에 가도야를 만나 들은 얘기는 두 가지인데, 그중 어느 쪽인지 그는 말하지 않았다.

쇼코는 고개를 끄덕였다.

"……많이 망설였는데요."

"네."

"가도야 씨가 말한 대로 같은 아파트로 이사하는 걸 생각해볼까 해요. 홈스테이 일도요."

가도야는 입술을 살짝 당겼다. 뭔가를 참는 것처럼. 그런데 못 참고 웃음이 터져 얼굴에 주름이 가득 잡혔다. 이것이 어른 남자의 표현 방식이구나 싶었다. '숨기려야 숨길 수 없다'라는 표현이 딱 어울렸다.

"다행이네요. 고마워요."

"다이치한테 얘기해서 의논할게요. 지금 살고 있는 곳이 그 친구 가족 소유라서요."

"알았어요. 그럼 저도 관리인한테 얘기해서 빈 호실이 있는지 물어볼게요."

"잘 부탁드려요. 앞으로도 지킴이 일은 계속하면서 홈스테이 준비를 해볼까 해요."

"뭐 하나 물어봐도 될까요?"

"네."

"많이 망설였다고 했는데 그 이유랑, 무엇이 그 망설임을 불식시켰는지 알려줄 수 있어요?"

쇼코는 방어를 한입 먹고 잠시 생각했다.

"망설인 이유는 아무래도 여러 가지인데, 집세도 비싸질 테고, 홈스테이라는 새로운 일을 시작해서 잘해나갈 수 있을까 하는, 뭐 그런 것들이죠."

"아무래도 그렇죠."

"그걸 불식시킨 건…… 어젯밤 의뢰인과 함께 있으면서……"

"네."

"상세하게 얘기할 순 없지만……그분 얘기를 듣다가 어쩐지 마음이 정해졌어요."

쇼코는 타워형 아파트에 사는 그 의뢰인의 얘기를 듣고, 사람이 살면서 누군가에게 마음이 끌리고 진심으로 함께 있고 싶어하는 시간이 극히 짧다는 걸 깨달았다. 언젠가는 시들해질지도 모르지만, 그렇기에 더더욱 작은 의혹에 집착하기보다 지금의 감정에 솔직해지자고. 앞으로 무슨 문제가 생긴다면 그건 또 그때 가서 생각하면 된다.

"한 의뢰인의 얘기를 들었다, 하지만 자세한 내용은 말할 수 없다…… 그것만으로는 무슨 영문인지 하나도 모르겠네요."

가도야가 입을 삐죽거리듯 말했다.

"아무튼 제 감정에 따라 행동해보기로 했어요."

그는 그제야 납득했는지 고개를 끄덕였다.

"그리고 또 한 가지요. 점술가 일."

가도야의 표정이 다시 긴장한다.

"그분 일 말인데요…… 역시 저는 그분에 대해 가도야 씨한테 얘기할 수 없어요. 무슨 일이 있어도요."

"……알겠습니다."

"제 일은 제가 잘 처리할게요."

그가 살짝 고개를 끄덕였다.

"그리고 사실 가도야 씨한테 얘기할 만한 게 정말 아무것도 없어요. 그분은 거의 잠만 잤으니까."

그날 밤…… 그의 저택에 갔던 날, 가사도우미로 보이는 노년 여성에게 안내를 받아 그의 방으로 들어갔다.

쇼코는 환자용 침대 옆 소파에 앉아 가만히 아침까지 시간을 보냈다.

그는 줄곧 잠들어 있었다. 분명…… 그 순간을 제외하고는.

아침햇살이 들어올 무렵, 그는 힘들어 보이는 거친 호흡을 멈추고 눈을 뜨더니 쇼코 쪽을 보았다. 눈이라기보다 얼굴에 난 두 개의 칼집이 열리는 듯한 느낌이었다.

"이름이 뭔가?"

그는 한동안 쇼코의 얼굴을 본 다음 속삭이듯 물었다.

"○코입니다."

그건 그 집에 도착했을 때 부탁받은 사항이었다. 집에 들어가는 입구에서 선글라스를 끼고 준비된 가발을 쓰라고 했다. 긴 머리가 느슨하게 구불거리는 모양의 가발이었다. 그리고 아마 잠에서 깨지 않겠지만 만에 하나 눈을 뜬다면 그 여자의 이름을 대고, 옆방에 다른 고용인이 있을 테니 그분의 상태가 달라지면 꼭 말을 하라고.

"○코인가?"

"네."

"……미안했네."

그렇게 말하더니 그는 눈을 감았고, 눈물이 또르르 떨어져 귓가로 흘렀다.

그리고 쇼코가 집을 떠날 때까지 다시 눈을 뜨는 일은 없었다.

돌아가는 길에 집안에 있던 젊은 남자가 쇼코를 불러 세웠고, 다른 방으로 데려가 무슨 일이 있었는지 설명해달라고 했다. 그는 옆방에 있었지만 노인의 목소리가 작아 미처 듣지 못한 모양이었다. 쇼코가 얘기하자 그 일을 입 밖에 내지 말라고 단단히

주의를 주었다. 그는 점술가의 먼 친척이자 지금은 양자라고 자신을 소개했다.

"이런 장소에 와줄 만한 여자분을 갑자기 찾게 됐거든요. 저희 쪽에는 없어서…… 어느 정도 이 세계를 이해해주고 입이 무거우면서 신원도 확실한 사람 말이에요. 몇 명의 후보 가운데 그 사람과 제일 비슷한 이가 당신이라서 불렀습니다."

"그랬군요."

"그러니까 기대를 저버리지 않길 바랍니다."

그러고서 그가 쇼코의 얼굴을 빤히 쳐다보았다.

"딱히 얘기가 새어나간다고 해서 큰 문제가 될 일은 없어요. 하지만 아버지의 마지막이 주간지 같은 데 가벼운 가십거리로 오르내리는 건 참을 수 없어요. 더군다나 수준 낮은 인터넷 기사 따위에는."

그건 유족의 마음으로서 조금은 동의할 수 있었다.

"○코"는 그 점술가가 속여서 모든 재산을 빼앗은 엔카 가수의 이름이었다.

그후에도 몇 차례 그의 집에 불려가 마찬가지로 머리맡에 앉았다. 하지만 그가 눈을 떴던 건 첫날 딱 한 번뿐이었고, 두번 다시 입을 여는 일은 없었다.

"진짜 아무 일도 없었어요."

"알겠어요. 다만, 또 그 남자나 다른 사람들이 이 일로 쇼코 씨한테 접근한다면 꼭 나한테 알려줘요."

꼭요, 하고 가도야는 쇼코에게 다짐을 두었다.

"알았어요."

쇼코는 다시 방어회로 밥을 감싸서 입으로 가져가며 그 얘기를 마무리했다.

사실 아직 아무한테도 말하지 않은 것이 있었다. 다이치나 가도야는 물론 그 양자에게도.

그는 "미안했네"라고 한 뒤에 "용서해주게"라고 말했다.

그 방에 들어가기 전, 점술가가 하는 말에 모두 따를 것, 전부 긍정적으로 답할 것, 아픈 사람에게 대들지 말 것을 지시받았다. 그런데 "용서해주게"라는 말에 쇼코는 도저히 "네"라든가 "알겠습니다"라든가, 아니면 "용서할게요"라고 말할 수 없었다.

네, 라는 말 한 마디를 듣지 못한 채 그는 눈을 감았고 다시 의식이 흐려졌다.

그의 양자라는 남자가 물었을 때, 쇼코는 "미안했네"라는 말을 들었다고 보고했지만 그 이상은 말하지 않았다.

왠지 도저히 그를 용서할 수 없었다. 그를 용서하는 건 쇼코 자신이 할 일이 아닌 것 같았다.

나중에 양자에게 물었더니, 그때가 그분의 의식이 마지막으로
돌아왔던 때라고 했다.

　"자, 한 잔 더 할까요?"
　묵묵히 입만 움직이는 쇼코에게 가도야가 말했다.
　"아직 점심인데요."
　"그래서 안 마실 거예요? 저는 이제 집에 가는 일만 남았어요."
　"좋아요."
　둘이서 메뉴판을 펼쳤다.
　"어떻게 할까요?"
　"이 식당에서 가장 비싼 술을 주문했으니, 이번에는 가장 싼
술을 마실까요?"
　"하하하하."
　이 식당에서 줄곧 대표 술로 자리한 '오제노유키도케'였다.
　"오제노유키도케, 준마이슈로?"
　일단 한 홉을 주문하고 둘이 나눠서 마시기로 했다.
　"다시 한번 건배!"
　오제노유키도케는 닷사이와 비슷하지만 향이 좀더 뚜렷했다.
　"이것도 맛있네요."
　"그러네요."

쇼코는 약간 남아 있던 닷사이와 맛을 비교해본다.

"둘 다 맛있지만 닷사이가 뒷맛이 길다고 해야 하나…… 향이 오래 간달까요."

"과연."

"밥이랑 같이 마신다면 오제노유키도케, 술만 음미한다면 닷사이겠네요."

"뭐, 취하면 어느 쪽이든 즐겁죠."

"맞아요. 청주는 즐거워요."

옆에 앉은 가도야가 아무도 안 보이게 살며시 쇼코의 손을 잡았다. 그것만으로 심박수가 조금 빨라진 것 같았다.

이 순간을 소중히 여기고 싶어, 쇼코는 생각했다.

열여섯번째 술

화이트 오므라이스
스에히로초

"쇼코 씨의 하룻밤을 제가 예약했습니다."

문을 연 오사나이 마나부가 쇼코의 얼굴을 보고 미소 지었다.

"예약해주셔서 감사합니다."

쇼코도 그에 응해 약간 연기하는 느낌으로 깍듯하게 고개를 숙였다. 서로 눈을 마주보고 웃었다. 현관에서 이어지는 복도에 골판지 상자 몇 개가 쌓여 있었다.

"실은, 내일 이사해요."

마나부가 쇼코를 집안으로 들이면서 설명했다.

"그전에 쇼코 씨랑 얘기를 나눠야겠다 싶어서요."

"저도 뵙고 싶었어요."

반년 전쯤 마나부의 어머니 모토코가 세상을 떠났다.

이 집에 살던 시절 모토코는 경증의 알츠하이머 증세를 보였고, 마나부가 잡지 마감 때 밤새 집을 비울 때면 쇼코가 와서 지킴이를 하곤 했다.

쇼코는 장례식에도 참석했지만 상주인 마나부와는 거의 대화를 나누지 못했다.

그로부터 두 달 후, 마나부의 소개로 알게 된 히다 하루카도 영면에 들었다. 이건 신문 부고를 보고 알았다.

히다 하루카는 마나부가 예전에 담당했던 소설가로, 긴 고생 끝에 이제 막 빛을 보기 시작했는데 암으로 쓰러졌다. 쇼코는 병문안을 가서 심야의 말동무가 되어주었다.

모토코에게도, 히다 선생에게도 늘 마음이 쓰였지만, 쇼코는 의뢰를 받아야 비로소 그들을 만나러 가는 '지킴이' 입장이었기에 자신이 먼저 연락할 순 없었다. 더군다나 마나부와 마지막으로 만났을 때는 그의 교제 요청을 거절했던 이력이 있다.

"차나 물 드릴까요?"

마나부가 냉장고를 열면서 말했다.

"상황이 이래서 페트병 음료뿐이지만요."

"잘 마실게요."

쇼코는 거실로 안내받았다.

20제곱미터 정도의 공간으로, 창가에 커다란 책장이 놓여 있다. 예전에는 음식에 관한 전문서적이 빼곡했다.

그러나 지금은 텅 빈 책장이 덩그러니 놓여 있을 뿐이었다.

"책은 큰맘 먹고 처분했어요."

쇼코의 시선을 알아챈 그가 페트병을 건네며 말했다.

"앉으세요."

"고맙습니다."

소파에 마주보고 앉았다.

"……실은 함께 살 여자가 생겼어요."

"어머."

마나부는 약간 쑥스러운 듯하면서도 행복해 보였다. 이 얘기부터 꺼낸 건 분명 자신에 대한 배려와 세심함에서라고 쇼코는 생각했다.

"결혼도 고려해 여자친구의 집으로 이사하게 됐어요. 지바 쪽이라 통근 시간은 조금 늘지만 못 다닐 거리는 아니에요. 실은 올여름 인사이동 때 편집장에서 물러나 해외 저작권을 다루는 부서로 이동했어요. 저도 이제…… 느긋하게 살고 싶어서."

느긋하게 살겠다고 결심한 이유가 인사이동 때문인지 여자친구 때문인지 마나부는 말하지 않았다. 쇼코도 굳이 묻지 않는다.

아마 둘 다일 것이다.

"어디서 만났어요?"

"네?"

"그분이랑……"

"아, 친구 소개로요."

마나부는 다시 얼굴을 붉혔다. 소개라는 게 왠지 젊은 사람들 얘기 같아 부끄러웠는지도 모른다.

"그럼 만나고 몇 달 만에?"

"네."

"출판 관계자인가요?"

"아니요. 기업 홍보 일을 오래 해온 사람인데, 그 친구도 최근에 일을 그만두고 지바 바닷가에 집을 샀어요. 저도 가끔 놀러가는데 모든 게 정말 마음에 들어서."

"지바도 좋은 곳이죠. 저도 친구랑 몇 번 갔었어요."

"원래는 서핑 좋아하는 사람이 바닷가 근처에 지은 별장이었어요. 널찍하고, 마당이랑 주차장이랑 큼직한 창고도 있어서 책을 가져와도 된다고 했지만……"

마나부는 예전에 연상의 여인과 오랫동안 교제했지만 결국 결혼까지는 이르지 못했다고 말한 적이 있었다. 하지만 이번에는 몇 달 만에 관계가 이렇게 진척된 것이다.

역시 이런 일은 타이밍이 중요하구나, 쇼코는 생각했다. 책을 처분한다는 것도 지금까지의 생활에 변화를 주고 싶다는 마음의 표현인지도 모르겠다.

"모토코 씨가 주셨던 호접란, 아직 저희 집에 있어요. 그럭저럭 시들지 않고 잘 자라고 있답니다."

쇼코는 화제를 바꿨다.

"와, 정말요? 어머니가 기뻐하시겠네요."

그러고는 모토코와의 추억 얘기를 했다.

"쇼코 씨가 몇 번이나 모토하코네의 요양병원까지 같이 가줘서…… 정말 감사했어요."

"저는 그냥 따라가기만 했는걸요."

"아니에요, 그 무렵에 제가 정말로 많이 지쳐 있어서…… 쇼코 씨가 없었더라면 끝까지 힘을 내기 어려웠을 거예요."

"그렇다면 다행이에요."

그리고 마나부는 히다 선생의 임종 얘기도 해줬다.

"고통과 통증을 느끼지 않게 해달라는 것이 선생님의 부탁이었기에 마지막에는 강한 진통제를 사용했어요. 주치의가 이 약을 쓰면 환자가 더는 말을 할 수 없을 거라고 해서, 가족분들과 몇몇 편집자들이 모였어요. 선생님이 진짜 대단하신 건, 그러기 며칠 전에 문고본이 나왔다는 거예요. 이미 단행본으로 출간된 것을 다시 낸 거지만, 그럼에도 선생님은 매우 기뻐하셨어요. 게다가 돌아가시고 한 달 뒤에도 마찬가지로 또 한 권, 마지막 문고본이 나왔습니다. 선생님이 그 모든 걸 지휘하고 돌아가신 거예요. '마지막까지 소설가로서 살 수 있다니 이보다 더 기쁠 순 없다'고 몇 번이나 말씀하셨어요. 그래서 그런지, 이상한 얘기지만……"

마나부는 목이 메었다.

"병실에 모인 사람들 사이에도 비통함은 없었어요. 심지어 선생님과 마지막까지 함께 해냈다는 만족감조차 들었습니다. 그럴 수 있도록 계획하고 떠나신 선생님 덕분이죠."

"선생님답네요."

"네. 주무시듯 돌아가신 어머니도, 마지막까지 분투하신 선생님도, 제게 많은 것을 가르쳐주셨어요."

마나부가 도쿄 한복판에서 지바로 이주하는 것도 그분들의 죽음과 관계가 있을지 모르겠다고 쇼코는 생각했다.

"그나저나 쇼코 씨는요?"

"네?"

"쇼코 씨 근황은 어때요?"

갑자기 화살이 자신을 가리키자 쇼코는 당황했다.

"설마 그후로 아무 일도 없었던 건 아니겠죠?"

마나부가 장난스레 웃는다.

쇼코는 머뭇머뭇하면서 얘기를 꺼냈다.

전부터 일로 만났던 가도야와 사귀기 시작한 것, 그와 같은 아파트로 이사하는 걸 고려중이라는 것, 홈스테이 일을 해볼까 생각한다는 것, 전남편의 현재 아내에게 아기가 생겨 딸이 조금 동요했지만 다 같이 얘기를 나누고 지금은 안정됐다는 것, 하지만 앞으로의 일은 미지수라는 것까지……

마나부는 연신 고개를 주억거리며 경청했다.

"쇼코 씨도 새로운 길을 걷기 시작했군요."

"마나부 씨만큼은 아니지만요."

"그렇게 거창하지 않아요."

그러고서 둘은 누가 더 '새로운 세계에 뛰어드는가'를 놓고 한동안 서로에게 떠넘기며 웃었다.

"그래도 다행이에요. 안정이 돼서."

"그렇죠."

"따님한테는 얘기했어요?"

"……아직요."

"그렇군요."

마나부는 살짝 미간을 찡그렸다.

"어떤 반응을 보일까요?"

"글쎄요, 잘 모르겠어요."

"저도 궁금하네요. 혹시 무슨 일 있으면 얘기하세요, 들어드릴게요."

쇼코는 무심코 웃었다.

"마나부 씨는 걱정이 많은 성격이죠?"

"네. 생각이 너무 많아요. 여자친구도 그런 말 자주 하고요."

"그런데도 이번에는 뛰어들어보기로 마음먹은 거잖아요?"

"그렇죠."

"그만큼 그분에게 매력이 있었군요."

"그건 쇼코 씨도 마찬가지잖아요."

둘은 마주보며 멋쩍게 웃었다.

쇼코는 이삿짐 상자가 쌓여 있는 방을 바라보았다.

"왠지 여러 가지 일들이 변화해가는 것 같아요. 물론 모든 건 자신이 선택한 결과겠지만…… 그래도 조금 쓸쓸하네요."

"아니요, 변하는 건 아무것도 없어요. 또 뭔가 곤란한 일이 있으면 언제든지 편하게 연락해주세요."

"고마워요."

하지만 이 사람과 만나는 일은 아마 더이상 없으리라고 쇼코는 생각했다. 그에게도 새로운 세계가 시작되고 있으니까.

새벽녘까지 얘기를 나누고 잠깐 눈을 붙였다. 그는 침실에서, 쇼코는 예전처럼 거실 소파에서.

"괜찮으시면 점심 같이 먹을래요? 조금 거리가 있지만 독특한 오므라이스를 파는 곳이 있어서…… 산책할 겸 가볼래요?"

쇼코에게 꼭 맛을 보여주고 싶었다며 새벽녘 잠들기 전 마나부가 말했다.

"이사하는 날인데 괜찮아요?"

"오후 3시 넘어 시작하니까 그때까지는 시간 돼요."

그러나 둘이서 집을 나옴과 거의 동시에 마나부에게 전화가 걸려왔다. 그는 한동안 진지한 얼굴로 통화하더니 전화를 끊고는 "미안해요" 하고 사과했다.

"이사 업체에서 오전 일이 빨리 끝날 것 같으니 여기 일찍 오고 싶다고 연락이 왔네요."

"괜찮아요. 신경쓰지 마세요."

"마지막으로 같이 식사하고 싶었는데 아쉽네요."

마나부는 가볍게 고개를 숙이고 악수를 청하고는 집으로 돌아갔다.

'자, 그럼 어떻게 할까.'

쇼코는 한 차례 한숨을 내쉬었다.

이미 머릿속은 마나부가 말한 오므라이스로 가득했다.

'혼자 가볼까.'

스에히로초역 근처라고 했다. 스마트폰 지도로 위치를 확인하고 걷기 시작했다.

가게는 상가 건물이 늘어선 거리의 한 귀퉁이에 있었다.

입간판 여러 개가 세워져 있고, 여러 가지 점심 메뉴가 적혀 있다.

홋카이도산 소고기로 만든 햄버그스테이크, 진저포크, 우설 스튜에 까르보나라, 나폴리탄 등의 파스타, 치킨라이스와 해산물 필라프 등의 밥 종류, 그리고 오므라이스 두 가지. 치킨라이스와 데미글라스소스를 사용한 기본 오므라이스와 새하얀 소스가 뿌려진 화이트 오므라이스! 사진에서 본 대로 정말 새하얗다.

마나부가 '독특한 오므라이스'라고 한 건 이 화이트 오므라이스였다.

'평범한 오므라이스도 햄버그스테이크도 진저포크도 매력적이네. 집 가까이에 있다면 모든 종류를 제패하고 싶은 가게다…… 하지만 오늘은 역시 화이트 오므라이스에 도전해볼까.'

쇼코는 안으로 들어갔다.

문을 연 지 얼마 안 되어 쇼코 말고는 남자 손님 한 명뿐이었다.

"카운터석에 앉으세요."

쇼코는 바로 앞의 카운터석에 앉았다.

다시 한번 점심 메뉴를 본다. 입간판에 적힌 것과 똑같은 내용이고 '모든 요리에 수프와 샐러드가 포함됩니다'라고 덧붙어 있었다. 그 밖에 음료 메뉴판이 있는데, 소프트드링크 외에도 맥주, 하이볼, 레드와인, 화이트와인이 있었다.

'식사는 화이트 오므라이스로 하고, 음료는 뭐로 할까……'

화이트 오므라이스의 맛이 전혀 상상되지 않는다. 하얀 부분은 달걀 흰자일까, 아니면 노른자 색이 연한 특별한 달걀을 쓴 걸까.

'으음, 맛을 모르는 이상 감으로 마실 것을 정할 수밖에. 무난하게 맥주로 할까. 아냐, 산뜻한 하이볼도 포기하기 아깝지. 오랜만에 양식다운 식사니 와인도 괜찮을 것 같고……'

사장 겸 주방장처럼 보이는 젊은 남자가 주문을 받으러 왔다.

"화이트 오므라이스 주세요…… 그리고 음료는…… 화이트 와인 주세요."

그는 "네" 하고 짧게 답하고는 카운터 안으로 들어갔다.

먼저 나온 화이트와인은 산뜻한 산미가 감도는 맛이었다. 이제 어떤 음식이든 받아들일 준비가 되었다. 왠지 불끈 식욕이 샘솟았다. 어젯밤부터 아무것도 안 먹었더니 배에서 꼬르륵 소리가 날 것 같다.

나이 지긋한 남자가 가게로 들어왔다. 사장에게 인사하더니 주방에서 앞치마를 두른다.

그가 작은 컵에 담긴 수프와 샐러드를 가져다줬다. 대화하는 눈치로 봐서 사장의 친척인 것 같았다.

"당근과 양배추가 들어간 수프입니다. 뜨거우니 천천히 드세요."

그 말이 부드럽고 다정해서, 마치 이 식당의 모든 것이 정성스럽게 만들어지고 있는 듯 여겨졌다.

쇼코는 컵을 들고 점원 말대로 천천히 입에 가져갔다.

'맛있다. 당근과 양배추만 들어갔다고는 생각하기 힘든 진하고 걸쭉한 포타주네. 온몸에 스며드는 것 같아.'

샐러드는 상추가 주인 그린 샐러드였다. 위에 뿌려진 하얀 드레싱은 언뜻 마요네즈처럼 보였지만 산뜻한 프렌치드레싱이다.

그리고 수프와 샐러드를 다 먹었을 즈음, 주인공인 화이트 오므라이스가 나왔다. 같이 나온 깊고 작은 그릇에 갈색 액체가 들어 있다.

"처음에는 가운데부터 잘라서 드세요. 중간부터는 이거."

점원이 말하며 소스 그릇을 가리켰다.

"일본풍 소스를 뿌려서 맛에 변화를 줘보세요."

"잘 먹겠습니다."

크다, 속으로 얼떨결에 감탄했다.

말 그대로 눈처럼 새하얀 오므라이스에 새하얀 소스가 뿌려져 있다.

쇼코는 나이프와 포크를 집고 설명대로 가운데 부분을 갈랐다. 그러자 오므라이스 안에서 노른자가 주르륵 흘러나왔다. 치킨라이스를 하얀 오믈렛과 달걀 노른자, 새하얀 소스가 감싸고 있다.

'와, 박력 있으면서 힘찬 인상이다. 굉장해. 이건 굉장하다.'

사진을 찍고 싶으면서도 빨리 먹고 싶은 생각이 앞선다. 어떤 맛인지 확인하고 싶다는 욕구에 못 이겨 쇼코는 나이프로 오믈렛을 한 조각 잘라 입에 넣었다.

'그래, 이렇게 나온다 이거지.'

치킨라이스가 일반적인 것보다 좀더 진한 갈색이다 싶었는데, 밥에서 간장의 풍미가 느껴졌다. 소스는 진한 치즈 맛이다. 거기에 하얀 오믈렛과 반숙 노른자가 휘감겨 이루 형용할 수 없는 맛이 난다.

이건 빨리 화이트와인과 먹어야 해.

서둘러 잔을 들고 와인 한 모금.

'어울려. 화이트와인으로 하길 잘했다. 깊고 진한 맛에 화이트와인이 아주 잘 어울려.'

간장과 달걀 노른자가 결합하니 고급스러운 간장달걀밥 같기도 하다. 물론 어느 정도 그런 맛도 느껴지지만 역시 이건 '양식이고, 오므라이스'라는 생각이 든다.

자세히 보니 밥 안에 포인트로 만가닥버섯과 새우 등이 들어 있다.

점원의 조언대로 도중에 일본풍 소스를 뿌려 맛을 바꾼다.

간장 베이스에 고기의 풍미가 난다. 한층 맛이 깊어졌다.

'화이트와인이 순식간에 바닥날 것 같아. 좀더 마시고 싶은데.'

쇼코는 가볍게 손을 들었다.

"여기요. 레드와인 주세요."

점원이 가져다준 석류색 와인은 감칠맛이 있으면서도 부드러웠다.

이 또한 소스를 뿌려 맛이 깊어진 오므라이스에 아주 좋다.

'다음에 오면 보통 오므라이스를 꼭 먹어보고 싶은데, 만약 몇달 뒤라면 또 이 화이트 오므라이스를 주문할 것 같다. 중독성이있는 맛이야.'

아, 그럼 가도야와 와서 둘이서 하나씩 시키면 둘 다 맛볼 수있겠구나, 문득 쇼코는 깨달았다.

맛있는 것을 먹고 누군가 생각난다는 건 분명 그 사람을 좋아한다는 뜻이겠지만, 두 가지 다 먹고 싶어서 그 사람을 떠올리는건 뭐라고 설명해야 할까.

'정이 든 건가? 아니면 먹고자 하는 의지?'

쇼코는 살짝 웃고 말았다.

어쨌든, 뭐.

세상에는 아직도 내가 모르는 맛있는 것들이 넘쳐흐른다.

그 아침을 쇼코는 혼자서 맞이했다.

이미 짐은 다 꾸렸다.

"나도 갈게요. 이사 도우러."

가도야가 그렇게 말했지만 쇼코가 거절했다.

"혼자서 할 수 있어요."

짐은 그렇게 많지 않다. 쇼코의 이사는 오후였다.

'그전에 마지막 식사를 하고 갈까. 이 동네에서.'

코트를 걸치고 주머니에 지갑을 챙겨 문을 잠그고 집을 나섰다.

목적지는 단골집 '우사기야'다. 나오기 전부터 거의 마음을 정했다.

집에서 걸어서 오 분 정도 거리에 그 가게가 있다.

안쪽으로 길쭉한 공간에 카운터석과 두 개의 테이블석이 있을 뿐이다. 가구는 전부 칠을 하지 않은 백목 재질에 특별한 인테리어라고 할 것도 없지만 밝고 청결한 곳이었다. 아직 문을 연 지 얼마 안 돼서 쇼코가 첫번째 손님이었다.

카운터석 구석에 앉았다.

몇 번이나 와봤으니 메뉴는 안 봐도 다 알지만 일단 한번 펼쳐

본다.

'우사기야'는 정식 메뉴가 주인 식당 겸 찻집 겸 선술집 같은 곳이라 점심에는 런치 세트, 오후에는 직접 만든 케이크와 차를 팔고, 밤에는 일식을 중심으로 하는 선술집이 된다.

주방에서는 과묵한 남편이 요리를 하고, 부인이 식당 내부를 책임졌다. 가끔 '미나짱'이라고 불리는 여자 아르바이트생이 나오지만 낮에는 거의 둘이서만 운영한다. 미나짱은 근처 전문학교에 다니는 친척 아이인 듯하다. 세 사람 모두 말수가 적어 쇼코가 먼저 말을 걸지 않는 한 필요할 때 외에는 입을 열지 않는다.

그럼에도 몇 년간 이곳에 드나들다보니 쇼코는 자연스레 세 사람에 대해 알게 됐다.

거의 가족들끼리 식당을 꾸려가선지 어딘지 느긋한 분위기가 있다.

런치 메뉴는 '우사기 정식' 1000엔, '크로켓 정식' 900엔, '쇼가야키 정식' 900엔, '오늘의 정식' 800엔의 네 종류였다.

여자 주인장이 물을 가지고 왔다.

"오늘의 정식은 정어리 난반즈케*입니다."

기본적인 런치 메뉴가 튀김과 고기류라선지 '오늘의 정식'은

---

* 튀긴 고기나 생선을 새콤달콤한 소스에 적신 요리.

생선일 때가 많았다.

"……우사기 정식으로 할게요."

실은 가게에 오기 전부터 뭘 먹을지 정해놨는데, 일단 생각하는 척하는 것도 매번 있는 일이다.

"밥은 백미로 하시겠어요, 16곡으로 하시겠어요?"

"16곡으로요."

이 식당은 밥의 종류를 고를 수 있다.

쇼코는 원래 흰쌀밥을 훨씬 좋아하지만 이 집의 잡곡밥을 먹고 생각을 고쳤다. 여기 밥은 찰기가 있고 잡곡의 고소함이 종류별로 하나하나 느껴진다. 공들여 엄선한 잡곡을 사용하거나 밥짓는 방식이 완벽하거나 둘 중 하나일 거라고 쇼코는 짐작했다.

"그리고……"

쇼코는 아직 메뉴판을 놓지 않았다.

이곳이 밤에는 선술집이 되기 때문에 주류가 잘 갖춰져 있다.

생맥주냐…… 화이트와인이냐……

여기 올 때까지만 해도 오늘은 술을 마시지 말아야겠다고 생각했다. 오후에 이사를 해야 하니까. 하지만 막상 메뉴를 보니 마시고 싶어졌다.

오늘이 마지막일지도 모르잖아.

"요나요나 에일 주세요."

여자 주인장이 거의 무표정한 얼굴로 고개를 끄덕였다.

요리가 나오기 전에 요나요나 에일 캔과 유리잔, 작은 안주 그릇이 나왔다.

얇디얇은 유리잔은 차갑게 식어 있었고, 맥주를 따르자 빠르게 성에가 녹았다.

작은 그릇에는 길쭉하게 썬 참마가 담겨 있다. 무뚝뚝한 모양새다. 젓가락으로 집어 입에 넣었다.

아아, 하는 소리가 나올 뻔했다.

언뜻 보면 단순한 참마지만 간이 배어 있다. 그 맛이 절묘하고 훌륭하다.

'이 기본 안주로 첫 모금을 마시는 것도 참 좋은데.'

참마를 반쯤 먹었을 때를 노린 듯 우사기 정식이 나왔다.

정식은 아홉 개의 접시로 나온다.

우선 다른 정식과 똑같이 크로켓과 쇼가야키와 정어리 난반즈케가 조금씩, 그 밖에 시금치 무침, 기름에 살짝 튀긴 두부, 무샐러드, 달걀말이, 소고기 우엉 조림, 채소절임, 그리고 밥과 미소시루.

밑반찬은 날마다 조금씩 다르다. 그럼에도 언제나 맛이 좋다. 솜씨 좋은 요리사가 정성껏 만든 맛이 난다.

'우사기야'의 요리는 전부 술에도 밥에도 어울린다. 그렇다고 간이 세지도 않다.

쇼코는 우선 크로켓을 반으로 잘라 입에 넣었다.

튀김옷의 빵가루가 하늘에 닿기라도 할 것처럼 날카롭고 큼직하다. 바삭바삭이 아니라 버석버석에 가깝다. 그런데도 뒷맛이 가볍다. 좋은 라드*로 튀긴 것이 분명하다.

감자의 점성도 적당하다. 토란이나 다른 감자류가 조금 들어간 게 아닐까. 쇼코는 예전부터 그렇게 짐작했다. 그러다 가끔씩 고기에 혀가 닿는다. 그게 또 깊은 맛이 있다. 전에 남자 주인장이 다른 손님의 질문에, 고기는 국내산 소 힘줄 부위를 연하게 조린 것을 잘게 썰어서 쓴다고 대답했었다. 역시 그렇구나, 그렇다면 이 깊은 감칠맛도 당연하다.

거기다 쇼가야키도 맛있다. 살짝 눌은 자국이 난 고기에 양념장이 잘 배었다. 양념장은 너무 달지도 맵지도 않은데다 생강향이 또렷하게 감돈다.

거기서 또 맥주를 한 모금.

지지난주 다이치와 나눈 얘기를 떠올렸다.

"네가 그럴 마음이 생겼다면 말릴 순 없지."

쇼코의 얘기에 그가 한 말이었다.

---

* 요리용 돼지 기름.

"그렇게 말하다니."

"아니, 너도 성인이잖아. 이혼하고 집에서 나왔을 때 같으면 내가 의견을 낼 수 있었겠지만, 지금은……"

"반대하는 거야?"

"아니, 반대한다는 건 아니지만, 글쎄 뭐라고 하면 좋을지."

다이치가 목덜미를 긁적거렸다.

"만약 네가 홈스테이 일을 본격적으로 시작한다면 우리 일은 할 수 없을 테고. 뭐, 새로 사람을 고용하면 되지만, 너를 찾는 고객은 어떻게 해야 하나 싶고…… 게다가 당연히 집세도 비싸지 않아. 그걸 네가 감당할 수 있을지."

"그건 미지수야."

"그렇지? 나중에 여기로 돌아오고 싶다고 하더라도 바로 대처하지 못할지도 몰라. 그리고 너도 그 남자…… 가도아랑 헤어질 수도 있고."

"단정하지 마."

"아니, 나는 그저 남자와 일은 분리하는 편이 좋다고 생각해서."

"그렇긴 하지만. 그럼 이 세상에 부부가 같이 운영하는 과일가게 같은 건 어떻게 되겠어?"

"그건 뭐, 부부니까."

"부부라도 헤어질 수 있는 건 똑같아."

무심코 동시에 웃고 말았다.

"얘기가 다른 쪽으로 흘러가네."

"그러게."

"어쨌든 네가 그렇게 하기로 정했다면 어쩔 수 없지."

"지금 당장 모든 게 달라지는 건 아냐. 당분간은 이사하는 게 다지. 나도 여러 가지로 걱정은 되지만…… 그래도 지금은 앞을 향해 나아가보고 싶어."

"알았어…… 가도야도 슬슬 어디 사무실에 정식으로 취직하겠지?"

"해가 바뀌면 취직될 것 같다고 전에 말하긴 했는데."

"그렇다면 조금 안심이네."

아무튼 힘내, 하며 다이치는 쇼코를 배웅해줬다.

'다이치도 이사 도와줄까, 하고 물었었지.'

'우사기야'의 밑반찬을 안주삼아 또 마신다. 나물, 살짝 튀긴 두부, 조림…… 전부 맛있다. 평범한 일식이지만 요리에 쓴 맛국물이 저마다 다르다. 쇼코도 그렇게까지 미각이 뛰어난 편이 아니므로 모든 걸 맞힐 순 없지만 아마 자신의 짐작이 맞을 것이다.

'나물은 가다랑어와 다시마, 튀긴 두부는 날치 육수인가. 달걀말이는 가다랑어만 썼고 조림은 다시마만 들어간 것 같은데……

그 이상은 모르겠네.'

얼추 다 먹었을 즈음 근처 직장인들이 하나둘 들어왔다. 벽에 걸린 시계를 보니 정오였다.

'슬슬 가볼까.'

마지막 맥주를 남김없이 마시고 일어선다.

그 모습을 보고 여자 주인장이 이미 계산대에 서 있었다.

"잘 먹었습니다."

"감사합니다."

쇼코는 지갑을 꺼냈다.

"……항상 맛있게 드시네요."

"네?"

원래는 거의 말을 걸지 않는 사람이라 놀랐다. 주인장은 부드럽게 웃어 보였다.

"아뇨, 늘 즐겁고 맛있게 드셔서…… 저희도 정말 기분좋고 감사해요."

"아, 아아. 항상 맛있는 음식을 내주셔서 저야말로 감사합니다."

쇼코가 문득 시선을 느끼고 안쪽을 쳐다보자 주방에서 하얀 조리복 차림의 남자 주인장도 얼굴을 내밀고는 무표정하게 고개를 까딱했다. 얘기하는 소리가 들렸나보다.

나를 지켜보고 있었던 건가. 눈에 띄지 않도록 조용히 마신 줄 알았는데.

"감사합니다!"

쇼코는 그들의 인사에 살포시 등을 떠밀려 식당을 나왔다.

늘 혼자서만 즐기거나 고민하며 음식을 먹는 줄 알았지만, 여러 사람이 줄곧 지켜봐주고 있었던 건지도 모른다.

'무사시코야마의 고기덮밥, 나카메구로의 양고기치즈버거, 마루노우치의 회전초밥, 주조의 바쿠테, 다이칸야마의 프랑스 요리, 오모테산도의 닭꼬치덮밥, 쓰키지의 밀크셰이크, 도요스의 초밥……'

씩씩할 때도, 기운이 없을 때도, 기쁠 때도, 슬플 때도……

가게 사람들이 다들 다정하게 지켜봐주고 있었다.

'전부 맛있게 잘 먹었습니다.'

이유도 없이 눈물이 나올 것 같아 쇼코는 하늘을 올려다보았다.

새파란 하늘이 펼쳐져 있었다.

'아, '우사기야'에 이사간다는 얘기를 깜빡했네. 갑자기 발길이 끊기면 걱정할지도 모르는데.'

아니다, 또 오면 되지.

앞으로 다시 이곳에 돌아올 수도 있다. 언제든지.

쇼코는 그런 기분이 들었다.

지은이 **하라다 히카**

1970년 일본 가나가와현 출생. 2006년 『리틀 프린세스 2호』로 제34회 NHK 창작 라디오 드라마 각본 공모전에서 최우수작품상을 수상했다. 2007년 『시작되지 않는 티타임』으로 제31회 스바루 문학상을 수상하고 소설가로서 본격적인 작품활동을 시작했다. 지은 책으로 『낮술』(전3권) 『할머니와 나의 3천 엔』 『76세 기리코의 범죄일기』 등이 있다.

옮긴이 **김영주**

상명대학교 일어교육과를 졸업하고 한국외국어대학교 대학원에서 일본 근현대문학으로 석사과정을 졸업했다. 옮긴 책으로 『탱고 인 더 다크』 『엄마가 했어』 『신을 기다리고 있어』 『결국 왔구나』 등이 있다.

문학동네 세계문학

낮술 3 오늘도 배부르게

초판 인쇄 2022년 9월 20일 | 초판 발행 2022년 9월 30일

지은이 하라다 히카 | 옮긴이 김영주
기획·책임편집 고선향 | 편집 양수현
디자인 엄자영 유현아 | 저작권 박지영 형소진 이영은 김하림
마케팅 정민호 이숙재 박치우 한민아 이민경 안남영 김수현 정경주
브랜딩 함유지 함근아 김희숙 박민재 박진희 정승민
제작 강신은 김동욱 임현식 | 제작처 상지사

펴낸곳 (주)문학동네 | 펴낸이 김소영
출판등록 1993년 10월 22일 제2003-000045호
주소 10881 경기도 파주시 회동길 210
전자우편 editor@munhak.com | 대표전화 031) 955-8888 | 팩스 031) 955-8855
문의전화 031) 955-3578(마케팅) 031) 955-1917(편집)
문학동네카페 http://cafe.naver.com/mhdn
인스타그램 @munhakdongne | 트위터 @munhakdongne
북클럽문학동네 http://bookclubmunhak.com

ISBN 978-89-546-9976-1 03830

www.munhak.com